Torto arado

Itamar Vieira Junior

Torto arado

Edição revista pelo autor

todavia

Ao meu pai

*A terra, o trigo, o pão, a mesa, a família
(a terra); existe neste ciclo, dizia o pai nos
seus sermões, amor, trabalho, tempo.*

Raduan Nassar

Fio de corte 11
Torto arado 89
Rio de sangue 203

Torto arado pelo mundo 267
Um novíssimo clássico brasileiro 271

Fio de corte

I

Quando retirei a faca da mala de roupas, embrulhada em um pedaço de tecido antigo e encardido, com nódoas escuras e um nó no meio, tinha pouco mais de sete anos. Minha irmã, Belonísia, que estava comigo, era mais nova um ano. Pouco antes daquele evento estávamos no terreiro da casa antiga, brincando com bonecas feitas de espigas de milho colhidas na semana anterior. Aproveitávamos as palhas que já amarelavam para vestir feito roupas nos sabugos. Falávamos que as bonecas eram nossas filhas, filhas de Bibiana e Belonísia. Ao percebermos nossa avó se afastar da casa pela lateral do terreiro, nos olhamos em sinal de que o terreno estava livre, para em seguida dizer que era a hora de descobrir o que Donana escondia na mala de couro, em meio às roupas surradas com cheiro de gordura rançosa. Donana notava que crescíamos e, curiosas, invadíamos seu quarto para perguntar sobre as conversas que escutávamos e sobre as coisas de que nada sabíamos, como os objetos no interior de sua mala. A todo instante éramos repreendidas por nosso pai ou nossa mãe. Minha avó, em particular, só precisava nos olhar com firmeza para sentirmos a pele arrepiar e arder, como se tivéssemos nos aproximado de uma fogueira.

Por isso, ao vê-la se afastar em direção ao quintal, olhei para Belonísia. Decidida a revirar suas coisas, não hesitei em caminhar, na ponta dos pés, em direção ao quarto, para abrir a mala de couro envelhecida, com manchas e uma grossa camada de terra acumulada sobre ela. A mala, durante toda a nossa existência até então, estava debaixo da cama. Eu mesma fui para o quintal espiar pela porta e ver vó Donana se arrastando em direção à mata, que ficava depois do pomar e da horta, depois do galinheiro com seus poleiros velhos. Naquele tempo, costumávamos ver nossa avó falar sozinha, pedir coisas estranhas como que alguém — que não víamos — se afastasse de Carmelita, a tia que não havíamos conhecido. Pedia que o mesmo fantasma que habitava suas lembranças se afastasse das meninas. Era uma profusão de falas desconexas. Falava sobre pessoas que não víamos — os espíritos — ou de pessoas sobre as quais quase nunca ouvíamos, parentes e comadres distantes. Nos habituamos a ouvir Donana falar pela casa, falar na porta da rua, no caminho para a roça, falar no quintal, como se conversasse com as galinhas ou com as árvores secas. Eu e Belonísia nos olhávamos, ríamos sem alarde, e nos aproximávamos sem que percebesse. Fingíamos brincar com algo por perto só para escutar e, depois, com as bonecas, com os bichos e as plantas, repetirmos o que Donana havia dito como coisa séria. Repetíamos o que minha mãe dizia baixo para o pai na cozinha. "Hoje ela está falando muito, a cada dia fala mais sozinha." O pai relutava em admitir que minha avó estivesse com sinais de demência, dizia que a vida toda a mãe havia falado consigo mesma, a vida toda havia repetido rezas e encantos com a mesma distração com que revirava os pensamentos.

Naquele dia, escutamos a voz de Donana se afastar no espaço do quintal, em meio ao cacarejo e aos cantos das aves. Era como se as rezas e sentenças que proferia, e que muitas vezes não faziam sentido para nós, estivessem sendo carregadas para longe, carregadas pelo sopro de nossas respirações ansiosas pela transgressão que estávamos prestes a cometer. Belonísia se enfiou debaixo da cama e puxou a mala. O couro de caititu que cobria as imperfeições do chão de terra se encolheu sob seu corpo. Abri a mala sozinha, sob nossos olhos luminosos. Levantei algumas peças de roupa antigas, surradas, e de outras que ainda guardavam as cores vivas que a luz do dia seco irradiava, luz que nunca soube descrever de forma exata. E no meio das roupas mal dobradas e arrumadas havia um tecido sujo envolto no objeto que nos chamou a atenção, como se fosse a joia preciosa que nossa avó guardava com todo seu segredo. Fui eu quem desatou o nó, atenta à voz de Donana que ainda estava distante. Vi os olhos de Belonísia cintilarem com o brilho do que descobríamos como se fosse um presente novo, forjado de um metal recém-tirado da terra. Levantei a faca, que não era grande nem pequena diante dos nossos olhos, e minha irmã pediu para pegar. Não deixei, eu veria primeiro. Cheirei e não tinha o odor rançoso dos guardados de minha avó, não tinha manchas nem arranhões. Minha reação naquele pequeno intervalo de tempo era explorar ao máximo o segredo e não deixar passar a oportunidade de descobrir a serventia da coisa que resplandecia em minhas mãos. Vi parte de meu rosto refletido como num espelho, assim como vi o rosto de minha irmã, mais distante. Belonísia tentou tirar a faca de minha mão e eu recuei. "Me deixa pegar, Bibiana." "Espere." Foi quando coloquei o metal na boca, tamanha era a vontade de sentir seu gosto, e, quase ao mesmo tempo, a faca foi retirada de forma violenta. Meus olhos ficaram perplexos, vidrados nos olhos de Belonísia, que agora também levava o metal à boca. Junto com o sabor de metal que ficou em meu paladar se juntou o gosto do sangue quente, que escorria pelo canto de minha boca semiaberta, e passou a gotejar de meu queixo. O sangue se pôs a embotar de novo o tecido encardido e de nódoas escuras que recobria a faca.

Belonísia também retirou a faca da boca, mas levou a mão até ela como se quisesse segurar algo. Seus lábios ficaram tingidos de vermelho, não sabia se tinha sido a emoção de sentir a prata, ou se, assim como eu, tinha se ferido, porque dela também escorria sangue. Tentei engolir o que podia, minha irmã também esfregava rápido a mão na boca com os olhos marejados e apertados, tentando afastar a dor. Ouvi os passos lentos de minha avó chamando Bibiana, chamando Zezé, Domingas, Belonísia. "Bibiana, não está vendo as batatas queimando?" Havia um cheiro de batata queimada, mas tinha também o cheiro do metal, o cheiro do sangue que ensopava minha roupa e a de Belonísia.

Quando Donana levantou a cortina que separava o cômodo em que dormia da cozinha, eu já havia retirado a faca do chão e embrulhado de qualquer jeito no tecido empapado, mas não havia conseguido empurrar de volta a mala de couro para debaixo da cama. Vi o olhar assombrado de minha avó, que desabou sua mão grossa na minha cabeça e na de Belonísia. Ouvi Donana perguntar o que estávamos fazendo ali, por que sua mala estava fora do lugar e que sangue era aquele. "Falem", disse, nos ameaçando arrancar a língua, que estava, mal ela sabia, em uma das nossas mãos.

2

Nossos pais retornaram da roça e encontraram minha avó desorientada, com nossas cabeças mergulhadas numa tina de água, gritando: "Ela perdeu a língua, ela cortou a língua". Repetia tanto que, certamente, naqueles primeiros momentos, Zeca Chapéu Grande e Salustiana Nicolau acharam que as duas filhas haviam se mutilado num ritual misterioso que, nas suas crenças, precisaria de muita imaginação para explicar. A tina era uma poça vermelha e nós duas chorávamos. Quanto mais chorávamos abraçadas, querendo pedir desculpas, mais ficava difícil saber quem tinha perdido a língua, quem teria que ir para o hospital a léguas de Água Negra. O gerente da fazenda chegou numa Ford Rural branca e verde para nos conduzir ao hospital. Essa Rural, como chamávamos, servia aos proprietários quando estavam na fazenda, servia a Sutério para os trabalhos como gerente, se deslocando entre a cidade e Água Negra, ou percorrendo as distâncias na própria fazenda, quando não queria fazer a cavalo.

Minha mãe se muniu de colchas e toalhas que recobriam as camas e a mesa, para tentar estancar o sangue. Ela gritava para meu pai, que colhia com as mãos trêmulas ervas nos canteiros próximos à casa, impaciente, transmitindo seu desespero na voz, que se tornou mais aguda, além do olhar espantado. As ervas eram para ser usadas no caminho até o hospital, em rezas e encantos. Os olhos de Belonísia estavam vermelhos de tanto choro, os meus eu não conseguia sequer sentir, e minha mãe perguntava perplexa o que havia acontecido, com o que brincávamos, mas nossas respostas eram longos gemidos difíceis de interpretar. Meu pai segurava a língua envolta numa de suas poucas camisas. Mesmo naquelas horas, meu medo era que o órgão em arrebatamento se dispusesse a falar sozinho no colo dele sobre o que havíamos feito. Que falasse sobre nossa curiosidade, nossa teimosia, nossa transgressão, nossa falta de zelo e respeito por Donana e por suas coisas. Mais ainda, sobre a nossa irresponsabilidade de colocar uma faca na boca, sabendo que facas sangram caças, sangram as crias do quintal e matam homens.

Meu pai recobriu a pequena trouxa com as folhas que havia colhido antes de sair. Da janela do carro vi meus irmãos ao redor de Donana, dona Tonha a amparando pelo braço e a levando de volta para casa. Anos depois viria a sentir remorso por esse dia, por ter deixado minha avó desnorteada, aos prantos, se sentindo incapaz de cuidar de qualquer pessoa. Durante a viagem, ouvimos a angústia de minha mãe transmitida nos sussurros de suas preces e por suas mãos calosas e sempre quentes, mas que agora pareciam saídas de uma bacia de água que dormiu ao relento no sereno da noite.

No hospital, demoramos a ser atendidas. Nossos pais estavam encolhidos em um canto ao nosso lado. Vi as calças sujas de terra que ele não teve tempo de trocar. Minha mãe tinha um lenço colorido amarrado na cabeça. Era o mesmo lenço que usava embaixo do chapéu que levava para se proteger do sol na roça. Ela limpava nossos rostos com peças da trouxa de roupa, a cada momento com um novo tecido com cheiro de guardado, e que não conseguia identificar. Meu pai ainda segurava a língua envolta na mesma camisa. As folhas estavam guardadas nos bolsos de sua calça, talvez por vergonha de o apontarem com desdém como feiticeiro dentro daquele lugar que ele não conhecia. Foi o primeiro lugar em que vi mais gente branca que preta. E vi como as pessoas nos olhavam com curiosidade, mas sem se aproximar.

Quando o médico nos levou para a sala e meu pai lhe mostrou a língua como uma flor murcha entre as mãos, vi sua cabeça balançar num sinal de negação. Vi também o suspiro que deu ao abrir nossas bocas quase ao mesmo tempo. Ela terá que ficar aqui. Terá problemas na fala, para deglutir. Não tem como reimplantar. Hoje sei que se diz assim, mas à época nem passava por minha cabeça o que tudo aquilo significava, e muito menos na cabeça de meu pai e de minha mãe. Belonísia nesse instante nem sequer me olhava, mas ainda continuávamos unidas.

Nossas feridas foram suturadas, e permanecemos juntas por mais dois dias. Saímos com um carregamento de antibióticos e analgésicos nas mãos. Teríamos que voltar dali a duas semanas para retirar os pontos. Teríamos que comer mingaus e purês, alimentos pastosos. Minha mãe deixaria o trabalho na roça nas semanas que se seguiriam para se dedicar integralmente aos nossos cuidados. Somente uma das filhas teria a fala e a deglutição prejudicadas. Mas o silêncio passaria a ser nosso mais ressaltado estado a partir desse evento.

Nunca havíamos saído da fazenda. Nunca tínhamos visto uma estrada larga com carros passando para os dois lados, seguindo para os mais distantes lugares da Terra. Foi o que Sutério disse. No caminho de ida, estávamos tomados de aflição, pelo cheiro de sangue coagulando, pelas preces de meu pai e de minha mãe, atônitos. O gerente da fazenda apenas ria dizendo que crianças são iguais a gatos, que cegam, uma hora estão num lugar outra hora estão em outro, quase sempre aprontando algo para dar dor de cabeça aos pais. Que ele tinha filhos e sabia. Na volta estávamos bastante abatidas, uma mais que a outra, esgotadas da mesma forma, apesar da extensão das lesões ter sido distinta. Uma havia amputado a língua, a outra tinha tido um corte profundo, mas estava longe de perdê-la.

Nunca havíamos andado na Ford Rural da fazenda ou em qualquer outro automóvel. E como era diferente o mundo além de Água Negra! Como era diferente a cidade com suas casas grudadas umas às outras, dividindo paredes. As ruas calçadas com pedras. O chão das nossas casas e dos caminhos da fazenda era de terra. De barro, apenas, que também servia para fazer a comida de nossas bonecas de sabugo, e de onde brotava quase tudo que comíamos. Onde enterrávamos os restos do parto e o umbigo dos nascidos. Onde enterrávamos os restos de nossos corpos. Para onde todos desceriam algum dia. Ninguém escaparia. Só pudemos observar tudo aquilo durante o retorno, em lados opostos do veículo, com nossa mãe no meio, absorta em pensamentos que nossos gritos haviam precipitado em seu íntimo.

Ao chegarmos a casa, só estavam Zezé e Domingas, pequenos, acompanhados de dona Tonha. Vi meu pai perguntar por Donana enquanto minha mãe nos segurava pelas mãos diante da porta. Desceu faz umas duas horas para o rumo do rio, foi o que dona Tonha respondeu. Sozinha?, quiseram saber. Sim, saiu levando um embrulho.

3

Salu disse que eu era a filha mais velha, a primeira de quatro filhos vivos e de outros tantos que nasceram mortos. Belonísia veio pouco tempo depois, enquanto minha mãe ainda me amamentava, contrariando a crença de que quem amamenta não engravida. Entre nós duas, diferente dos intervalos entre os outros filhos, não houve natimortos. Dois anos depois que nasceram dois filhos mortos veio Zezé e, por último, Domingas. Entre eles, mais duas crianças que não vingaram. Minha avó, Donana, foi quem ajudou minha mãe nos partos. Era nossa avó, mas também mãe de pegação. Esse era o título que dizia qual era o seu lugar em nossas vidas: avó e mãe. Quando deixamos a barriga de Salustiana Nicolau — os vivos, os que morreram tempos depois e os natimortos — encontramos primeiro as mãos pequenas de Donana. Foi o primeiro espaço no mundo fora do corpo de Salu que ocupamos. Suas mãos côncavas que muitas vezes vi se encherem de terra, de milho debulhado e feijão catado. Eram mãos pequenas, de unhas aparadas, como deveria ser a mão de uma parteira, dona Tonha dizia. Pequenas, capazes de entrar no ventre de uma mulher para virar com destreza uma criança atravessada, mal encaixada, crianças com os movimentos errados para nascer. Ela faria os partos das trabalhadoras da fazenda até poucos dias antes de sua morte.

Quando nascemos, nossos pais já eram trabalhadores da Fazenda Água Negra. Meu pai havia ido buscar Donana semanas antes do meu nascimento. Cresci ouvindo minha avó se queixar da distância da fazenda onde havia passado sua vida, nota evidente de uma saudade que não admitia sentir. Não exigia seu retorno, compreendia seu papel ao lado do filho, mas não deixava de externar seu lamento. Quando meu pai apareceu na fazenda onde havia nascido, para buscá-la, Donana já se encontrava sozinha na casa velha onde viveu quase todo o seu tempo. Seus outros filhos haviam partido em busca de trabalho, cada um na sua vez. A primeira a deixar a casa depois de meu pai havia sido Carmelita, que partiu sem indicar o rumo que tomaria, logo após a mãe ficar viúva pela terceira vez. Mas a própria Donana, em seu íntimo, quis que a filha seguisse seu destino.

Àquela altura, a terra da Fazenda Caxangá, que havia rendido fartura de frutos por toda a sua vida, estava retalhada. Cada homem com desejo de poder havia avançado sobre um pedaço e os moradores antigos foram sendo expulsos. Outros trabalhadores que não tinham tanto tempo por lá estavam sendo dispensados. Os homens investidos de poderes, muitas vezes acompanhados de outros homens em bandos armados, surgiam da noite para o dia com um documento de que ninguém sabia a origem. Diziam que haviam comprado pedaços da Caxangá. Alguns eram confirmados pelos capatazes, outros não. Meu pai, depois de chegar a Água Negra, retornou algumas vezes ao lugar onde havia nascido. Essas histórias nos foram contadas por Salustiana, enquanto crescíamos. Só preservaram Donana por lá por conta da idade avançada, por já terem de alguma forma se afeiçoado à sua presença. E também porque corriam de casa em casa, de boca em boca, os poderes da velha feiticeira, das viuvezes, provas do seu fardo, e do filho que enlouqueceu e foi viver no mato com uma onça por semanas.

Eu e Belonísia éramos as mais próximas e, talvez por isso, as que mais se desentendiam. Tínhamos quase a mesma idade. Andávamos juntas pelo terreiro da casa, colhendo flores e barro, catando pedras de diversos formatos para construir nosso fogão, galhos para fazer nosso jirau e nossos instrumentos de trabalho para arar nossas roças de brinquedo, para repetir os gestos que nossos pais e nossos mais velhos nos haviam deixado. Disputávamos espaços, disputávamos sobre o que plantar, sobre o que cozinhar. Disputávamos os calçados feitos das folhas verdes e largas que encontrávamos na mata que circundava as nossas casas. Montávamos bastões de madeira que fazíamos de nossos cavalos, recolhíamos sobras de lenha para fazer nossos móveis. Quando as disputas se tornavam brigas e gritos, nossa mãe intervinha, pouco paciente, e nos levava de volta para casa nos retirando a liberdade de sair até que nos comportássemos. Prometíamos que não brigaríamos mais, até que saíamos para o quintal ou para o terreiro e recomeçávamos a brincadeira, para pouco tempo depois retornar à rixa, às vezes com direito a arranhões e puxões de cabelo.

Nos primeiros meses após perder a língua fomos tomadas de um sentimento de união que estava gasto com aquele passado de brigas e disputas infantis. No início se instalou uma grande tristeza em nossa casa. Os vizinhos e compadres vinham nos visitar, fazer votos de melhoras. Minha mãe se revezava com as vizinhas, que olhavam os filhos menores enquanto ela cozinhava papas, mingau de cachorro para ajudar na cicatrização, purês de inhame, batata-doce ou aipim. Nosso pai seguia para a roça ao nascer do dia. Rumava com seus instrumentos depois de passar a mão nas nossas cabeças com suas preces sussurradas aos encantados. Quando retomamos as brincadeiras, havíamos esquecido as disputas, agora uma teria que falar pela outra. Uma seria a voz da outra. Deveria se aprimorar a sensibilidade que cercaria aquela convivência a partir de então. Ter a capacidade de ler com mais atenção os olhos e os gestos da irmã. Seríamos as iguais. A que emprestaria a voz teria que percorrer com a visão os sinais do corpo da que emudeceu. A que emudeceu teria que ter a capacidade de transmitir com gestos largos e também vibrações mínimas as expressões que gostaria de comunicar.

Para que essa simbiose ocorresse e produzisse um efeito duradouro, as disputas ficaram, naturalmente e por um tempo, de lado. Ocupávamos o tempo com as apreensões do corpo da outra. No começo foi difícil, muito difícil. Era necessário que se repetissem palavras, que se levantassem objetos, que se apontasse para as coisas que nos cercavam, tentando apreender a expressão desejada. Com o passar dos anos, esse gesto se tornou uma extensão das nossas expressões, até quase nos tornarmos uma a outra, sem perder a nossa essência. Às vezes nos aborrecíamos com algo, mas logo a necessidade de comunicar o que uma irmã precisava, a mesma necessidade de comunicar à outra irmã o que precisava ser expresso, fazia com que esquecêssemos a causa de nossas queixas.

Foi assim que me tornei parte de Belonísia, da mesma forma que ela se tornou parte de mim. Foi assim que crescemos, aprendemos a roçar, observamos as rezas de nossos pais, cuidamos dos irmãos mais novos. Foi assim que vimos os anos passarem e nos sentimos quase siamesas ao dividir o mesmo órgão para produzir os sons que manifestavam o que precisávamos ser.

4

Donana retornou com a barra da saia molhada. Disse que tinha ido à beira do rio deixar o mal por lá. Entendi por "mal" a faca com cabo de marfim e, mesmo distante, senti seu brilho ofuscar minhas lembranças. Deveria estar no "embrulho" que dona Tonha disse que ela havia levado. Parecia abatida, pálida, com as pálpebras caídas e inchadas. Se aproximou de nós para nos afagar com a mesma mão que desabou sobre nossas cabeças. Senti suas mãos nodosas percorrendo nossos rostos, para logo depois entrar no quarto sem dizer mais nada. Dali não sairia até o dia seguinte.

Meu pai se dirigiu ao quarto dos santos e acendeu uma vela. Nossa mãe nos levou para o seu quarto de dormir e pediu que ficássemos quietas na cama. Amarrou a cortina que separava a porta da sala para que pudesse nos observar de onde estivesse. Parecia ter medo que aprontássemos algo de novo. Disse que iria lavar a trouxa de roupa, empapada de sangue, que levou na viagem para o hospital. Do quarto, ouvi dona Tonha pedir as roupas para ela mesma lavar. Minha mãe era uma mulher alta — mais alta que nosso pai —, com um corpo forte e mãos grandes. Tinha uma distinção admirada pelos que a cercavam, o que a fazia também querida pelos vizinhos. Mas naquele dia parecia ter perdido aquela aura nobre, estava com os ombros curvados, demonstrava exaustão.

Senti Belonísia estender sua mão até a minha e a segurar com força. Estávamos impedidas de falar, então fomos aprendendo de forma instintiva que os gestos comunicariam o que não poderia ser dito. Adormecemos assim naquele primeiro dia.

Donana jamais se recuperou do ocorrido. Mal saía de casa para o quintal ou terreiro. Costumava sentar na beira da cama, arrumava e desarrumava sua velha mala de couro. Retirava os objetos, roupas, frasco de perfume vazio, um pequeno espelho, uma escova de cabelo velha, um missal, papéis que pareciam ser documentos. Lamentava não ter nenhum retrato dos filhos. Não se incomodava mais com a nossa presença ao seu lado, mesmo nesse momento de intimidade, de arrumar e desarrumar seus objetos. Fazia aquilo para preencher o tempo. Havia muito que não ia mais para a roça, estava reduzida a remexer no que se plantava no quintal. E até mesmo este, que era dos seus poucos prazeres no fim da vida, foi deixando de lado. Havia perdido o interesse pelas plantas de que cuidava, pelos xaropes de raiz que costumava receitar aos vizinhos e à própria família. Minha mãe assumiu essas poucas tarefas que Donana considerava suas. Ainda tentou estimular a sogra, chamando para o quintal para ver como tal planta estava vistosa, se o umbuzeiro estivesse florido, ou se alguma praga tivesse surgido em meio ao caos de nossa horta. Minha avó apenas olhava, sem interesse, resmungava e voltava para o quarto, se ocupando de retirar e colocar os objetos em sua velha mala, como se aguardasse a qualquer momento um convite para uma viagem de volta à fazenda onde havia nascido, o único lugar que parecia lhe interessar na vida.

Nos meses que se seguiram, durante o tempo em que nos recuperávamos, enquanto uma aprendia a expressar o desejo da outra, e a outra se fazia legível na expressão dos desejos, apenas algo retirou Donana do mundo de suas lembranças e do arrumar e desarrumar cotidiano daquela mala: um cão que Belonísia encontrou com a pata quebrada na estrada para a roça. Ele abanava o rabo como as folhas da palmeira e andava em pequenos pulos sobre três pernas, sendo que uma das patas dianteiras tinha algum osso quebrado, o que fazia com que a balançasse no ar enquanto se esforçava de forma comovente para caminhar. Algo no animal havia rompido a mudez de todos nos últimos meses e víamos Donana chamar qualquer um da casa para relatar algum movimento diferente do cão. Por um período ela se esqueceu da mala e passou mais tempo na janela para observar Fusco, nome que ela mesma escolheu, e que parecia ser a única companhia que lhe importava.

Logo passou a pedir que dormíssemos em seu pequeno quarto para não deixá-la só. Seguíamos. Donana contava histórias que não tinham fim. Antes de terminá-las, adormecia. Por saber que aquelas histórias não acabariam, às vezes eu dormia antes dela. Escutava-a levantar de madrugada para abrir a porta do quintal ainda no sereno para conversar com Fusco, quase em sussurros. Ainda assim era possível ouvir o som de sua voz. Em toda nossa vida, Donana nunca tinha nos batido como naquele dia em que contrariamos o que considerava sagrado, violando seu passado, trazendo de volta coisas que decerto não gostaria de recordar. Nem queria que nossas mãos inocentes segurassem o motivo de suas dores, ao mesmo tempo que não gostaria de ter que se desfazer de suas lembranças por completo, porque a mantinham viva. Davam sentido ao que lhe sobrara dos dias, na mesma medida em que demonstravam que não havia sido compassiva com as dificuldades que encontrou em seu caminho.

Numa manhã, Donana acordou me chamando de Carmelita, dizendo que iria dar um jeito em tudo, que eu não me preocupasse, que não precisaria mais viajar. Àquela época eu tinha doze anos e Belonísia se aproximava dos onze. Vi Donana nas manhãs seguintes chamar Belonísia de Carmelita também. Minha irmã apenas ria da confusão. Olhávamos uma para a outra e nos deixávamos caçoar pela desordem que se instaurou nos falares de Donana. Em seus pensamentos, Fusco havia se tornado uma onça, pedia para que tivéssemos cuidado. Nos convidava a caminhar pelas veredas por onde iríamos buscar meu pai que, haviam dito, estava dormindo aos pés de um jatobá ao lado da onça mansa que o cão havia se tornado. Sabíamos que nosso pai estava na roça, trabalhando todos os dias, então as coisas que minha avó falava não faziam sentido. Mesmo assim, minha mãe pedia que a acompanhássemos, que vigiássemos para que não lhe sucedesse nenhum acidente ou se perdesse em meio à mata. "Não deixem sua avó se embrenhar nas ribanceiras. Cuidado com a cobra. Não riam de sua avó." Caminhávamos colhendo os frutos que já estavam doces, enquanto adentrávamos o mês de dezembro. Nos esquecíamos de Donana, às vezes nos perdíamos, ficávamos quietas, e logo uma ordem vinha do meio da mata, chamando Carmelita e os meninos para buscar Zeca, e então corríamos ao seu encontro.

Quando meu pai chegava a casa e os netos diziam que Zeca estava ali diante de seus olhos, minha avó dizia não ser verdade, que dele só queria o chapéu que levaria com ela.

Numa tarde de fevereiro, no meio da moleza que o calor nos fazia, Donana saiu sem que percebêssemos. Quando minha mãe, que lavrava um pedaço de terra mais perto de casa, entrou para tomar um copo d'água, percebeu que a sogra não estava ali. Pediu que eu fosse atrás dela. Procurei Belonísia para me acompanhar, mas não a encontrei. Desci pelo caminho que minha avó costumava fazer buscando por meu pai, acompanhada dos "meninos". Tinha um pé de buriti grande por onde andei, o chão estava coberto de frutos. Antes de seguir na busca por Donana, que deveria estar no lugar de sempre, juntei os que conseguia carregar e levei na barra de meu próprio vestido transformado em cesto. Eram frutos rígidos, cor de cobre, nem pareciam se desmanchar numa polpa suculenta, untando os corpos das mulheres que iam vender sua massa na cidade. A venda nos garantia comprar as coisas de que precisávamos quando a roça não resistia à seca ou à enchente do rio. Foi assim que cheguei à beira do rio Utinga, no raso que era passagem permanente para o brejo no caminho das roças, e encontrei Donana emborcada como um bicho na beira e dentro d'água. Seus cabelos brancos pareciam uma esponja luminosa que refletia a luz do sol no espelho que se formava. Reconheci porque era o vestido surrado de minha avó, um vestido que, de tão velho, talvez fosse o mesmo com que ela chegou numa boleia de caminhão, acompanhada de meu pai, pouco antes que eu nascesse. Assombrada com aquela visão, talvez a primeira de minha vida, deixei os frutos caírem e rolarem para o leito de água. Sacudi minha avó — poderia acordar? —, virei seu corpo pequeno e frágil, puxei sem conseguir, não tinha força para retirá-la da água.

Corri para casa para buscar ajuda, sufocada pelo que havia visto. Encontrei Belonísia agachada no mesmo pé de buriti de onde eu havia colhido os frutos. Ela juntava os que não pude carregar no caminho para o rio, quando viu o pavor em meu rosto. Uma de nós levaria a notícia para casa.

5

Ninguém desfez a mala que Donana havia passado a arrumar diariamente nos últimos meses de sua vida. Já conhecíamos cada peça de roupa, cada objeto, de tanto observá-la retirando e pondo tudo de novo na canastra, num ritual que se tornou permanente. Minha mãe sugeriu que algum passante e sua família, em busca de trabalho e necessitado de roupas, recebesse a mala por inteiro de dádiva. Mas meu pai não teve coragem de dar as coisas que pertenciam a Donana, e minha mãe não tocou mais no assunto. Ninguém também falava na faca de cabo de marfim, nem sabíamos do seu paradeiro, nem o porquê de tanto mistério em volta da sua existência. Até a morte de Donana, não sabia por que a lâmina estava enrolada naquele tecido com nódoas de sangue, nem mesmo por que um objeto bonito, com um cabo branco perolado, que meu pai, com a sabedoria de suas andanças, julgava ser marfim, não havia sido vendido diante da escassez em que vivíamos.

Meu pai passaria longo tempo em luto. As festividades que conduzia para os encantados em nossa casa foram suspensas. Continuou atendendo aos que chegavam carregando aflições, querendo um alento, uma reza, um remédio de raiz para curar seus males. Zeca Chapéu Grande guardava luto fechado nos gestos, porque não era hábito vestir preto na servidão de nossas vidas; tinha os olhos marejados, falava muito pouco naqueles dias. Só não deixou de caminhar para a roça, como sempre fazia.

Algumas semanas depois do enterro, vi minha mãe empalidecer à porta de casa com a visão que tinha da estrada. Cheguei ao umbral e me postei ao seu lado. Belonísia e Domingas corriam no terreiro com Fusco, o cão perneta, que havia voltado a ser apenas cão em nossas brincadeiras. Vi minha mãe exclamar uma misericórdia. Belonísia, Domingas e Fusco também pararam para olhar para a estrada, alertados pelos urros que escutávamos. Um homem trazia uma mulher amarrada por corda, os dois acompanhados por outra mulher. Ainda estavam distantes, mas era possível ver o grande esforço que faziam para avançar pelo chão de terra. A mulher gritava os clamores mais ameaçadores e incômodos que eu já tinha ouvido.

"E não é Crispiniana quem vem ali? Ou é Crispina?", perguntou minha mãe, se referindo às gêmeas, filhas de Saturnino, nossos vizinhos em Água Negra. Ele vinha à frente da filha amarrada com corda, enlouquecida, gritando coisas que ecoavam por céu e terra e não conseguíamos compreender. Uma das duas, ou Crispina ou Crispiniana, vinha atrás, auxiliando o pai na jornada, segurando a irmã, certamente se machucando com os golpes do corpo selvagem da transtornada que estava envolta em um laço, como um animal, com uma volta e nós nos braços, outra volta amarrando os punhos. Os pés descalços, o cabelo armado no alto da cabeça, sem o lenço que costumava usar.

Salustiana perguntou por Zezé — "está com o pai", respondeu Domingas —, "então vá você", disse, "vá você e Belonísia chamar seu pai. Diga que compadre Saturnino chegou com as filhas, é coisa para ele". Vi minhas irmãs se afastarem em direção à roça, enquanto me aproximei mais do corpo forte de minha mãe. Ela suava como o sereno da madrugada. Dali, víamos os olhos vermelhos, o rosto contorcido, a enorme quantidade de saliva como espuma que saía da boca da mulher. Toda aquela cena me deixava com um misto de curiosidade e medo. Com a família cada vez mais perto, minha mãe perguntou o que havia acontecido, qual das duas moças estava amarrada. O compadre parecia cansado, esgotado de levar a filha do rio Santo Antônio ao rio Utinga, e respondeu, tirando o chapéu em reverência: "É Crispina".

"Ah, então vocês encontraram?", ouvi minha mãe perguntar com a voz trêmula.

"Estava no cemitério da cidade, deitada, escondida", disse Saturnino entrando no terreiro da nossa casa.

De fato, havia uma semana o pai, irmãos, dentre eles Crispiniana, estavam à procura de Crispina. A família havia sido acolhida na fazenda fazia muitos anos. Saturnino, Damião e meu pai foram os pioneiros a chegar para trabalhar em Água Negra. Crispina e Crispiniana eram as únicas gêmeas do povoado e as primeiras que me lembro de ter tido contato. Era algo misterioso olhar para as duas mulheres jovens, recém-saídas da adolescência. Espelho não era coisa comum por ali. Havia o pedaço de espelho de Donana, que podíamos admirar vez ou outra, enquanto desarrumava e arrumava sua mala naquela rotina instituída na sua caduquice. Mas espelho mesmo, acessível para nos observarmos, era apenas o espelho d'água dos rios com seu líquido escuro e ferruginoso, onde nos víamos negras num espelho também negro, talvez criado exatamente para nos descobrirmos. Do espelho cintilante da faca de cabo de marfim também não esquecia, afinal, nele havia vislumbrado nossos rostos para num átimo ver a lâmina inflexível fazer cair uma língua com os sons que poderiam ser produzidos por ela. Crispina e Crispiniana caminhavam juntas, lado a lado, como um duplo da outra. Como um espelho com profundidade, comprimento e altura, mas sem as bordas quebradas como o que pertenceu a Donana, ou as margens de areia e mata que emolduravam nossa imagem nas águas do rio.

Ao se aproximarem da porta de nossa casa, Crispina tombou no chão. Estava suja, tinha um cheiro ruim de suor, urina e flores mortas. Vi o horror se instaurar nos olhos de minha mãe. Não era a primeira, nem segunda, nem terceira vez que chegava alguém desvairado. E certamente não seria a última que se internaria em nossa casa, como diziam que faziam num hospital da capital para os que enlouqueciam. Não eram hóspedes, visitas ou convidados. Eram pessoas desconectadas de seu eu, desconhecidas de parentes e de si. Eram pessoas com encosto ruim, conhecidos e também desconhecidos de todos. Eram famílias que depositavam suas esperanças nos poderes de Zeca Chapéu Grande, curador de jarê, que vivia para restituir a saúde do corpo e do espírito aos que necessitavam. Desde cedo, havíamos precisado conviver com essa face mágica de nosso pai. Era um pai igual aos outros pais que conhecíamos, mas que tinha sua paternidade ampliada aos aflitos, doentes, necessitados de remédios que não havia nos hospitais, e da sabedoria que não havia nos médicos ausentes daquela terra. Ao mesmo tempo que me orgulhava da deferência que lhe dedicavam, sofria por ter que dividir a casa com visitas nada discretas, gritando suas dores, seus desconhecimentos, impregnando-a do cheiro de velas e incensos, das cores das garrafas de remédios de raízes, das pessoas boas ou ruins, humildes ou inconvenientes, que se instalavam por semanas no nosso pequeno lar. Minha mãe era a que mais sofria, porque precisava permanecer em casa, atenta aos horários dos remédios, acompanhando os parentes que também se acomodavam com o doente — era uma condição para a "internação" — no intuito de auxiliar nos cuidados aos perturbados.

A ordem delicada da vida havia sido rompida, o que se refletia no desequilíbrio de todos, inclusive de nós, crianças, que passávamos a ter medo das sombras da moradia iluminada por candeeiros e velas durante a noite. Evitávamos dormir sozinhas e ficávamos amontoadas para nos protegermos dos espaventos que vinham por vezes durante a madrugada, com um grito rouco ou com a sensação de um sutil tremor de terra, que acreditávamos serem causados pelas forças contrárias dos internos.

    Vislumbrar Crispina no chão, aos nossos pés, com olhos cor de fogo, cabelos crespos enredados em pétalas de flores e folhas secas — algumas guardando a lembrança da cor e certamente de algum perfume que tivera no auge do seu viço —, com a boca branca minando saliva, e o odor nauseante que exalava de seu corpo ao lado da irmã Crispiniana, foi experimentar de novo a sensação de infortúnio que nos devastou no dia em que retiramos a faca da mala e, querendo experimentar a beleza de um brilho misterioso e proibido, a colocamos na boca, completamente libertas, como se fosse possível, sem experimentar os interditos das crenças de nossos pais e vizinhos, ou sem, ainda, compreender a dominação que nos fazia trabalhadores cativos da fazenda. Foi como se o espelho de minha avó, que continuava em sua mala debaixo da cama, coberta por grossa camada de terra, tivesse perdido mais um pedaço, e só pudéssemos ver àquela distância parte de nós mesmos. Talvez por estar tão impressionada, Crispina tenha segurado meu pé com tamanha força que me derrubou no chão sem que minha mãe conseguisse evitar a queda, e o choro que brotou de meu rosto guardava a impressão daquela visão que remetia a algo muito recente em nossas vidas.

    Saturnino, impaciente, desferiu um tapa sonoro na cara da filha, que não reagiu, ao mesmo tempo que Crispiniana, que testemunhava o ato, levava a mão ao rosto como se o golpe do pai tivesse sido em sua própria face.

    Enquanto chorava, avistei Belonísia e Domingas saindo da vereda que levava à roça. Não demorou para meu pai chegar carregando sua sacola e enxada. Zeca Chapéu Grande era diferente de nós, que não sabíamos lidar com eventos daquela natureza. Agia com grande afeição diante das dificuldades mais díspares que nos chegavam à porta. De imediato, ordenou que

Saturnino desamarrasse a filha, o que ele fez sem questionar ou temer, como parecia minutos antes. Ajudou a moça a se levantar. Vi que dos lábios grossos e antigos de meu pai saíam as rezas que nos remetiam à segurança da magia que lhe creditavam. Ele pediu que minha mãe e Crispiniana a levassem para tomar um banho, enquanto Belonísia e Domingas se postaram ao meu lado. Seguiu para o quarto dos santos, estendeu uma esteira de palha, pôs um banco de assento de couro velho ao lado.

Acendeu uma vela e a atenção de todos que estavam por perto se voltou para o lume; se permanecesse acesa, Crispina, agora perturbada, poderia ficar; se a chama não resistisse à energia da atmosfera, se apagando, era porque não havia remédio.

6

Demorou algumas semanas até que Crispina, em parte, se pacificasse. Antes disso foi preciso conviver com seus gritos e gemidos, dia e noite. De dia, já era de certa forma esperado. À noite, nos arrepiávamos e acordávamos aturdidos. Via meu pai Zeca levantar de seu quarto e seguir acompanhado de minha mãe para onde estava a interna. Escutávamos tudo de onde estávamos, minúsculo cômodo onde nós, irmãos, dormíamos amontoados, mas quando as palavras chegavam até mim eram apenas sussurros que mal conseguia distinguir. Minha mãe passava com o candeeiro aceso no quarto para bem-fadar nosso sono. Essa rotina se repetiu por semanas.

Quando retornei certa manhã, depois de aguar as plantas do quintal — e Crispina já reagia bem às rezas e poções de raízes que meu pai administrava —, ouvi as duas irmãs conversando baixo, a princípio, mas depois se tornou um crescente exaltar de vozes vindas do quarto onde estavam. Tinham acabado de voltar de um passeio pelo terreiro da casa, consentido pelo curador. Não pude escutar tudo, mas suas sentenças passaram o resto do dia martelando em minha cabeça: "Não foi verdade", "Foi, sim", "Você adoeceu, Crispina", "Não estou doida, Crispiniana", "Não diga uma tolice dessas na frente de nosso pai", "Que você estava no mato com ele", "Isidoro nem estava por lá essa hora", "Isidoro fez promessa de morar comigo", "Fez promessa não, senhora. Você que está inventando coisa", "Fala isso porque é você que quer ele e estava lá no mato", "Maluca, por isso está aqui".

Escutei tudo suavizando minha respiração, atenta ao que diziam, na mesma medida que estava alerta à presença de minha mãe, que poderia chegar a qualquer momento e me surpreender escutando a conversa. Sabia bem que repreensão teria se fosse apanhada ouvindo duas pessoas mais velhas. Foi quando Crispina gritou para que a irmã saísse dali, que a deixasse em paz, e das brechas da cortina que separava os cômodos, vi seus olhos ficarem vermelhos feito dois torrões de brasa. Ela começou a salivar de tal forma que se formou um muco leitoso no canto da boca. Eram gritos misturados ao choro alto. O caos se instaurou naquele instante, as duas choravam até que, depois de certo ponto, rolavam pelo chão retirando seus lenços e se agarrando aos cabelos.

Eu estava surpresa, mas Belonísia se aproximou de mim rindo da cena. Minha mãe, que lavava utensílios com a água que eu havia pegado no rio mais cedo, deixou as panelas no jirau e correu para o quarto. "Mas o que é isso?", disse, avançando para tentar separar as duas. "Anda, vocês duas" — olhou para mim e Belonísia — "me ajudem aqui." Seguramos Crispiniana pelos braços. Ela tinha os olhos lacrimosos e o cabelo em pé de tantos puxões que havia levado; minha mãe segurou os dois braços de Crispina, a perturbada, com os olhos vítreos e a boca repetindo as acusações que havia lançado à irmã. Minha mãe ameaçou chamar compadre Saturnino para levar as duas dali, "e aí não tem remédio, acaba o tratamento e não vou querer você de volta, Crispina". Nos braços de minha mãe mesmo, Crispina, agitada, chorou repousando a cabeça nos seus seios. Salustiana Nicolau ordenou que Crispiniana saísse com nós duas e que as deixássemos a sós por um tempo.

Crispiniana ajeitou a roupa rasgada em seu corpo e foi para o quintal. Chorou em silêncio e, quando seus olhos ficaram cansados de verter lágrimas, pegou os utensílios que minha mãe lavava para terminar o trabalho. Eu e Belonísia continuamos na sala, fingindo brincar em silêncio para escutar o que Crispina dizia. Crispina repetiu o que havia dito, que encontrou seu noivo deitado com a irmã na roça dele. Que foi tomada de um sentimento de amargor que nunca havia experimentado. Que já não atinava mais coisa com coisa e foi tomada de algo ruim que a perturbou por completo. Só veio recobrar a consciência quando já estava instalada em nossa casa, havia semanas, e aos poucos foi recordando os dias que antecederam seu desaparecimento.

O resto da história nós sabíamos de escutar compadre Saturnino contar no dia em que chegaram a casa, e mais as prosas das vizinhas, compadres e comadres que repetiam a novidade nos caminhos que cortavam a fazenda. Depois de sumir sem deixar vestígios, pai, noivo e irmãos procuraram Crispina por roças, na mata que cercava o rio Santo Antônio, pelos pântanos e brejos dos marimbus, sem êxito. O pai, atormentado com aquele inesperado desaparecimento, chegou à cidade caminhando e procurou por ajuda da polícia. A cada dia chegava uma notícia nova, de que Crispina estava indo para um povoado nas cercanias da fazenda, ou que alguém a havia visto subindo num ônibus em direção à capital, ou que ouviram urros de uma mulher louca durante a madrugada, como se fosse um bicho. Ou, ainda, que tinham visto alguém tirando frutas do quintal, que compadre Domingos havia atirado numa pessoa pensando que era uma raposa, e quando Saturnino chegou tonto na casa do compadre, teve a história desmentida.

Oito dias depois, Crispina foi encontrada por um coveiro deitada entre os túmulos no cemitério da cidade, incapaz de responder sobre quem era, muito menos onde vivia e o que estava fazendo ali. Surgiu poucos dias depois do feriado de Finados, deitada em meio a flores murchas que já haviam perdido a frescura, mas ainda guardavam o perfume das coisas que mirram e diminuem em sua própria finitude. Angélicas, crisântemos, lírios deixados pelas famílias mais abastadas, e flores artificiais, de arame e papel crepom desbotado pelo tempo, pelas famílias desprovidas. Estava mais magra, abandonada ao próprio esquecimento, suja da terra que revolviam para sepultar os mortos, da longa caminhada, com os pés e mãos feridos, com um odor forte de suor e urina. Compadre Saturnino foi ao encontro da filha, submisso ao destino, aceitando o imprevisto. Não contou com a boa vontade de Sutério para buscá-la com a Ford Rural. O gerente havia alegado trabalhos para não fazer o transporte no carro do patrão. Daí que veio a ideia de laçá-la como se laçam os animais na lida do campo ou os perturbados conduzidos aos curadores de jarê. E caminhando por muitas horas chegaram aos domínios de Zeca Chapéu Grande, para que pudesse curá-la do infortúnio da loucura que havia se abatido sobre seu juízo.

De loucura meu pai entendia, assim diziam, porque ele mesmo já havia caído louco num período remoto de sua vida. Os curadores serviam para restituir a saúde do corpo e do espírito dos doentes, era o que sabíamos desde o nascimento. O que mais chegava à nossa porta eram as moléstias do espírito dividido, gente esquecida de suas histórias, memórias, apartada do próprio eu, sem se distinguir de uma fera perdida na mata. Diziam que talvez fosse por conta do passado minerador do povo que chegou à região, ensandecido pela sorte de encontrar um diamante, de percorrer seu brilho na noite, deixando um monte para adentrar noutro, deixando a terra para entrar no rio. Gente que perseguia a fortuna, que dormia e acordava desejando a ventura, mas que se frustrava depois de tempos prolongados de trabalho fatigante, quebrando rochas, lavando cascalho, sem que o brilho da pedra pudesse tocar de forma mínima o seu horizonte. Quantos dos que encontravam a pedra estavam libertos dos delírios? Quantos tinham que proteger seu bambúrrio da cobiça alheia, passando dias sem dormir, com os diamantes debaixo do corpo, sem se banhar nas águas dos rios, atentos a qualquer gesto de trapaça que poderia vir de onde menos se esperava?

Crispina tentou de todo jeito fazer com que minha mãe mandasse a irmã de volta para casa, que a deixasse ali sozinha. Minha mãe, de forma assertiva, disse que o passado ficaria para trás, que elas eram irmãs e naqueles dias que se encontrava recolhida em nossa casa Crispiniana tinha zelado por ela como se fosse uma mãe. "Onde já se viu irmãs da mesma barriga viverem a vida como se fossem inimigas?", perguntou. Disse que nunca em sua vida tinha visto algo assim, e que aquilo deveria trazer má sorte para a vida das duas. As gêmeas voltaram a se falar e a conviver como antes no resto da temporada em nossa casa. Não brigaram mais, porém tampouco "se uniram como os dedos da mão", diria minha mãe certo dia para meu pai.

Crispina recobrou a saúde, o viço da pele, as forças de jovem lavradora, como grande parte das mulheres que residiam na fazenda. Havia brilho em seus olhos e se tornou novamente um espelho da irmã, Crispiniana. Logo seria hora de regressarem para as margens do Santo Antônio. Agora, mais que antes, laços concretos nos uniam: a mão de meu pai estava repousada, enquanto vivesse, em sua cabeça. Repousada na cabeça dos membros de sua família. Zeca Chapéu Grande não era apenas um compadre. Era pai espiritual de toda gente de Água Negra.

Quando deixou nossa casa, ela voltou, contra a vontade do pai, a se encontrar com Isidoro. Pegaram seus pertences e foram morar juntos numa casa de barro que levantaram na parte destinada à morada dos trabalhadores. Da porta da casa do pai, Crispiniana mirava a vida da irmã com sua grande paixão. Não acreditávamos que a história das irmãs fosse terminar daquela forma.

7

Anos depois do acidente que emudeceu uma de suas filhas, meu pai, incentivado por Sutério, havia convidado o irmão de minha mãe para residir em Água Negra. O gerente queria trazer gente que "trabalhe muito" e "que não tenha medo de trabalho", nas palavras de meu pai, "para dar seu suor na plantação". Podia construir casa de barro, nada de alvenaria, nada que demarcasse o tempo de presença das famílias na terra. Podia colocar roça pequena para ter abóbora, feijão, quiabo, nada que desviasse da necessidade de trabalhar para o dono da fazenda, afinal, era para isso que se permitia a morada. Podia trazer mulher e filhos, melhor assim, porque quando eles crescessem substituiriam os mais velhos. Seria gente de estima, conhecida, afilhados do fazendeiro. Dinheiro não tinha, mas tinha comida no prato. Poderia ficar naquelas paragens, sossegado, sem ser importunado, bastava obedecer às ordens que lhe eram dadas. Vi meu pai dizer para meu tio que no tempo de seus avós era pior, não podia ter roça, não havia casa, todos se amontoavam no mesmo espaço, no mesmo barracão.

Para convencê-lo, meu pai disse que o arrozal era bom de trabalhar. Que ali chovia, tinha terra boa, que, "olha", abria os braços mostrando a roça e o quintal, mostrando a mata ao seu redor, "aqui não nos falta nada". "Você tem os meninos, isso é de ajuda. Tem um passarinho preto miudinho assim", mostrava as falanges dos dedos dando a dimensão aproximada da praga, "que ataca o arrozal de manhã cedo. Os meninos podem ajudar a espantar eles. Aqui todo mundo acorda cedo para espantar os passarinhos, só assim fazemos boa colheita."

Era verdade. Nos longos anos em que plantaram arroz no meio do sertão de água, na beira dos pântanos dos marimbus, acordávamos antes que o sol se levantasse no horizonte e seguíamos rumo à roça da fazenda. Nos muníamos de galhos, pedras, tudo que fosse instrumento para espantar os pássaros, miudinhos, de penas negras e que brilhavam quase azuis na luz da manhã. Se não fôssemos rápidos o suficiente, seu bico entrava no grão que amadurecia e sugava tudo que estivesse dentro, com sua minúscula língua. Enquanto os adultos trabalhavam, cabia a nós, as crianças, espantar a praga. Os meninos chegavam com estilingues, por vezes abatiam a ave pequena. Certa vez, Belonísia chorou e só cessou o pranto quando sugeri que fizéssemos um enterro, com direito a uma caixa de vela, como urna, e flores que colhemos no campo.

Meu tio viajou no lombo de um burro, a mulher em outro, os filhos caminhando, se revezando na travessia para a montaria dos animais. Foram morar numa construção de alvenaria, uma casa vazia que abrigava os trabalhadores que chegavam. Era permitido que se hospedassem ali até a aceitação definitiva da morada, dada de acordo com a produtividade e a disposição para o trabalho da nova família. Se aceitos, destinava-se a eles uma parcela de terra para que pudessem construir a tão almejada casa e ter seu quintal e animais pequenos.

Tio Servó chegou acompanhado da esposa, Hermelina, e dos seis filhos. Era a primeira vez que os via. Minha mãe estava emocionada, com a discrição de sentimentos que lhe era peculiar. Matou duas galinhas de nosso quintal e fez um almoço farto. Sentamos no chão com nossos pratos, as crianças tímidas se escondiam atrás dos pais. Salu não conhecia a cunhada e logo quis saber o nome dos sobrinhos. "Este aqui guardei pra você batizar, Salu", disse. Era meu primo mais velho, Severo.

Era quase um rapaz, crescido, mas igualmente tímido como os irmãos. "Mas deixou o menino tanto tempo pagão, Servó?", reclamou minha mãe da negligência do irmão.

Depois do almoço, e espalhados pelo terreiro, meus primos foram se entrosando. A casa onde iriam ficar estava mais próxima do rio Santo Antônio, do lado oposto à nossa. Assim, nosso contato não seria tão frequente, nos veríamos nas festas e nos feriados, ou nos dias das brincadeiras de jarê em nossa casa. Não cheguei a vê-los nos arrozais da várzea do Santo Antônio, para saber se espantavam o chupim tão bem como nós. Mas Severo, o primo tímido, chegava de tempos em tempos com meus tios para nos visitar. Se era brincadeira de jarê, ficávamos acordados até a madrugada correndo pelo terreiro, contando histórias e rindo alto.

Eu e Belonísia, estranhamente, já que estávamos cada vez mais próximas, nos dispersávamos nesses momentos, talvez de forma irrefletida, para disputar a atenção de Severo. Domingas e Zezé se ocupavam com brincadeiras com os menores, enquanto nós, quase adolescentes, descobríamos aos poucos o interesse que um menino poderia despertar em duas moças com seios despontando nos vestidos, ancas se firmando e o perfume do corpo abundando como nunca. Duas moças que se descobriam vaidosas, que reclamavam por um espelho em casa, que ocupavam o tempo vago com penteados e combinações de vestimentas diferentes com as poucas peças de roupa que tinham.

Severo superou aos poucos a timidez e passou a se comunicar de forma incessante conosco. No início, a que era a voz duplicada, a que falava pelas duas, cuidou, sem perceber, de instruir o primo de como poderia ser fácil entender os sinais que havíamos elaborado, sem o recurso de uma escola, para nos comunicarmos. De maneira breve, ele aprendeu a se comunicar também, às vezes melhor que qualquer um da casa, e logo se passou a sentir, além do óbvio ciúme pela atenção do primo, ciúme pela capacidade de compreensão que havia adquirido em tão pouco tempo. Quiçá o primo nos compreendesse melhor que nossos pais.

Chupim aos montes e todo dia, ao alvorecer. Nós seguíamos para espantá-los com nossas armas. Chupim engana, é matreiro e preguiçoso. Come o arroz que a gente planta — ouvíamos falar —, gosta de coisa pronta. Não batalha pelo seu grão. Chupim nos marimbus podia colocar ovos no ninho de xanã, no do sangue-de-boi de penugem vermelha cor de fogo, cantando "tiê, tiê" para os ovos dos filhotes que pensa serem seus. Chupim coloca ovos no ninho de carrega-madeira que esteve construindo sua casa para abrigar sua cria — e as crias do parasita sem saber. Deixava seus ovos fecundados para serem chocados nos ninhos de xorró-d'água, cabeça-de-velho, sabiá-bosteira, sabiá-bico-de-osso, bem-te-vi, patu-d'água e guachu. Os ovos do chupim cresciam debaixo da beleza do canto do sofrê e até de zabelê no chão. Mas nunca vi ovo de chupim no ninho de paturi. Por que será? É o que guardo das conversas que tínhamos quando nos encontrávamos em nossa casa, quando muito, na casa da família de tio Servó, no sequeiro do rio Santo Antônio.

Com a chegada do tio, ganhamos um tocador de pífaro para alegrar as festas de santos, porque as festas dos encantados eram dominadas pelos atabaques. Por muitos anos, a música do pífaro de nosso tio dominou nossas celebrações e as mais distantes, quando viajávamos para festejar são Francisco e outros santos de nossa estima nos povoados de Remanso e Pau-de-Colher.

No dia de são Sebastião, santo de devoção de nosso pai e celebrado na sua data de nascimento, havia a maior festa, a que mais agregava gente e a que mais trazia devotos de fora da fazenda. Muitos vinham de longe para seguir os rituais da brincadeira para festejar com bebidas e comidas as dádivas que haviam recebido dos encantados. Nós, crianças, permanecíamos distantes das atividades principais, os mais novos em brincadeiras ao redor da casa; os mais jovens disputando a atenção dos adultos. Eu e Belonísia ouvíamos a conversa das filhas de dona Carmeniuza e dona Tonha. Elas falavam da visita dos patrões às roças da fazenda. Queriam saber se eles haviam chegado por aqui, se tinham levado as batatas do nosso quintal também. "Mas as batatas do nosso quintal não são deles", alguém dizia, "eles plantam arroz e cana. Levam batatas, levam feijão e abóbora. Até folhas pra chá levam. E se as batatas colhidas estiverem pequenas fazem a gente cavoucar a terra para levar as maiores" — disse Santa, arregalando os olhos para mostrar sua revolta. "Que usura! Eles já ficam com o dinheiro da colheita do arroz e da cana." Poderiam muito bem comprar batata e feijão no armazém ou na feira da cidade. Nós é que não conseguíamos comprar nada, a não ser quando vendíamos a massa do buriti e o azeite de dendê, escapulindo dos limites da fazenda sem chamar a atenção. "Mas a terra é deles. A gente que não dê que nos mandam embora. Cospem e mandam a gente sumir antes de secar o cuspo" — alguém disse, num sentimento de deboche e indignação.

Severo nos observava de longe, riscando um graveto no barro seco.

Quando já era madrugada minha mãe perguntou se havia visto Belonísia e Domingas. Domingas estava brincando com a filha de Jandira, na lateral da casa. Belonísia eu havia perdido de vista. "O povo está indo embora", disse minha mãe. Pediu que levasse minha irmã para a cama. Não obedeci logo, deixei Domingas num canto, parecia não ter sono àquela altura, quando dei uma volta ao redor da casa procurando por Belonísia. Não muito distante, debaixo do umbuzeiro quase seco, vi uma sombra que se distinguia do resto da escuridão da noite. Era uma noite fresca e parte das pessoas que iam embora estava agasalhada para caminhar para suas casas. Outros abraçavam o próprio corpo, tentando se aquecer. Me aproximei devagar da árvore onde se abrigava a sombra e, antes que chegasse mais perto, a vi se dividir. Belonísia deixou o abrigo como se nada tivesse acontecido. Passou por mim de cabeça erguida e sorrindo. Antes que eu me aproximasse mais, Severo também deixou o umbuzeiro e seguiu em direção aos pais que estavam prontos para caminhar até sua casa com o candeeiro que tremulava a luz ao longe nas mãos.

Sem conseguir dormir o resto da noite, nem olhar para minha irmã, fui tomada por um sentimento de decepção e rivalidade que desconhecia até aquele instante.

8

Ao amanhecer, fiz chegar a minha mãe a mensagem de que Belonísia estava com primo Severo debaixo do umbuzeiro na noite passada. Sem ter certeza do que vira, mas intuía, adicionei à narrativa a visão de um beijo. Pela primeira vez vi os olhos de minha mãe crisparem e, sem esperar explicações, antes que meu pai soubesse, se encarregou da punição: uma surra de sandália. Cada batida que ouvi Belonísia receber ardia em minha pele. Fui invadida por uma estranha vontade de vingança, pela traição que vi naquele ato, ao mesmo tempo que doía em mim, por nunca ter visto minha irmã apanhar, e porque, desde o acidente, nós havíamos mantido uma relação de reciprocidade maior do que as gêmeas de compadre Saturnino.

Até aquele instante Belonísia havia sido mais próxima de minha mãe, enquanto eu sempre havia me sentido mais ligada ao pai. Mas a surra repercutiu mais em seu íntimo do que o ardor e o machucado na pele. Com medo da reação de meu pai, minha mãe não compartilhou o ocorrido. Nunca soube ao certo, mas deve ter dado um jeito de falar com tio Servó sobre o sucedido, de mandar um recado por alguém ou algum bilhete, afinal ela sabia escrever. E durante um tempo considerável não vimos Severo. Nem mesmo nas brincadeiras de jarê que continuaram com a regularidade de sempre em nossa casa.

Belonísia ficou por semanas sem me olhar diretamente. Passava do quarto para a sala, ou mesmo para o quintal ou terreiro, interagia com os outros irmãos, mas me ignorava. O sentimento de decepção que eu tinha sobre o incidente aos poucos foi se desfazendo diante da mágoa que ela externava. De repente, senti um enorme pesar por ter feito minha mãe castigar Belonísia e, ao mesmo tempo, por ter afastado, de forma involuntária e sem medir as consequências, Severo de nossa convivência. A casa se tornou mais silenciosa, apesar das traquinagens de Zezé — quando não estava na roça com o pai — e Domingas, e do movimento de gente que aparecia quase todos os dias procurando os préstimos do curador Zeca Chapéu Grande. Vi também o remorso no semblante de minha mãe pelo que tinha feito. Salu era enérgica, falava de forma firme e sem hesitar, mas nunca tinha levantado a mão para bater em qualquer filho, muito menos com uma sandália. Ela tentava reparar seu ímpeto de correção oferecendo a Belonísia uma caneca de mingau antes de qualquer um de nós, ou deixando para ela os trabalhos domésticos menos fatigantes, como lavar a louça no jirau, enquanto para mim destinava o carregamento de baldes de água do poço ou do rio.

Se minha irmã demonstrava desencanto em relação à reação de nossa mãe, comigo ocorreu pior. O sentimento que Belonísia me destinou naquelas semanas foi de total desprezo. Ignorava qualquer gesto de aproximação que eu fazia, o que só aumentava meu arrependimento. Era orgulhosa e conduzia muito bem suas decisões, apesar da pouca idade. Eu não sabia o que havia se passado naquele dia, o que a levou a estar a sós com Severo. Nós, que compartilhávamos tudo sobre nossas vidas, nunca falamos sobre o interesse que passamos a sentir desde a chegada de nosso primo. Talvez houvesse o medo de nos desapontarmos mutuamente, já que era notório, para nós duas, o encanto que nutríamos por ele. Talvez fosse mais cômodo manter uma disputa velada, acreditando que nenhuma de nós ultrapassaria a linha imaginária que traçamos para aquele caso.

Tudo começou a mudar numa tarde, após um temporal inesperado, quando minha mãe fechou a casa e nos levou para o rio Santo Antônio, com latas e vara de pescar para capturar os peixes que chegariam com a correnteza. Eu e Belonísia seguimos afastadas, interagindo com Domingas, mas sem partilhar qualquer comunicação. Nas primeiras vezes em que minha mãe enviava recado a uma ou a outra, como sempre fizera, nos esquivávamos, e Domingas assumia a função de replicar a informação. Quando minha mãe percebeu o mal-estar que havia se introduzido entre nós, tratou de nos repreender com rigor, que aquela não era a atitude de duas irmãs que conviviam na mesma casa, que cresceram na mesma barriga e que vieram ao mundo pelas mãos do encantado Velho Nagô. Que ela havia parido irmãs, e não inimigas, e que não iria tolerar mais nossos calundus. Era bom que voltássemos a nos comunicar porque não admitiria malquerença entre suas filhas. Não houve contestação à repreensão de nossa mãe, mas tampouco alguma reação de nossa parte para restabelecer nossa interação. Com um significativo espaço de tempo desde o episódio da surra, passamos a nos comunicar com os sorrisos que Domingas nos provocava, com sua curiosidade e com as coisas que encontrava na estrada. Uma tangerina madura era disputada pelas duas, e Domingas tentava me envolver também. Por fim, Domingas dividia os gomos sumarentos para dizer que havia degustado os maiores e os mais doces.

O rio estava com forte correnteza e minha mãe nos levou para uma pequena lagoa, tributária das águas do Santo Antônio. Passamos a cavar a terra molhada e a retirar algumas minhocas para servirem de isca. Domingas dizia que retirava as maiores minhocas, ria das que Salu e eu retirávamos. Minha mãe com suas mãos habilidosas transformava as pobres minhocas em sanfonas encolhidas, com seus corpos transpassados pelo anzol. "Tá parecendo são Sebastião", e todas rimos juntas, menos minha mãe, que censurou: "Não brinca com o santo, Domingas. Onde já se viu?".

A lagoa era lodosa. Sua superfície estava repleta de algas verdes, mas a cheia tinha trazido peixes, que fisgavam com rapidez as iscas. Domingas ia nomeando, com a ajuda da mãe, a qualidade dos animais. Cascudo tem de monte. "Cascudo anda em rebanho, Domingas." "Cascudo tem pouco peixe" — queria dizer pouca carne — "pega outro", ria Domingas. "Cuide da sua vara e do seu anzol", dizia minha mãe, atenta ao céu, para saber se viria mais chuva. "Beliscou, mãe", Domingas arregalou os olhos. Senti uma fisgada em minha linha também, e vi que Belonísia levantava a sua vara. "Um apanharí", disse minha mãe, "Segura, Belonísia, esse vai pro almoço. Espera que te ajudo", e correu para ajudar a puxar. O meu se debatia tentando se desgarrar do anzol, e Domingas se aproximou de mim. "Ajuda sua irmã, menina" — orientou minha mãe enquanto tentava salvar o seu pescado. Quando ergui o peixe, vivo, tentando retornar para a água para respirar, vi Salu, satisfeita, identificar que era um molé e que o prepararia cozido no dendê.

Passamos mais uma hora daquela manhã capturando os peregrinos que chegavam à lagoa de Água Negra, levados pela chuva. No retorno para casa, tínhamos que atravessar novamente o lodaçal dos marimbus descalças. Nossas sandálias grudavam na lama de tal forma que não conseguíamos erguê-las nos pés. "Pisem devagar" — disse minha mãe, para que não nos machucássemos em pedras e lascas de madeira que porventura estivessem submersas naquele grande lago de lama para chegar à estrada. De súbito, senti meu pé pisar em algo duro, e meu rosto se contraiu de dor. Havia ferido meu pé, um corte profundo, com algo parecendo um pedaço de louça. Belonísia, que estava mais perto de mim, me ajudou a levantar a perna, a chegar na estrada e retirou, com as orientações gritadas por Salu, que atravessava com dificuldade o charco, o objeto que havia cortado meu pé. "Não disse para terem cuidado?" Era um casco de caramujo abandonado, quebrado, entranhado como um espinho. Eu mesma não tive coragem de retirar, comecei a chorar de dor. Belonísia me segurou e puxou de uma vez. Domingas, que agora chegava mais perto, pedia "deixa eu ver, deixa eu ver". Fomos para a beira do rio para lavar os pés. Um sangue grosso e substancioso deixava meu corpo pintando a terra com seu vermelho cor de pássaro. Salu colheu uma erva, uma folha e outra, para esmagar entre os dedos e pôr em cima do ferimento, até chegarmos a casa e saber o que meu pai iria fazer.

9

Voltei para casa apoiada em minha mãe e em Belonísia, pulando de um pé só. Afora o corte profundo que me impediria de colocar o pé no chão por muitos dias, senti certo alívio ao perceber que minha irmã havia voltado a se comunicar comigo; ela me serviu de apoio por semanas junto a Domingas, permitindo que andasse com as mãos repousadas em seus ombros nos deslocamentos que precisava fazer.

Sofri um tanto com o pé cortado, sem poder andar por terreiro e quintal, por roça e beira de rio. Aquele era o nosso pacto de vida, desde o fatídico dia em que a faca de Donana havia fendido nossa história, decepado uma língua, impedido a produção de sons, ferindo a vaidade de uma Mãe d'Água, mas unindo duas irmãs nascidas do mesmo ventre, em tempos diferentes, pela vida até aquele instante. Meu encanto por primo Severo não era maior do que o que sentia por minha irmã, do sentido de proteção que lhe devia, da proteção que ela me devotava também. Não fosse o pé ressentido pela ferida que a tarde de pesca me havia produzido, talvez permanecesse ainda por mais tempo distante de Belonísia. Sem a comunicação era como se nos silenciássemos mutuamente. Era silenciar o que tínhamos de mais íntimo entre nós. Sem poder me tocar, ela não poderia sentir a vibração da respiração em meu corpo. Sem poder lhe tocar, não poderia sentir a velocidade com que o rio de sangue corria em suas veias. Não poderia saber, a partir da sua agitação interior, seus humores, se bravos ou mansos.

Não poderia olhar para meus olhos e perceber, apenas com o exame de meus movimentos, o que intencionava.

Aos poucos, fomos superando a desordem, e ao mesmo tempo que nos aproximávamos, evitávamos falar sobre Severo. Ele passou a ser apenas mais um membro da família e, na distância dos nossos sentimentos, todo o encantamento que ele nos produziu pareceu estar enterrado. Era esperado que o tempo cuidasse daquela paixão repentina e nos devolvesse apenas os laços de família. Meu pai, misteriosamente, parecia não saber sobre o ocorrido, ou, se sabia, preferiu não demonstrar, por qualquer motivo moral ou místico que nunca poderíamos saber.

Voltamos a ver primo Severo em nossa casa nas brincadeiras de jarê, acompanhado de tio Servó e Hermelina, além dos primos menores, que cresciam espantando a praga do chupim dos arrozais. Fazíamos cumprimentos formais, sem grandes emoções, como quando o conhecemos ao chegar à fazenda. Crescíamos a olhos vistos. Eu e Belonísia já enterrávamos nossos restos de regra com um punhado de terra. Cobríamos nossos seios com um tecido para que os mamilos não despontassem através do pano de nossos vestidos. Os homens da fazenda cresciam os olhos para nós duas. Mas nada mais que isso, afinal, éramos as filhas do curador Zeca Chapéu Grande. Meu pai era respeitado pelos vizinhos e filhos de santo, por seus patrões e senhores, e por Sutério, o gerente. Era o trabalhador citado como exemplo para os demais, nunca se queixava, independente da demanda que lhe chegava. Por mais difícil que fosse, arregimentava os vizinhos e trabalhava para entregar o que lhe foi encomendado com o esmero que lhe era creditado. Represava água de rio para algum pedido de irrigação que lhe era feito por Sutério. Reunia os compadres para cortar madeira e conter com grande engenhosidade um afluente. Pastoreava o gado da fazenda, levando-o para comer onde houvesse verde. Era o trabalhador da mais alta estima da família Peixoto. A ele recorriam para trazer novos trabalhadores para Água Negra, porque confiavam na sua responsabilidade com a fazenda. Confiavam na sua capacidade de persuadir e de reconciliar os que viviam em conflito, por cerca ou por animal solto que acabava em suas roças provocando prejuízo.

Por isso, diferente das jovens de nossa idade, e mesmo com os olhares invasivos que nos despetalavam como flores, éramos quase intocáveis ao assédio tão comum dos homens sobre as meninas que chegavam à mocidade. Muitas caíam sob o peso da insistência, não resistiam às abordagens, e com as bênçãos dos pais se uniam com seus corpos ainda em formação. Sucumbiam ao domínio do homem, dos capatazes, dos fazendeiros das cercanias.

A família Peixoto queria apenas os frutos de Água Negra, não viviam a terra, vinham da capital apenas para se apresentar como donos, para que não os esquecêssemos, mas, tão logo cumpriam sua missão, regressavam. Mas havia os fazendeiros e sitiantes que cresceram em número e que exerciam com fascínio e orgulho seus papéis de dominadores, descendentes longínquos dos colonizadores; ou um subalterno que havia conquistado a sorte no garimpo e passava a exercer o poder sobre outros, que, sem alternativa, se submetiam ao seu domínio.

Numa dessas manhãs, minha mãe chegou inquieta e procurou dona Tonha para uma conversa. Eu me interessava mais pela vida alheia do que Belonísia, dispersa que ela ficava nesses momentos. Me pus a lavar as louças no jirau, enquanto escutava as duas.

Falavam de Crispiniana, que estava com barriga crescida. Que havia levado uma surra de compadre Saturnino. Constatavam como era difícil para um pai, viúvo, criar filhos sozinhos. E filhas dão mais trabalho. Vêm com barriga para dentro de casa. E depois? Quem cria as crianças? Diziam que Crispiniana se recusava a dizer quem era o pai. Que tiveram que retirá-la de casa por uns dias com receio de que Saturnino a matasse. E as conversas já iam de boca em boca pela fazenda. Quem seria o pai da criança? Algum trabalhador de fazenda vizinha? Alguém de Água Negra mesmo? "Se o pai bateu tanto assim, comadre" — ponderou dona Tonha —, "será que esse filho não é do cunhado que desgraçou a irmã na loucura, por causa de Crispiniana mesmo?" Minha mãe semicerrou os olhos, incrédula: "Será, comadre? Isidoro? Que se juntou com Crispina?".

Passaram-se dias, e Belonísia veio me comunicar o que havia escutado de conversa de Salu com dona Tonha: que as irmãs Crispina e Crispiniana estavam sem se falar. Que Crispina estava de barriga de Isidoro, mas Crispiniana estava de barriga mais avançada e ninguém sabia quem era o pai. Que havia apanhado mais que mala suja. Que nossa mãe ficou ofendida porque compadre Saturnino disse que deixaria a filha sem a língua, como a filha de compadre Zeca. Que agora elas se miravam de sua porta e se insultavam com toda a discórdia que poderia existir entre duas mulheres, que ocuparam o mesmo ventre, mas que na vida se desconheciam como irmãs. Que o pai estava desgostoso e tinha dado pra beber de descontentamento.

Belonísia demonstrava firmeza em seu semblante. Estava muito claro que ela havia assumido um lado nessa história. Embora primo Severo não fosse mais um empecilho para nossa irmandade, e o encanto por ele parecesse ter se esvanecido. Seu posicionamento me soou como uma advertência sobre até onde poderíamos ir, enquanto irmãs.

10

Naquele tempo, minha mãe já havia assumido em definitivo o ofício de parteira. Meu pai, que era o parteiro até então, transferiu a responsabilidade para Salu. A formalidade do homem simples e cavalheiro se refletia na vergonha que sentia diante das mulheres de seus compadres e filhos de santo. Tudo isso o fizera designar minha mãe para a lida com os nascimentos. Enquanto Donana vivia e tinha saúde, assumiu a missão com toda deferência que o nascimento de um novo ser poderia ter. Minha avó dizia que não fazia parto, quem o fazia era a mãe, apenas ajudava. Ajudava desde as moças, que se uniam muito cedo ou engravidavam de viajantes e trabalhadores, até as vacas, éguas e cadelas. Tinha mãos pequenas, capazes de virar a criança no ventre de um lado a outro. Era no que acreditavam, caso não houvesse o movimento certo para o nascimento, ou a criança não estivesse bem encaixada.

Durante esse período em que Donana cuidava dos partos em Água Negra e propriedades vizinhas, minha mãe foi sua ajudante. Observava os movimentos do corpo, rezas e interditos; o que poderia e não poderia ser comido, bebido, feito. Aprendia sobre o tempo certo para o banho da criança e da mãe, ou a tesoura nova que ficava guardada esperando o nascimento. Atentava para as provações do resguardo. Quando minha avó já não podia ajudar mais, Salu passou a acompanhar meu pai, que, como curador, prestava a assistência de que as mulheres necessitavam. Nunca vi meu pai nessas missões, mas minha mãe relatava para as comadres todo o constrangimento que ele manifestava ao tocar no corpo de uma mulher prestes a dar à luz. Por vezes as acomodava no chão, enquanto estavam amparadas por uma mulher da família ou vizinha, e as tocava com o pé direito na barriga, para capturar mensagens dos movimentos da criança, se havia ou não chegado a hora do parto.

Mas não era meu pai quem estava ali, constrangido, envergonhado de estar com uma mulher em uma delicada posição, com dores lancinantes, se contorcendo em gestos bruscos que faziam despontar um seio desnudo ou sua genitália. Muitas vezes a roupa mal cobria o corpo. Era um encantado, o Velho Nagô, antigo conhecido do povo de Água Negra. Era o senhor do corpo e do espírito de meu pai, das bênçãos e curas que chegavam aos necessitados e à terra. Foi também o Velho, segundo meu pai, que designou Salustiana Nicolau como parteira. Eram as forças do seu encanto que guiavam as mãos e os saberes de comadre Salu na condução do parto. Pelo menos era isso que dizia quando era indagado por alguém que não tinha vivência em nossas paragens.

Fusco latia de forma incessante no terreiro de casa. Belonísia conduziu o mensageiro pela porta e o fez aguardar por minha mãe na sala. Uma das gêmeas de Saturnino estava em trabalho de parto, se contorcia de dor na casa de barro em que vivia, nas margens do rio Santo Antônio. No afã da notícia, não soube dizer qual das filhas estava prestes a parir, mas pelas contas de minha mãe deveria ser Crispiniana, a que havia se hospedado em nossa casa com Crispina — que eu recordava com a situação extrema de desencanto causada, em parte, pela própria irmã.

Era coisa urgente, pelo rosto desesperado do mensageiro. O pai estava em tempo de amarrá-la, por não conseguir deixar coisa alguma em pé dentro de casa. Parecia estar abrigando algum espírito perverso. Seus olhos ardiam feito brasas e os gritos podiam ser escutados a algumas léguas de distância. Os sons que percorriam o vale eram ecos assustadores, gritos de fúria, que nos chegavam com o vento morno da tarde.

A casa ficou sob a responsabilidade de Belonísia, e, diante da urgência, minha mãe me levou como companhia, e seguiu o caminho um tanto aflita com as notícias trazidas sobre o estado da gêmea. Ainda recordo como sua tensão se avolumou ao sermos alcançadas por um dos bramidos, atirado em nossos rostos como um bafo quente e colérico. "Misericórdia!", teria clamado ao Velho Nagô em sua prece não tão íntima, quebrando a concentração que se infligia naqueles momentos em que precisava dar sentido à expressão de outros seres para sua tarefa, assim como meu pai fazia.

Naquele dia, os objetos que compunham a paisagem daquela casa se comportavam como se estivessem vivos. Havia uma árvore derrubada e retalhada em achas, certamente para abastecer o fogão da casa de Saturnino e de todos os outros filhos, que germinaram suas moradas ao redor. Havia um pequeno monte de jacas moles que atraía grande quantidade de moscas e até abelhas. Havia restos de forquilha e barro, outro tanto de terra acondicionado em poucas latas. Certamente mais uma casa para a colmeia que a família de Saturnino estava formando em Água Negra. Havia objetos lançados pela porta: pente, frasco vazio de perfume, canecas e pratos de esmalte, uma grande bacia amassada, mas que preservava certo brilho diante da sua presumível antiguidade.

Minha mãe não tinha a mesma força que a sogra diante desses eventos. Era como se Salu fosse mais humana e falível que Donana. Minha avó transitava como uma entidade viva, quase sobre-humana. Mesmo assim, Salu adentrou a casa com a altivez e a autoridade que emanavam da sua posição de mulher do curador Zeca Chapéu Grande. De imediato, pude entrever o transtorno na fisionomia da mulher em trabalho de parto.

Incontrolável, avançou para agredir Salu. Naquele momento, pude antever a beleza do que nos aguardava. Cresci em meio às crenças de meu pai, de minha avó, e mais recentemente de minha mãe. Os objetos, os xaropes de raízes, as rezas, as brincadeiras, os encantados que domavam seus corpos, tudo era parte da paisagem do mundo em que crescíamos. Mas a transformação da mulher hesitante, que vinha na estrada em preces por misericórdia e bem-aventurança, na força que se antepunha à perturbação de uma grávida transtornada pelas dores, e talvez por espíritos que desconhecíamos, era um milagre de energia. De tão habituada à assertividade de Zeca, eu nunca havia sido capaz de contemplar com a atenção que agora tinha. Diante de meus olhos, vi minha mãe erguer sua mão direita e segurar com força o braço que avançava rompendo o ar para atingi-la. Bastou esse gesto para que cessassem os urros e a cólera da mulher, e um fluxo de serenidade se instaurasse entre os presentes.

Era Crispiniana quem estava em trabalho de parto. Que, talvez afligida pelo abandono e pela solidão de amar o homem de sua irmã, havia se deixado levar por uma torrente de mágoas tão semelhantes às da outra que tempos atrás a fizeram chegar amarrada à nossa casa. Minha mãe a levou para a cama, com a ajuda de tia Hermelina, que nos encontrou no meio do caminho, e fez com que repousasse. Dali a algum tempo nasceria um menino, e seu vagido anunciando a vida preencheria o espaço onde poucas horas antes havíamos escutado os urros de dor e delírio de sua mãe. Exausta, Crispiniana adormeceu com a criança em seu peito. Já não chorava de agonia por seu futuro nem pelo dele. Assim como a mão do Velho Nagô pacificou seu corpo em cólera, seu filho confortou naqueles dias seu coração dos maus-tratos de que tínhamos conhecimento.

O perdão brotou no rosto de Saturnino quando sorriu, meio bobo, ao encontrar o rosto do menino.

Crispina observava tudo de sua janela, do outro lado do terreiro, sem saber expressar a remissão que seu pai e mesmo sua irmã esperavam. Isidoro, talvez envergonhado, tinha preferido seguir para a roça, incapaz de encarar as gêmeas diante do mal que julgava ter feito.

Passaram-se vinte e oito luas quando minha mãe foi chamada de novo para ajudar no parto, dessa vez de Crispina. Seria de novo dia de lua cheia. Quem a acompanhou foi Belonísia, mas, pouco tempo depois de terem partido, minha irmã voltou sozinha e aflita para levar meu pai. Algo adverso acontecia a Crispina e minha mãe achou por bem buscar Zeca. Com o pé direito na barriga da mulher, meu pai viu que não havia movimento da criança.

"É um anjo", minha mãe disse. A sentença que ninguém queria ouvir naquelas horas.

II

Todos temeram, por algum tempo, que Crispina tivesse uma recaída do seu acesso de loucura, que desaparecesse como no passado, ou mesmo que precisasse ser recolhida a nossa casa para tratar novamente dos males de sua alma. Chegavam notícias de que ela havia mergulhado num estado de melancolia preocupante, sem comer ou cuidar da própria higiene. Isidoro zelava por ela, sacrificando em parte seu trabalho na fazenda, expressando preocupação com a tristeza da mulher. Havia o peso da irmã instalada ainda na casa do pai, no outro lado do terreiro, com seu sobrinho crescendo saudável, sobrinho este que talvez fosse filho de seu companheiro.

As coisas não se resolveram de forma fácil, mas o tempo cuidou para que as emoções esmorecessem. Soubemos que, apesar da indiferença que Crispina havia demonstrado durante o difícil trabalho de parto de Crispiniana, a gêmea não hesitou em procurar pela irmã, que, mergulhada em melancolia, foi incapaz de reagir e se deixou cuidar como se fosse a sua mãe ausente quem fazia aquela tarefa. No princípio, Crispiniana evitou levar o pequeno consigo, temendo sua reação, que pudesse considerar a presença da criança uma afronta ao seu sentimento de perda. Ainda, porque temia que pudesse Crispina vislumbrar algum traço de Isidoro em seu rosto.

Mas a própria criança, com seus gestos inocentes de choro ou satisfação, se encarregou de despertar um brilho na palidez das atitudes da tia. E como as coisas que não podemos explicar ou entender, aconteceu que o leite de Crispiniana secou. Nunca saberemos se foi uma ação deliberada da mãe, ou um dos eventos místicos tão comuns na vida do povo de Água Negra. A irmã que estava melancólica pela perda do filho, mas atenta ao desconforto revelado no constante berreiro do sobrinho, o abrigou em seu seio sem que ninguém precisasse pedir por isso. Talvez de forma instintiva tenha deixado a criança por si só perseguir seu leite que, mesmo passados tantos dias da chegada do filho natimorto, ainda minava feito uma fonte de água, como as que surgem nas serras que circundam a Chapada Velha. Era o gesto que faltava para unir as gêmeas, por um breve tempo, até as próximas disputas e brigas, num movimento de afeto e rancor que faria parte de seus dias até o fim de suas vidas.

Vi o menino dando seus primeiros passos e depois correndo para o seio da tia, em plena brincadeira de jarê, numa das muitas celebrações da liturgia em nossa casa. A última vez que o vi mamar no seio de Crispina, na conversa tímida que tinham diante da audiência, o menino já se aproximava dos dois anos. Era forte, ativo, parecia muito com as duas irmãs e com o compadre Saturnino, nada guardando dos seus traços da possível paternidade de Isidoro.

Foi na noite de santa Bárbara, em dezembro, e meu pai, apesar de suas obrigações nas brincadeiras de jarê, havia acordado mal-humorado, com respostas lacônicas às perguntas que lhe faziam. Só os mais próximos, como nós, sabiam o porquê do desconforto visível em seus gestos. No fim da tarde, dona Tonha trouxe, numa caixa antiga, adornos da encantada que meu pai vestiria à noite, depois da ladainha e à medida que os espíritos chegassem e lhe tomassem o corpo para se fazerem presentes. Na caixa estavam guardadas as roupas de santa Bárbara, Iansã, a dona da noite, lavadas e passadas desde a última vez que Zeca a havia vestido. A repulsa pelas vestes era tanta que a roupa não era guardada no quarto dos santos como as demais, mas na casa de Tonha, ela mesma cavalo para a encantada nas noites de jarê.

Zeca Chapéu Grande se envergonhava de ter que deixar as calças que honravam a sua posição de liderança na fazenda, como pai espiritual, e vestir saias, emprestando seu corpo a uma encantada mulher. Fazia porque era a sua obrigação, compromisso que havia assumido quando se curou da loucura e se fez no santo na casa de João do Lajedo, em Andaraí. Mas se envergonhava, porque a audiência era formada por seus compadres e vizinhos, que muitas vezes conduzia nos trabalhos de mutirão para a fazenda.

Nessa noite, fiquei ao lado das filhas de santo que o ajudavam a se trocar durante a celebração. Os tocadores aqueceram seus tambores na fogueira acesa no terreiro. A primeira a chegar, após a ladainha e a saraivada de fogos, foi justamente a dona da festa, santa Bárbara; a caixa trazida por dona Tonha continha a saia vermelha, o adê e a espada de Iansã, todos os adornos que a santa vestiria. O quarto dos santos, onde rezavam a ladainha, tinha velas acesas e uma profusão de cores das imagens e bonecas. Havia imagens de gesso e madeira de diferentes tamanhos e estados de conservação. São Sebastião, Cristo Crucificado, o Bom Jesus, são Lázaro, são Roque, são Francisco, padre Cícero. Havia pequenos quadros, uns de cores vivas, outros desbotados, de são Cosme e são Damião, Nossa Senhora Aparecida, santo Antônio. Havia fotografias de meus pais, da velha Donana, outras tantas, pequenas, de devotos. Havia flores de papel, algumas mais novas, outras pálidas. Sempre-vivas, que colhíamos na estrada ou nas cercanias, entre as rochas.

Fazia calor. Os presentes suavam e enxugavam o suor com as costas ou a palma das mãos, sem deixar os lábios vacilarem na prece. Havia muita gente e o quarto era tão pequeno que a maioria acompanhava da sala, principalmente as mulheres e os homens mais velhos. Os mais jovens e as crianças ficavam alheios às rezas e conversavam em tom baixo; as crianças brincavam e, quando saíam de controle, uma das mulheres se virava para reclamar e pedir silêncio, com os dedos em riste e olhos arregalados.

Havia beleza nos cantos que antecediam a aparição da encantada, e muito mais encanto quando meu pai deixava o quarto dos santos para dançar ao som dos atabaques, no meio da sala. Era um homem magro, mais baixo que minha mãe, e com um tom de pele mais claro que o nosso. Não era jovem, e carregava no rosto os traços de sua idade. Sulcos profundos, vales na sua pele erodida pelo sol e pelo vento, que ainda enfrentava todos os dias para plantar e ter direito à morada de sua família na fazenda. Àquela época, Zeca Chapéu Grande já parecia um ancião, guia do povo de Água Negra e das cercanias, referência para todos os tipos de assuntos, desde divergência de trabalho a problemas de saúde.

Dali, do quarto quente dos santos que rescendia a suor e alfazema, Zeca, que agora abrigava santa Bárbara em seu corpo, vestia a saia vermelha e branca, engomada com todo zelo por dona Tonha, e com o rosto encoberto pelo adê lustroso, ornado de contas vermelhas, saiu empunhando a espada de madeira feita por ele mesmo. A espada, pequena, cortava o ar com seus movimentos ágeis. "Ê, santa Bárbara, virgem dos cabelos louros, ela vem descendo com sua espada de ouro", a audiência batia palmas e cantava em coro, seguindo o tocador de atabaque. Enquanto os homens aceleravam o toque, santa Bárbara se agitava em seus passos e giros. Duas mulheres arriaram no chão, com os olhos semicerrados e movimentos que anunciavam a chegada de mais santas Bárbaras. Foram conduzidas para o quarto por minha mãe e dona Tonha para que pudessem colocar suas vestes também.

Severo, nas últimas brincadeiras de jarê, havia se postado mais próximo aos tocadores. Atento aos toques, já arriscava bater sozinho no couro aquecido, tentando reproduzir o ritmo. Estava maior e mais forte. Tinha um sorriso luminoso, a pele mais negra pela faina debaixo do sol. O corpo irrompendo das roupas, que estavam pequenas. Os olhos de Belonísia, assim como os meus — sei que ela também me notava —, perseguiam com atenção seus gestos. Tio Servó também assumia, por um breve tempo, um dos atabaques, sempre no começo da festa, ou quando um encantado de sua estima, como Tupinambá, vinha girar na sala entre os presentes. Muitas vezes, Sutério vinha participar da audiência e também ensaiava tocar o atabaque nos intervalos entre um giro e outro.

Nessa noite, em particular, estava presente o prefeito. Havia cinco anos, meu pai tinha atendido um de seus filhos. Vieram buscá-lo de carro, um Gordini vermelho, coisa nunca vista em Água Negra. Até então só conhecíamos a Ford Rural da fazenda e os carros que vimos na estrada quando fomos para o hospital por causa do acidente. Desde então, o prefeito aparecia na festa de santa Bárbara. Da primeira vez, meu pai não aceitou seu pagamento, mas pediu que trouxesse um professor da prefeitura para que desse aula às crianças da fazenda. Contava que viu um tanto de constrangimento no rosto de Ernesto, que, sem escapatória, fez a promessa. A gratidão por meu pai e pela encantada era grande, por isso teve que cumprir o que prometeu. Havia também o medo de que o encantamento que curou o filho se desfizesse. Então, meses mais tarde, viria uma professora no carro da prefeitura, três dias na semana, para dar três horas de aula na casa de dona Firmina. Ela vivia sozinha e dispunha de um pequeno galpão com tábuas, que, apoiadas em duas latas cheias de barro, se tornavam um banco para sete ou oito crianças. Para reforçar o que aprendíamos com a professora Marlene, tínhamos o apoio de minha mãe. Dizia que só não poderia ensinar matemática, porque não sabia; "tenho a letra, mas não tenho o número".

Inclusive, no princípio, o prefeito sugeriu uma solução menos trabalhosa e, sabendo que minha mãe era alfabetizada, quis fazê-la professora. Minha mãe, consciente de suas limitações, recusou. Reforçou em sua fala a expressão "tenho a letra, mas não tenho o número", e que queria muito que seus filhos de sangue e de pegação tivessem estudo e pudessem ter uma vida melhor do que a que tinha. Essa era a razão de todo o esforço que meu pai fez para que tivéssemos um professor e, percebendo que não era o suficiente, uma escola. Meu pai não era alfabetizado, assinava com o dedo de cortes e calos de colher frutos e espinhos da mata. Escondia as mãos com a tinta escura quando precisava deixar suas digitais em algum documento. De tudo que vi meu pai bem-querer na vida, talvez fosse a escrita e a leitura dos filhos o que perseguiu com mais afinco. Quem acompanhasse sua vida de lida na terra ou a seriedade com que guardava as crenças do jarê acharia que eram os bens maiores de sua existência. Mas pessoas como nós, quando viam o orgulho que sentia dos filhos aprendendo a ler e do valor que davam ao ensino, saberiam que esse era o bem que mais queria poder nos legar.

E não foi com espanto que vi naquela noite, antes de todos os outros encantados chegarem e se abrigarem no seu corpo, santa Bárbara girar, gritar e parar com sua espada apontada para o prefeito, a quem fez honras, como se cumprimentasse um monarca, mas também como se se dirigisse a um súdito, para lhe pedir, na frente da audiência, que cumprisse a promessa feita no passado — e que não me recordo de sabermos — de construir uma escola para os filhos dos trabalhadores. O prefeito olhou desconcertado, esboçando um sorriso sem graça, quando se viu diante do olhar das quarenta famílias que moravam em Água Negra. Quase compassivo, recordando das graças e temendo a má sorte que teria, dependendo do esforço empreendido para realizar a ordem dada pela encantada, consentiu.

12

Em poucos meses iniciaram a construção da escola. Não soubemos como, nem quais interesses particulares envolveram a negociação entre o prefeito e a família Peixoto, mas a obra foi autorizada, e os próprios moradores passaram a construir o pequeno edifício de três salas em regime de mutirão, aos domingos, dia em que poderiam deixar de cuidar da roça — mas não poderiam deixar de dar comida e água aos animais. O local destinado à construção era o cruzamento dos caminhos para os rios Santo Antônio e Utinga.

Foi uma obra providencial, porque naquele mesmo ano se iniciou um período longo de estiagem, de modo que o pouco dinheiro destinado aos que construíam a escola, mesmo com os meses de atraso e o pequeno montante de recursos destinado ao pagamento da mão de obra, garantiu a sobrevivência de muitas famílias. Foi um tempo difícil. Meu pai se referia àquele período como a pior seca desde 1932. Aquele também foi o último ano que vi uma plantação extensa de arroz naquelas terras. O arroz, dependente de água, foi o primeiro a secar com a estiagem. Depois secaram a cana, as vagens de feijão, os umbuzeiros, os pés de tomates, quiabo e abóbora. Havia uma reserva de grãos guardada em casa e no galpão da fazenda. Com a seca, veio o medo de que nos mandassem embora por falta de trabalho. Depois veio o medo mais imediato da fome. Os grãos passaram a rarear, o feijão acabou antes do arroz, e do arroz restava muito pouco. Havia um razoável suprimento de farinha de mandioca que algumas famílias fabricavam e trocavam por outros alimentos. Agora, mais que antes, seguíamos quase todos os dias para os rios para pescar, e a cada pescaria só conseguíamos capturar peixes cada vez menores, que só serviam para dar um gosto ao angu de farinha. Peixes grandes chegavam das cabeceiras com as enxurradas, e como não caía nem um chuvisco, restavam apenas os menos nobres e menos desenvolvidos, como o cascudo e a piaba.

Foi possível temperar os peixes enquanto havia umbu, que, junto com o sal, garantiu algum sabor à carne. Quando a farinha passou a rarear, meu pai recordou a receita do beiju de jatobá que Donana fazia. Havia vagens em abundância. Era uma árvore que resistia bem à falta d'água, frondosa, imponente, uma reserva de alimento de segunda linha, ignorada quando havia tudo o mais. Assim, comemos beiju de jatobá por meses, até enjoar.

Disputamos a palma com o gado da fazenda. Havia uma parcela de terra destinada ao seu plantio. O cacto que se destinava à nossa alimentação estava em nossos quintais. Quem não foi previdente em ter sua própria plantação de palma, que acabaria com o passar dos meses, tinha que contar com a solidariedade de um vizinho, para garantir o cortado na mesa, guisado no azeite de dendê. Também havia as caças. Mas, no alto da estiagem, era mais fácil encontrar as carcaças dos animais mortos pela falta de alimento do que achar algum para ser abatido. Os veados eram escassos, seja pela caça ou pela falta de água nas áreas de sequeiro. Com muito esforço, os víamos bebendo água nos marimbus, mas estavam cada vez em menor número. A paca, muito apreciada, não dava as caras na mata. Nem capivara, nem cutia. Era possível capturar algumas aves como o jacu, inhambu e juriti, mas elas quase não tinham carne, então nos contentávamos com o gostinho dos ossos. Houve até o caso de uma família em Pau-de-Colher, contou tia Hermelina, que morreu depois de comer uma sariema no desespero da fome; a ave tinha comido uma cascavel e sua carne estava impregnada do veneno peçonhento.

Com mais frequência conseguíamos um teiú, fácil de encontrar porque comia as carcaças dos animais mortos, do gado minguando sem pasto, das caças abatidas pela estiagem. Então, bastava ficar à espreita onde houvesse bicho morto para acossá-lo. E se não os comêssemos, certamente eles comeriam nossa carne magra.

As crianças eram as que mais padeciam: paravam de crescer, ficavam frágeis e por qualquer coisa caíam doentes. Perdi a conta de quantas não resistiram à má alimentação e seguiram sem vida, em cortejo, para o cemitério da Viração. A morte apeava nas casas dos nossos vizinhos e, mesmo com todo esforço de Zeca Chapéu Grande para restituir a saúde e o vigor às crianças doentes, muitas não resistiam. As velas que meu pai acendia para cada criança pareciam não querer permanecer acesas: mesmo sem ventos ou golpes de ar, se apagavam. Não havia remédio, dizia sem se conformar com a sua incapacidade de reverter a situação. Que procurassem outro curador ou se conformassem com os desígnios de Deus.

Continuávamos a colher buriti e dendê para levar para a feira da cidade às segundas-feiras. Minha mãe, as comadres, eu, Belonísia e Domingas catávamos os frutos nas várzeas dos marimbus. Meu pai, Zezé e os outros moradores colhiam os cachos de dendê nos pés para prepararmos o azeite. Os buritizeiros eram altos e seus frutos não eram de serventia se colhidos nos cachos. Era preciso esperar que caíssem para que pudessem ser consumidos. Armazenávamos os frutos em grandes tonéis de água para amolecer a casca. Retirávamos com as mãos, de forma suave, para aproveitar a polpa, e levávamos aquelas massas em sacos de linhagem na cabeça, pela estrada, para mercar com as senhoras que faziam doce de buriti e sucos para vender.

Pela estrada, debaixo do sol forte, a massa do buriti aquecido escorria pelas tramas da linhagem e nos besuntava com sua polpa gordurosa e alaranjada. Nossa pele negra ficava quase acobreada. Chegávamos à cidade envergonhadas da sujeira em nosso cabelo e roupas. Levávamos tecidos enrolados embaixo da cabeça para ajudar no equilíbrio do peso e amenizar um pouco o que escorria. Mas tinha dias em que o sol parecia uma fogueira acesa de cabeça para baixo, nossos corpos se enchiam do sumo do buriti. Eu mesma cheguei a escorregar na massa que escorria. Da mesma forma, levávamos o azeite de dendê fabricado em nossos quintais, quando havia, em garrafas vazias de cachaça, fechadas com cortiças usadas. Não tínhamos animal naquele tempo, então era preciso contar com a força dos braços para carregar as sacolas de taboa com as garrafas cheias de azeite, chegando com as mãos inchadas e dormentes à feira.

O sol nos castigava com a fome e nos restava o desalento pelas roças perdidas. Meu pai estava alquebrado, e mesmo o jarê perdeu um pouco do brilho que havia antes. Num desses dias, depois de acondicionarmos a massa do buriti nos sacos de linhagem, minha mãe adoeceu com febre e forte dor de barriga, nada ficava em seu estômago. Mas precisávamos de dinheiro, então, como ocorria nesses casos, eu iria com as filhas de Tonha para a cidade, e Belonísia ficaria cuidando de Domingas.

Nesse dia, segui apenas com um dos sacos na cabeça pela estrada que levava à cidade. Sentei numa parca sombra no cruzamento onde construíam a escola, esperando pelas filhas de Tonha. O dia mal tinha começado, e eu colocara um dos beijus de jatobá no estômago junto com chá de capim-santo. Belonísia ficou com minha mãe. Domingas era a menor e andava muito mirrada, não conseguiria equilibrar o outro saco de linhagem na cabeça. Mas havia ocorrido algum mal-entendido quando marcamos o encontro, porque o tempo passava e as meninas não chegavam. Adormeci apoiada numa cerca de arame que tinha sido instalada para demarcar o terreno da escola. Fui despertada por alguém chamando por Bibiana e levantei sobressaltada. Era Severo, com um facão enterrado na bainha em sua cintura. Tinha saído para tirar cacho de dendê para a mãe fazer azeite. Eles também iam à feira com frequência para vender e comprar suprimento para passar a semana.

Disse então que esperava as filhas de Tonha, pois iríamos juntas para a cidade. Que minha mãe tinha adoecido e ficaria sob os cuidados de Belonísia. Severo se ofereceu para me acompanhar, a feira começava bem cedo, o movimento duraria até o meio-dia. Precisávamos do dinheiro, não poderia perder a oportunidade de vender o buriti. Era meu primo, alguém da família, e passávamos dificuldades. Nossos pais não iriam criar caso por isso. Severo era querido por todos, meu pai gostava de vê-lo nos atabaques do jarê e se orgulhava de seu interesse pela crença.

Seguimos.

Era um caminho longo e ele falou sobre as coisas que nos sucediam naquele tempo. Falou sobre a escola que não seria suficiente para completarmos os estudos, mas que era um grande benefício para nós que morávamos em Água Negra, carentes de tudo. Ouvi-o falar da seca, dos bichos que morriam, dos peixes cada vez menores, das crianças que haviam morrido nos últimos meses. Ouvi-o falar sobre nossa família, o jarê, só não falamos sobre Belonísia, não queria trazer minha irmã para a conversa. Não queria lembrar a querela que o beijo de Severo havia provocado entre a gente. Meu primo já era um homem, forte, trabalhava de sol a sol, não tinha mais o corpo de menino de quando havia chegado. Tinha uma estatura mediana, um sorriso largo, falava de forma desinibida, como se conversássemos desde sempre. Como se entre nós não houvesse se imposto um interdito pelo ciúme que senti de Belonísia, pelo medo de nossos pais que acontecesse algo entre nós, afinal, éramos primos, criados ali na fazenda; portanto, a proibição de namoro se estendia a nós. Casamento entre primos não era visto com bons olhos. Poderia nascer uma criança defeituosa, faltando um membro ou com perturbação. Os casos eram muitos, todos tinham uma história para contar sobre o interdito. Havia outras razões, talvez com motivações econômicas, para não se incentivar casamentos entre primos. Não conseguia entender exatamente por quê, mas havia. Naquele dia, nas horas que passamos juntos no caminho de ida e de volta, na feira, não pensei em nenhuma delas. Pensei apenas que Severo — queria afastar de meus pensamentos a lembrança do parentesco — era um jovem homem que falava bem sobre as coisas da terra, que tinha sentimentos bons e respeito por meus pais, seus tios, por nossa família como um todo. Ele se sentia à vontade para falar sobre seus sonhos, tinha planos de estudar mais e não queria ser empregado para sempre da Fazenda Água Negra. Queria trabalhar nas próprias terras. Queria ter ele mesmo sua fazenda, que, diferente dos donos dali, que não conheciam muita coisa do que tinham, que talvez não soubessem nem cavoucar a terra, muito menos a hora de plantar de acordo com as fases da lua, nem o que poderia nascer em sequeiro e na várzea, ele sabia de muito mais. Havia sido parido pela terra. Achava engraçado vê-lo utilizar essa imagem para afirmar sua aptidão para a lavoura. Nunca havia pensado que tinha sido parida pela terra. A terra "paria" plantas e rochas. Paria nosso alimento e minhocas. Às vezes paria diamantes, escutava dizer. Ele falava que poderia aliar seu conhecimento da natureza e da lavoura com sua disposição para o trabalho, além do estudo que poderia lhe dar conhecimentos novos para mudar de vida. Eu achava tudo aquilo interessante, mas nunca havia parado para pensar por que estávamos ali, o que poderia modificar nessa história, o que dependia de mim mesma ou o que dependeria das circunstâncias. Mas ouvir as coisas que ele falava iluminou meu dia, e quis ouvir mais. Nunca havia conhecido ninguém que me dissesse ser possível uma vida além da fazenda. Achava que ali havia nascido e que ali morreria, como acontecia à maioria das pessoas.

Na feira, vendemos o saco de linhagem com a massa do buriti sem muito esforço. Com o dinheiro, passei no armazém e comprei arroz, feijão, açúcar, farinha de milho e café. Comprei Água Inglesa, que meu pai havia prescrito a uma vizinha gestante. Ela restituiria o valor. Voltei no meio da tarde debaixo do sol, sem almoçar, mas na companhia de Severo. Não esqueci aquele dia, e antes de chegar a casa havia decidido que não deixaria mais de vê-lo, se assim também ele quisesse. Comecei a inventar desculpas para ir colher buriti sozinha, de modo que poderia ir para os marimbus e me comunicaria distante dos olhos de todos. Queria experimentar a vida, para ver o que poderia nos acontecer.

13

Continuei a encontrar Severo na estrada, quase sempre no mesmo lugar, às segundas-feiras. Minha mãe havia melhorado e Belonísia havia retomado sua rotina de me acompanhar à feira. Meu pai também costumava ir com Zezé, mas na maioria das vezes preferia continuar labutando com a terra, para ver se dava alguma coisa. Procurava por um frescor de umidade, uma "ventura", como ele mesmo dizia. Cavava e lançava sementes. As roças haviam migrado para mais perto do rio, e chegou um tempo em que o próprio leito, sem água em alguns trechos, passou a ser utilizado para plantar. E mesmo no leito tinha porções de terra que não serviam para o plantio, eram por demais argilosas. O que vingava ia para a mesa. Uns poucos quiabos ou abóboras miúdas. A mandioca não prestava, as raízes apodreciam com o excesso de umidade. E se ficasse no sequeiro naquele tempo de estiagem nem chegava a se desenvolver.

Severo nos seguia para a cidade, era de conhecimento dos nossos pais. As filhas de Tonha também iam, e ele passou a ser visto como um protetor. Belonísia estava mais retraída, parecia perceber que naquele período as atenções dele estavam voltadas para mim. Por algumas vezes tentou se desobrigar de me acompanhar, principalmente quando o buriti não rendia as duas sacas. Pedia para ajudar nosso pai a colher taboa e alimentava os animais que sobreviviam. Ela manejava o facão melhor que eu, e confesso que invejava sua habilidade. Brandia os instrumentos com uma força de admirar, ao mesmo tempo que fazia me sentir fraca para a lida com a terra. Com sua disposição, Belonísia se aproximava mais de meu pai, passava a lhe fazer companhia, junto com meu irmão, e participava das decisões, embora Zeca sempre lembrasse que ela era mulher, e lhe negasse determinadas tarefas. Mas isso não a abatia. Era como se estivesse sempre esperando a oportunidade para demonstrar sua força, seus conhecimentos e sua destreza.

Apesar desse afastamento sutil, sentia que Severo a entusiasmava nas brincadeiras de jarê, já que a nossa convivência passou a ser de novo mais constante. Havíamos estreitado os laços dormentes devido às adversidades que vivíamos naquela estiagem. Observava os movimentos brandos que Belonísia fazia para chamar a atenção de Severo, que, apesar de demonstrar grande apreço por ela, estava de forma mais constante comigo. Talvez a pequena diferença de idade que havia entre nós, dois adolescentes, representasse um hiato. Talvez fossem apenas as afinidades que descobrimos nos caminhos para a feira: a vontade de estudar, a casa de dona Firmina se tornou minúscula para o que ansiávamos; a vontade de deixar a fazenda que, assim como nele, foi despertada em mim.

Como o buriti estava levando alimento para nossa mesa, diversificando nossa dieta de beiju de jatobá, ninguém inquiria sobre o tempo que eu passava na mata, na beira dos marimbus colhendo os frutos, que começavam a rarear com o término da safra. À medida que ficavam mais escassos, precisávamos de mais tempo para encontrá-los. Nesse período, me aproximava mais das margens do rio Santo Antônio, me aproximava mais da roça de meus tios e de Severo. Ficávamos cada vez mais juntos, rindo ou divergindo, ou apenas em silêncio. Até que as mãos passaram a se tocar para impedir um gesto, ou apenas por pilhéria. Eu sentia sua respiração, por vezes calma, em outros momentos intensa, dependendo do teor das suas manifestações. Até que passei a ouvir os batimentos de seu coração diante do silêncio que vinha da tranquilidade da mata, sem água, sem folhas farfalhando, por horas sem pássaros, que não tinham alimento. Sua mão já não tocava apenas a minha, tocava meu ombro. Eu me permitia empurrar levemente seu peito. E quando estávamos cansados, apenas deitávamos em qualquer lugar da margem do rio para sentir o vento, que só para contrariar nem chegava a soprar. Mas quando soprava, lançava sobre nossos corpos a terra seca. Eu passei minhas mãos pelo seu rosto, para limpá-lo, ele fez o mesmo com o meu, e um dia deixei que sua boca tocasse a minha, e nesse dia apenas lembrei do que senti quando o vi beijando Belonísia. Não retornei bem para casa, era como se tivesse traído minha irmã. Mas não suportei muito tempo esse sentimento de traição, subverti, porque tudo o que estava sentindo era grandioso. Voltei para a beira do rio só por voltar, o buriti já tinha terminado. Saía sem avisar e ouvia reclamações de minha mãe, que queria saber por onde eu andava. Ainda não podia dizer a verdade, dizia apenas que estava com algumas das meninas que moravam mais distantes.

Tudo foi crescendo com tanta força que era como se meu corpo se guiasse sozinho, e Severo agia da mesma forma na trama em que estávamos enredados. Naquela terra mesmo, entranhada da secura da falta de chuva, deixamos nossos suores para que lhe servisse de alívio. O silêncio da ausência dos pássaros, dos animais que migravam para onde havia água, foi rompido por nossos sussurros. Depois de tanto ouvirmos falar sobre as crianças mortas, a natureza, misteriosa e violenta, nos impelia para conceber a vida.

14

Fui tomada por uma intensa ansiedade quando comecei a sentir tontura e enjoos quase diários. Tinha dezesseis anos e já havia visto muitas mulheres da fazenda pegarem barriga. A primeira coisa a me causar repulsa foi o beiju de jatobá. Saía devagar para o quintal, distante de casa, para colocar para fora o que não caía bem. Não iria aguentar olhar para minha mãe e meu pai e explicar o que estava acontecendo. Me preocupava ainda mais a reação de Belonísia. Se estivesse mesmo grávida, teria que deixar a casa e ir morar com Severo. Isso significava que nossos laços seriam ao menos esgarçados. Não eram meros laços de irmãs: havia o que nos unia de forma irremediável. Nos últimos dez anos, embora preservássemos nossas individualidades, fortalecemos uma ligação muito íntima, gestos e expressões que somente nós sabíamos interpretar. Além disso, havia a minha desconfiança dos sentimentos que Belonísia nutria por Severo, embora naquele instante fossem menos intensos que no passado. De qualquer forma, ela não receberia a notícia muito bem. Poderia ser doloroso.

Continuava a encontrar Severo e deitávamos juntos na terra, em lugares mais afastados da vista de qualquer pessoa. Quando levantávamos, ele retirava de meu cabelo a palha seca acumulada no chão. Sentia a minha preocupação. Estava dispersa, preservava pouco do que me falava e compreendia tudo pela metade. Quando comuniquei minhas suspeitas, que minhas regras não haviam descido, senti seu rosto se iluminar. Assim como eu estava aflita por tudo que teria que enfrentar quando meus pais descobrissem, vi em suas expressões sentimentos diversos dos que me afligiam. Severo ficou eufórico, subiu numa jaqueira de fronde vistosa naquela atmosfera de galhos secos e retirou um fruto do seu tronco para comermos juntos. Abriu a jaca com o facão que trazia junto ao corpo e sorriu. O leite grudento minando da casca aumentou ainda mais minha náusea. Mas gostei tanto de vê-lo agitado que comi dois bagos, num esforço tremendo para fazê-los descer pela garganta — era jaca mole e eu regurgitava tentando engolir —, até que prendi a respiração para mantê-los em meu estômago.

Ele voltou a falar sobre o desejo de sair pela estrada e continuarmos a estudar, tentar a sorte, não queria ficar trabalhando pelo resto da vida em Água Negra. Aqui já não tem mais trabalho, dizia, talvez seja a hora de seguirmos. Você vem comigo. Aquela ideia me deixou mais atordoada, não tinha condições de pensar em nada. Era coisa demais acontecendo comigo, e o mais imediato a fazer era domar meu corpo. Depois contar tudo a meus pais e enfrentar Belonísia. Era ela quem mais me preocupava e mais ocupava meus pensamentos. Imaginar que seria mãe não havia me deixado com a mesma empolgação que vi no semblante de Severo. Não aludia a nenhum sentimento especial, pelo menos até aquele momento.

O tempo foi passando e a barriga começou a despontar. Como estava mais magra, acho que ninguém notou, a não ser eu mesma na hora do banho no rio. Me tornei mais solitária. Sentia mais tristeza do que empolgação por tudo. Qualquer coisa me fazia chorar. Quando viu o tempo passar, quis Severo, ele mesmo, falar com meus pais, disse que não poderíamos adiar a confissão, que quanto mais o tempo passava, pior para todos. Meu primo era jovem, mas tinha um senso de responsabilidade admirável desde criança. Era também destemido, em nenhum momento pensou em se esquivar de seu dever. Cada vez me sentia mais ligada à sua vida, e quase não ficava um dia sem vê-lo, mesmo ouvindo os queixumes de minha mãe que perguntava para onde eu caminhava, que tanto tempo era esse que passava sozinha.

Belonísia não expressou nada sobre o que me ocorria, mas parecia saber o que estava acontecendo. Possivelmente não desconfiava da gravidez, mas deduzia aonde ia com minhas caminhadas. Ela própria estava mais solitária, pouco interagia com nossos irmãos. Minha mãe creditava nossa melancolia à seca que enfrentávamos, dizia que era o mal do tempo. Meu pai prescreveu banhos, trazia as folhas da mata e entregava à minha mãe para que as preparasse, na expectativa de que se revertesse o banzo que nos assolava. Eu me envergonhava porque, além da omissão do que me ocorria, havia planos para deixar Água Negra na calada da noite, sem que eles soubessem. Severo não via outra opção diante do medo que eu lhe relatava, estava paralisada por tudo. Já discutíamos os caminhos, a melhor hora, o melhor dia, o que levaríamos e o que faríamos depois. No início resisti à ideia de deixar a fazenda e me afastar de todos. Mas gostava tanto de Severo, ele havia iluminado meu horizonte com a possibilidade de uma vida além da fazenda. Era difícil não me deixar seduzir pelos seus planos e entusiasmo. O desalento que se abateu sobre todos com a prolongada estiagem contrastava com o sopro de vida que tudo aquilo poderia ser para nós. Se desse tudo certo, voltaríamos para dar melhores condições de vida aos nossos pais e irmãos. Voltaríamos para retirá-los de lá. Aquela fazenda sempre teria donos, e nós éramos meros trabalhadores, sem qualquer direito sobre ela. Não era justo ver tio Servó e os filhos crescendo espantando os chupins das plantações de arroz. Não era justo ver meu pai e minha mãe envelhecendo, trabalhando de sol a sol, sem descanso e sem qualquer garantia de conforto em sua velhice. Mas não conseguia me empolgar da mesma forma que Severo com essa possibilidade, e por isso às vezes me sentia mais abatida e confusa.

Foi naquele período, nas festas de jarê que continuavam a acontecer, mais modestas, mas na esperança de se mobilizar o panteão de encantados para que trouxessem a chuva e a fertilidade à terra, que apareceu uma misteriosa encantada, de quem nunca havíamos ouvido falar. Nada se sabia sobre ela entre os encantados que corriam de boca em boca, muito menos havia sido vista se manifestar nas casas de jarê da região. Dona Miúda, viúva que morava sozinha num descampado no final da estrada para o cemitério da Viração, e que sempre acompanhava as brincadeiras em nossa casa, foi quem recebeu o espírito. Quando ela se anunciou como Santa Rita Pescadeira, os tambores silenciaram e uma comoção tomou conta dos presentes. Era possível distinguir os questionamentos no meio da audiência, se a encantada de fato existia ou não, e por que até então não havia se manifestado, já que aquele jarê era tão antigo quanto a fazenda e os desbravadores daquela terra.

Naquele momento, com a roupa rota que vestia, mas com um véu antigo e esgarçado lhe cobrindo a cabeça, ouvimos sua voz fraca, quase inaudível, entoar uma cantiga, "Santa Rita Pescadeira, cadê meu anzol? Cadê meu anzol? Que fui pescar no mar". A encantada, apesar da idade de dona Miúda, dava giros hábeis na sala, ora como se jogasse uma rede de pesca no meio de todos, ora correndo em evoluções como um rio em fúria. Alguns pareciam estar perplexos e querendo desvendar o mistério da aparição. Outros sorriam, talvez incrédulos, achando que a velha Miúda havia enlouquecido e precisasse dos cuidados de meu pai.

No meio das evoluções, enquanto o fiapo de voz da velha entoava a canção que parecia ter sido composta ali mesmo para a ocasião, ela segurou meu braço com força. Não tentei me desvencilhar, estava acostumada com a presença dos encantados nas brincadeiras de jarê. Era a casa de meu pai, o curador Zeca Chapéu Grande, e havia crescido entre loucos e preces, entre gritos e xaropes de raiz, entre velas e tambores. A simples presença de um encantado que eu não conhecia não seria capaz de me intimidar, fosse uma real manifestação do encanto ou da loucura. Os olhos de dona Miúda estavam turvos por trás do véu, cinza, quase brancos. Talvez fosse a catarata. Mas ela disse algo muito íntimo, que eu não podia explicar, mas sabia bem o que poderia ser.

Ela falou sobre um filho, mas era uma frase sem nexo que não recordo com exatidão, algo como "vai de filho". Falou também que eu estava para correr o mundo a cavalo, animal que nossa família não tinha, o que me deixou ainda mais atordoada. Que tudo iria mudar. E a sentença que permaneceu mais exata em minha memória e resistiu aos golpes que minha vida sofreria nos anos vindouros foi que "de seu movimento virá sua força e sua derrota".

A voz estava tão fraca que só eu pude escutar o que ela dizia. Aquela mensagem se inscreveu em mim como uma marca esculpida na rocha e atravessou meu espírito durante o tempo que tenho sobre a terra.

15

Belonísia me encontrou dobrando algumas peças de roupa e guardando na mala que pertenceu a nossa avó. Vi seus olhos surpresos com a descoberta e não fui capaz de comunicar nada sobre o que estava fazendo. Nem ela. Seu olhar era inquisidor, árido como o tempo que nos cercava, e minha vergonha era suficiente para que sequer tentasse justificar o que fazia. Chorei depois que minha irmã saiu, porque tinha a certeza de que estava contribuindo para seu sofrimento. Estava tendo encontros com nosso primo, talvez ela já desconfiasse da gravidez, mas, além de tudo isso, eu era sua irmã — não tínhamos segredos, ou ao menos evitávamos ter — e havia me encerrado em meu mundo naquelas últimas semanas, esquecendo-me da família e dela, principalmente, que parecia cada vez mais distante.

Não suportei recordar seu olhar, chorei longe de casa, não poderia mais continuar com a ideia de deixar Água Negra, precisava dizer a Severo que queria continuar a viver na fazenda, que enfrentaríamos nossos pais, que no fim tudo daria certo. Construiríamos nossa casa perto da casa de tio Servó e de tia Hermelina. Era assim que deveria ser quando dois jovens se uniam; construíam sua casa no terreiro da casa dos pais, havia uma comunicação e a espera de uma espécie de consentimento por parte do gerente da fazenda para que começassem a erguê-la. Faríamos nossa casa como todas as outras, com o barro das várzeas, com as forquilhas que forjávamos das matas. Cobriríamos com o junco que tomou conta do leito do Utinga com a grande seca. Quando estivéssemos estabelecidos poderíamos planejar a nossa partida, ir atrás dos sonhos de Severo, que passaram a ser meus também. Não queria também viver o resto da vida ali, ter a vida de meus pais. Se algo acontecesse a eles, não teríamos direito à casa, nem mesmo à terra onde plantavam sua roça. Não teríamos direito a nada, sairíamos da fazenda carregando nossos poucos pertences. Se não pudéssemos trabalhar, seríamos convidados a deixar Água Negra, terra onde toda uma geração de filhos de trabalhadores havia nascido. Aquele sistema de exploração já estava claro para mim. Mas eu era muito nova, e aquele não seria o momento, muito menos as circunstâncias adequadas para partir.

Puxei a mala de debaixo da cama e retirei tudo o que havia guardado. Não iria seguir viagem com Severo, para um destino incerto, de fazenda em fazenda até chegar à cidade. Iria encontrá-lo naquele mesmo dia para dizer que falaria tudo aos meus pais e que permaneceríamos ali, juntos, se assim quisesse. Se quisesse deixar a fazenda, seguiria só sua vida, que se sentisse livre. Eu criaria a criança, não nos faltaria família. Não seria abandonada por meus pais. Eles eram rigorosos na nossa educação, mas até esse rigor tinha um limite. Terminariam por me ajudar, me acolheriam em casa, não haveria mágoa nem rancor. Até Belonísia se renderia ao sorriso do sobrinho, e eu poderia dá-lo para que batizasse, o que significaria um gesto de aproximação e perdão pelas diferenças que haviam surgido entre nós nos últimos meses.

Havia também o que foi dito pela encantada de dona Miúda, a tal Santa Rita Pescadeira. Não me deixava impressionar pelos encantados, estava tão acostumada à sua presença que não me permitia envolver pelo mundo de obrigações e interditos da crença. A distância me protegia das bênçãos ou infortúnios, era o que esperava. Mas também não havia sido o acaso que me trouxera aquela mensagem. Ou se fosse o acaso, era fato que o que foi dito se endereçava a mim, e achava que apenas eu e Severo sabíamos. Permaneci no limite entre a crença e a descrença. Passei noites em claro, pensando no significado das palavras "vitória" e "derrota" e o que tudo aquilo poderia dizer sobre a viagem, sobre o filho, sobre minha vida com Severo. Minha ansiedade aumentou. Imaginava o porquê da encantada segurar meu braço e não o de dona Tonha que estava ao meu lado, ou o braço de Crispina de mãos dadas com o sobrinho e a irmã Crispiniana. Será que dona Miúda já havia me visto deitada com Severo no meio da mata? Sua casa não era muito próxima do lugar onde costumávamos nos encontrar, e ela parecia ser muito idosa para sair vagando pela mata e bisbilhotar dois jovens em momentos de afeto.

Encontrei Severo no mesmo lugar de sempre. A jaqueira fazia uma sombra rara, considerando a estiagem que se prolongava além do esperado. Comuniquei que havia começado a separar algumas roupas para nossa viagem, mas que Belonísia tinha me surpreendido. Gesticulei muito para expressar o quanto não estava segura da viagem. Para tentar fazê-lo compreender que eu era muito nova. Minhas mãos iam à cabeça e ao peito numa urgência que o deixou sobressaltado. Quis fazer com que soubesse que aquela fuga seria uma ruptura — e cruzei meus braços para depois separá-los — e uma traição imperdoável para meus pais. Por tudo que eles haviam vivido, por tudo que fizeram por nós. Que não era certo com tio Servó e tia Hermelina, da mesma forma. Que eles ficariam aflitos — levei a mão direita ao meu rosto —, e que eu não sabia como cuidar de uma criança sem ter minha mãe por perto, apesar de ser a mais velha e de ter cuidado um pouco de todos os outros irmãos.

Severo apenas se aproximou e me acolheu em seus braços. Disse que era normal que estivesse aflita, mas que já se sentia homem e pronto para deixar a fazenda. Que não falaria de imediato aos pais porque enfrentaria resistência, mas que em breve, quando encontrasse pouso e trabalho, mandaria notícias e diria qual era o seu destino. Senti vontade de dizer que ele poderia ir só, que eu permaneceria ali, esperaria a criança nascer. Ficaria com meus pais, trabalharia em Água Negra. Quando ele estivesse estabelecido, iria encontrá-lo, com as bênçãos de Zeca e Salu. Mas me faltou coragem. Estava com o coração quebrantado pela iminência da separação, seja de Severo ou da minha família. Com muito sofrimento, nos despedimos sem decidir nossos destinos.

Na manhã seguinte, Sutério apareceu em nossa casa para dizer que meu pai precisava terminar o pequeno barramento que fazia no riacho. Que precisava organizar os trabalhadores para capinar e fazer a coivara, deixar a terra limpa, sempre, para quando a chuva chegasse. Entrou em nossa cozinha e perguntou onde havíamos colhido as batatas-doces. Meu pai respondeu que havíamos comprado na feira da cidade. Com que dinheiro, ele quis saber. Vendemos o resto de azeite de dendê que tínhamos fabricado, disse. Sutério pegou a maior parte da batata-doce com as duas mãos grandes que tinha e levou para a Rural que havia deixado em nossa porta. Pilhou também duas garrafas de dendê que guardávamos para fazer os peixes miúdos que pescávamos no rio. Lembrou a meu pai da terça parte que tinha que dar da produção do quintal. Mas as batatas não eram produção do quintal. Da terra seca não brotava nem pasto, muito menos batata. E a secura era tanta que nem as várzeas estavam sendo cultivadas. No leito do rio, onde não havia água, era possível encontrar uma lama que apodrecia as sementes, de onde também não brotava nada, apenas taboa para fazer esteira, sacola e teto de casa. Vi a vergonha de meu pai crescer diante de nós, sem poder fazer nada. Zeca Chapéu Grande era um curador respeitado e conhecido além das cercas de Água Negra. Mas ali, nos limites da fazenda, sob o domínio da família Peixoto — que quase não colocava os pés por lá a não ser para dar ordens, pagar ao gerente e dizer que não poderíamos fazer casa de tijolo — e de Sutério, sua lealdade pela morada que havia recebido no passado, quando vagava por terra e trabalho, falava mais alto. Vi minha mãe se movimentar, seus olhos se injetaram, indignados, mas se deteve ao perceber meu pai se sentindo incapaz de questionar e reclamar de qualquer coisa. Muito pelo contrário, ainda colaborava com sua liderança espiritual para a manutenção da ordem entre as famílias que moravam ali. Era a ele que Sutério ou qualquer um dos herdeiros se dirigia para pedir a intervenção em conflitos dos mais variados, desde animal comendo em roça alheia até construção erguida com material que descumprisse as interdições impostas aos moradores.

Não poderíamos feri-lo ainda mais em sua humilhação, pedindo que ele tomasse de volta as batatas-doces que havíamos adquirido com nosso trabalho na feira. Como foi longa aquela noite. Não dormi. A insônia havia se tornado companheira nas últimas semanas. Pensei nas palavras de Severo sobre a situação de nossas famílias na fazenda. Que a vida toda estaríamos submissos, sujeitos às humilhações, como a pilhagem do nosso alimento. Que eu tinha um papel nisso tudo, e que meus pais precisavam de mim para mudar de vida. Que poderíamos, sim, comprar nossa própria terra e vir buscá-los. Que só assim conseguiríamos ter uma vida digna.

Dei um jeito de encontrar Severo, mesmo sem ter combinado. Quando nos vimos, precisei apenas olhar para que ele soubesse que havia me decidido pela partida. Então planejamos o dia exato, a hora, até onde seguiríamos andando e de onde tentaríamos carona para deixar a Chapada Velha. Na madrugada da partida, a mala antiga de Donana estava arrumada, com a poeira espanada, para que eu pudesse levar o pouco que tinha para essa nova vida que despontava. Levantei enquanto todos dormiam, pedi a Deus pela saúde e pela vida de todos durante o tempo que passaria fora. Pedi que os encantados me ajudassem a não ser considerada uma desonra e que, quando retornasse com dinheiro, já estabelecida em nossa terra, para buscar nossas famílias, todos entendessem que aquela viagem havia sido por uma boa causa. Pedi a Deus, especialmente por Belonísia, que há quase dez anos compartilhou comigo o incidente que mudou de certa forma nossas vidas. Quando deixei a casa pela porta do quintal, no sereno da noite, não pude evitar de olhar para trás por algumas vezes, enquanto seguia pela estrada ao encontro de Severo. Enumerava as coisas que levava comigo e tudo que deixava para trás. Quase desisti nesse exato momento, deixaria Severo partir sozinho, mas a imagem de Sutério levando nosso pouco suprimento, e a fome e o improviso que se seguiram para fazermos a refeição mais tarde, me deram a firmeza necessária para prosseguir. Dentre as coisas que levava, e talvez a que mais me machucava, era a minha língua. Era a língua ferida que havia expressado em sons durante os últimos anos as palavras que Belonísia evitava dizer por vergonha dos ruídos estranhos que haviam substituído sua voz. Era a língua que a havia retirado de certa forma do mutismo que se impôs com o medo da rejeição e da zombaria das outras crianças. E que por inúmeras vezes a havia libertado da prisão que pode ser o silêncio.

Torto arado

I

Corria entre papiros, cabelos-de-nego e capins-navalha que nasciam na beira dos marimbus, abrindo lanhos profundos em minha pele seca. Não minava sangue. Não minava pus. Do meu corpo só escorria o suor que empapava minhas vestes, que empapava o pano que amarrava meus seios. A canoa de ajoujo deslizava sozinha como uma baronesa até ser engolida pelo Veião, desaparecendo num rodamoinho de água escura como a cor de minha pele. Corria em meio à caatinga antiga de árvores altas, buscando a vereda para casa, quando pedaços da pele de meus braços ficaram enganchados nos espinhos de tucum. Nem dia, nem noite, e a terra assava meus pés com a quentura que emanava. Surgiu um homem bem-vestido de pele branca e igual cavalo branco, sorrindo, cerrando a trilha por onde eu corria. Eu tentava escapar por outros rumos, gritava, mas estava tudo cercado. O arame brilhante como a prata ladeava a terra e só restava tucum, mandacaru, palma, jenipapeiro e pau seco. Não podia retornar para casa. Até que vi uma pedra que irradiava luz, luzia feito uma joia preciosa. Pus a mão sobre ela. O que de longe parecia uma pedra era um pedaço de marfim que não se movia do chão, parecia ter o peso do mundo. Com as duas mãos tentei levantar até que o marfim saiu, com o metal polido, puro brilho, a faca de Donana, perdida, que voltava para minhas mãos. A faca que num impulso retirei da boca de Bibiana para repetir o gesto, naquela idade em que queremos ser como os irmãos mais velhos, sem perceber que da boca de minha irmã minava sangue. Sem perceber o perigo do fio de corte da lâmina que produzia um lume violento. O lume que deceparia minha língua. Me encerraria, sem palavras, envergonhada do que tinha feito a mim mesma, como o arame que me cercava naquele campo. Ao retirar o punhal de minha avó do chão seco percebi que sangrava, e um rio vermelho começou a correr pela terra.

Durante anos acordei, no meio da noite pesada, molhada de suor, com esse mesmo sonho, contado de muitas maneiras, mas sempre com o homem bem-vestido, a cerca, o punhal de Donana e o sangue que brotava do chão. O único sentimento bom que essas imagens me deixavam era que eu gritava, falava pelos cotovelos, coisa que havia muitos anos já não fazia. Na noite em que Bibiana deixou nossa casa, o sonho se repetiu dessa exata forma. E talvez por isso passei a contar a mim mesma dessa maneira. Quando despertei sufocada, percebi que o lugar onde minha irmã dormia estava vazio. Levantei para tomar um copo de água e não a vi em casa. Se tivesse ido ao quintal para alguma necessidade teria deixado a porta aberta. Abri a porta e Fusco, que estava deitado, veio mancando procurar o afago de minhas mãos.

Mas bastou eu voltar até o quarto e procurar pela mala velha e rota de minha avó para entender que Bibiana havia nos deixado. Seus olhos não escondiam a sua intenção quando cheguei de repente, enquanto arrumava suas peças de roupa na mala de couro gasta. É fato que planejava uma viagem escondida. Poderia ter feito como ela mesma fez ao me ver com Severo debaixo do umbuzeiro numa noite de jarê. Poderia ter azucrinado o juízo de minha mãe para que lhe devolvesse a surra que levei por conta da mentira que inventou sobre mim e meu primo. Mas já havia passado tanto tempo e eu não queria vê-la chorar. Nem queria sentir que revidava algo que já havia passado. Estava cicatrizado. Não queria que ela tivesse mágoa de mim, como fiquei amargurada pelo que me aconteceu, quando não pude me defender das acusações de que estava beijando Severo. Quando o que fazíamos, eu com doze anos, era admirar os vaga-lumes da noite, longe dos candeeiros da casa.

O que se seguiu àquela descoberta, que para mim não chegava a ser uma surpresa, foi uma comoção que só havia visto anos antes, quando me mutilei. Ao ver Salu devastada com a atitude de Bibiana, de sair na calada da noite como uma mulher qualquer, me culpei por não ter comunicado à minha mãe, por não tê-la levado por minhas mãos à mala de Donana, às roupas de Bibiana, por não ter exposto o que havia visto dias antes. Depois matutei que, com meu gesto, queria dar uma chance para que minha irmã pensasse sobre o sentido daquilo tudo. Queria, ao poupá-la, dizer que precisava dela ao meu lado, que ela precisava permanecer conosco. Que se os enjoos que ela sentia, a irritação com o calor e a falta de chuva, os olhos cheios de rancor diante de Sutério levando nossas batatas sem que nosso pai fizesse nada para detê-lo, num claro descontrole por conta de sua barriga, eram a razão para querer deixar Água Negra, não precisava fazê-lo. Queria que refletisse mais um pouco antes de tomar qualquer decisão errada. Que nossos pais poderiam ficar aborrecidos no princípio, mas nunca deixariam de acolher a criança. Feito o estrago, não tentariam mais afastá-la de Severo. Ela já era uma mulher, e talvez por isso minha mãe não lhe batesse como fez comigo. Já não era pequena e não tentaria torcê-la como a um pepino. Duvidei que fosse levar à frente o que vi em seus olhos.

Se seguiu um período de calmaria depois de sua partida. Vi meu pai concentrado no quarto dos santos. Talvez se comunicando com os encantados para ter notícias da filha. Para que entre velas, folhas, incensos e ladainhas pudesse ver o destino de Bibiana e Severo, de quem gostava muito, tratando como filho, porque nele havia uma energia de líder que não via em mais ninguém. Meu pai tentava confortar minha mãe, que se precipitava em tristeza e choro. Meu pai confortou da mesma forma tio Servó e tia Hermelina, desolados com a partida do filho mais velho, que ainda havia levado a prima, menor de idade. Também o vi proibir que se falasse do ocorrido em casa e entre os vizinhos. Não por malquerença, mas porque considerava desonesto falar de qualquer pessoa longe de sua presença. Queria, eu intuía, que continuássemos a bem-querer Bibiana, mesmo tendo ela quebrado a lealdade que regia o universo de nossa casa. Apesar de ser uma liderança entre o povo que vivia em Água Negra, meu pai se negava a ser juiz, e acreditava que qualquer pessoa poderia se redimir de seus erros.

Semanas depois chegaram as primeiras nuvens de chuva, e da terra subia um frescor que os trabalhadores chamavam de ventura. Diziam que poderíamos cavar um pouquinho o barro seco para sentir que a umidade iria chegar, para sentir a terra mais fria. Era o sinal de que o tempo de estiagem estava findando. Não tardou muito para as primeiras gotas de chuva caírem do céu, e mesmo com todo desalento em que nossa casa havia afundado com a partida de Bibiana, minha mãe sorriu e colocou os tonéis para encherem de água. Vi as mulheres da fazenda entoarem suas cantigas com mais força pelos caminhos, enquanto levavam suas roupas para lavar no rio que crescia em volume, ou carregando suas enxadas para capinar e fazer a coivara no terreno onde fariam seus plantios. Os homens só puderam se juntar às mulheres depois de limpar o terreno onde plantariam as roças dos donos da fazenda.

A chuva a cada dia caía mais forte e se estendia por mais tempo, e com ela vinham as cores misteriosas do céu, dos animais e da gente que vivia em Água Negra. Francisco Peixoto, o herdeiro mais velho, voltou a aparecer com mais frequência, e Sutério, à sua frente, baixava um pouco a crista, guardando a valentia para sua ausência. Ora seu Francisco nos cumprimentava, ora fingia não nos ver. Na fazenda não havia uma sede onde repousar, só o barracão onde guardava a produção e onde, não podendo ir à cidade, comprávamos mantimentos a preços altos, muito maiores do que na feira. Na fazenda nunca houve sede, escutava os trabalhadores dizerem, porque a família Peixoto tinha outras na região, maiores e mais produtivas que Água Negra, e era em alguma dessas que residiam.

No mesmo tempo, ainda antes do Dia de São José, o prefeito inaugurou a escola, que teve a construção — com telhas de cerâmica que nenhuma casa de trabalhador poderia ter — concluída no verão. O prédio recebeu o nome de Antônio Peixoto, pai dos Peixoto. Homem que, diziam, foi proprietário da fazenda, mas nunca havia posto os pés ali. Todos os moradores estiveram presentes à inauguração: as mulheres de lenços na cabeça; os homens de chapéu e enxada na mão; as crianças rindo da novidade, um pequeno prédio de três salas, e sem o tal banheiro que ninguém tinha mesmo. Da família Peixoto se fez presente também a irmã mais velha, que nunca havia visto por ali, uma senhora gorda e muito branca, que não dirigiu seu olhar para nós em nenhum momento. Levava um lenço aos olhos enquanto o prefeito falava. Quando retiraram o papel que cobria a placa com o nome de seu pai falecido, ela quase caiu, num choro convulsivo que fez com que seus irmãos a amparassem para que não desabasse de vez no chão. Nenhuma palavra de agradecimento a meu pai, que, na noite em que celebrava o jarê de santa Bárbara, havia pedido, quase ordenado, o cumprimento da promessa de construção da escola feita à santa no passado. Mas ele estava lá, em pé, um dos primeiros da audiência, segurando a mão de Domingas, e ao lado de minha mãe, com o rosto satisfeito. Pouco importava, poderia ver em seu semblante a luta que havia travado com as forças da encantada santa Bárbara para que tivéssemos um destino diferente do seu, para que não fôssemos analfabetos. Meu pai não sabia nem mesmo assinar o nome, e fez o que estava ao seu alcance para trazer uma escola para a fazenda, para que aprendêssemos letra e matemática. Muitas vezes o vi tentar convencer algum vizinho que não queria que o filho fosse à escola; até concordava que o filho fosse, mas dizia que menina não precisava aprender nada de estudo. Mesmo contrariando o compadre, conseguia com que seu pedido fosse acatado, grande era a consideração e prestígio que fluíam de sua liderança.

Demorou mais um tempo para que enviassem uma nova professora, substituindo a que dava aula três vezes por semana na apertada sala da casa de dona Firmina. No caminho para a escola, que fazia todas as manhãs, via os umbuzeiros com copas verdejantes, mandacarus floridos, a chuva mais fina que ainda caía mesmo depois do Dia de São José. Pensava em Bibiana e Severo, me perguntava se por onde andavam a chuva havia chegado também, se tinham encontrado abrigo em alguma fazenda ou cidade distante. Se os caminhos os haviam levado para a capital.

2

Na escola, sem Bibiana ao meu lado para me ajudar, minha vida se tornou um tormento. Desde o início, minha mãe avisou à dona Lourdes, a nova professora, da minha mudez. Ela foi cuidadosa, no começo, e bastante generosa para me ensinar as tarefas. Àquela altura eu já sabia ler, graças muito mais aos esforços de minha irmã mais velha e minha mãe do que da professora sem paciência que dava aula na casa de dona Firmina. Para mim era o suficiente. Diferente de Bibiana, que falava em ser professora, eu gostava mesmo era da roça, da cozinha, de fazer azeite e de despolpar o buriti. Não me atraía a matemática, muito menos as letras de dona Lourdes. Não me interessava por suas aulas em que contava a história do Brasil, em que falava da mistura entre índios, negros e brancos, de como éramos felizes, de como nosso país era abençoado. Não aprendi uma linha do Hino Nacional, não me serviria, porque eu mesma não posso cantar. Muitas crianças também não aprenderam, pude perceber, estavam com a cabeça na comida ou na diversão que estavam perdendo na beira do rio, para ouvir aquelas histórias fantasiosas e enfadonhas sobre os heróis bandeirantes, depois os militares, as heranças dos portugueses e outros assuntos que não nos diziam muita coisa.

Meu desinteresse só fazia crescer. Tinha a sensação de que perdia meu tempo naquela sala quente, ouvindo aquela senhora de mãos finas e sem calos, com um perfume forte que parecia incensar a escola nos dias de calor. Olhava para o quadro verde, as letras embaralhadas, bonitas, mas que formavam palavras e frases difíceis que não entravam em minha cabeça, e pensava em meu pai na várzea encontrando coisa nova na terra para a qual se dedicar, ou minha mãe cuidando do quintal, dos bichos, costurando. E as horas pareciam custar a passar para que pudesse tomar meu rumo para casa. Não evitava que meu pensamento encontrasse Bibiana naquela sala, talvez interessada na aula, próxima da professora, tentando fazer com que me interessasse também pelas coisas. Minha apatia vinha também de perceber que havia crianças muito mais novas, algumas mais dispostas a aprender, lendo com muitos erros, mas em voz alta, sendo interrompidas a cada duas palavras por dona Lourdes para lhes corrigir a pronúncia. Eu conseguia ler, acompanhava a escrita, conseguia identificar alguns erros nas pronúncias graças ao que havia aprendido antes. Domingas e Zezé frequentavam a escola em outro turno, havia uma diferenciação entre os estágios, talvez a presença deles até me desse algum ânimo. Me perguntava se naquele instante a irmã ausente tinha livros ou enxada nas mãos, se seguia com o sonho de ser professora. Comparava suas ambições às minhas, para concluir que, talvez por sermos diferentes naquele entendimento, tivéssemos certo equilíbrio em nossos vínculos.

Um dia inventava uma dor de cabeça, outro dia uma dor de barriga, e aos poucos fui fazendo valer minha vontade de voltar ao trabalho da roça e da casa. Deixei caderno e lápis num canto do quarto e, mesmo percebendo meu pai amuado com o meu desinteresse pela escola, fiz valer meu querer. Se fosse a dor de cabeça o motivo para não ir à escola, logo após o começo da aula o padecimento passava, então me juntava à minha mãe na cozinha para preparar o almoço, ou me arvorava com um balde para a beira d'água para trazer o que precisávamos para aguar o quintal. Minha mãe, depois de muito aborrecimento, já se mostrava conformada, afinal eu já sabia ler e escrever o necessário, e fazia rol de feira melhor que ela. Sabia fazer também contas simples. Seu coração ficou quieto. No mais haveria de concordar comigo que meu futuro não poderia ser melhor, no fim das contas eu não poderia dar aula em Água Negra, nem em povoado ou cidade próxima. Não se tinha notícia de professora muda nas redondezas. Em seu íntimo, assentia que eu não poderia ensinar já que não saía palavra de minha boca. Que era melhor que continuasse a minha andança por roça, quintal e cozinha, por marimbus, estrada e feira, para que na ausência deles pudesse me virar sozinha.

Poder estar ao lado de meu pai era melhor do que estar na companhia de dona Lourdes, com seu perfume enjoativo e suas histórias mentirosas sobre a terra. Ela não sabia por que estávamos ali, nem de onde vieram nossos pais, nem o que fazíamos, se em suas frases e textos só havia histórias de soldado, professor, médico e juiz. Não precisaria ouvir os risinhos das crianças quando repetiam quase ao infinito que eu não falava. Alguns me pediam para escancarar minha boca para que pudessem ver o que não tinha dentro.

Com Zeca Chapéu Grande me embrenhava pela mata nos caminhos de ida e de volta, e aprendia sobre as ervas e raízes. Aprendia sobre as nuvens, quando haveria ou não chuva, sobre as mudanças secretas que o céu e a terra viviam. Aprendia que tudo estava em movimento — bem diferente das coisas sem vida que a professora mostrava em suas aulas. Meu pai olhava para mim e dizia: "O vento não sopra, ele é a própria viração", e tudo aquilo fazia sentido. "Se o ar não se movimenta, não tem vento, se a gente não se movimenta, não tem vida", ele tentava me ensinar. Atento ao movimento dos animais, dos insetos, das plantas, alumbrava meu horizonte quando me fazia sentir no corpo as lições que a natureza havia lhe dado. Meu pai não tinha letra, nem matemática, mas conhecia as fases da lua. Sabia que na lua cheia se planta quase tudo; que mandioca, banana e frutas gostam de plantio na lua nova; que na lua minguante não se planta nada, só se faz capina e coivara.

Sabia que para um pé crescer forte tinha que se fazer a limpeza todos os dias, para que não surgisse praga. Precisava apurar ao redor do caule de qualquer planta, fazendo montículos de terra. Precisava aguar da mesma forma, para que crescesse forte. Meu pai, quando encontrava um problema na roça, se deitava sobre a terra com o ouvido voltado para seu interior, para decidir o que usar, o que fazer, onde avançar, onde recuar.

Como um médico à procura do coração.

3

Meses depois que a escola abriu, chegou uma pequena leva de trabalhadores à fazenda. Dentre eles, uma mulher franzina de cabelos negros e lisos, de nome Maria Cabocla. Estava na companhia do marido e seis filhos. A família foi instalada em uma tapera nas terras onde morava tio Servó. Havia chegado também um homem alto e magro, talvez com idade para ser meu pai, que se tornou vaqueiro da fazenda. Tinha gestos discretos e era de pouca fala. Se apresentou como Tobias e passou a frequentar as festas de jarê em nossa casa. Fez amizade com Zeca Chapéu Grande e tinha grande apreço por histórias. Logo passaram a se encontrar nas roças e no barracão para ouvir as ordens do gerente. Às vezes, eu o via nas trilhas da fazenda ou nas veredas para a várzea. Ouvia seu cumprimento — bom dia, sinhá moça —, acenava com a cabeça, seguia meu caminho, mas sentia seus olhos queimarem minhas costas feito brasa.

Com o passar do tempo, Tobias já deveria saber de minha deficiência e não me importunava com perguntas. Retirava um raminho de sempre-viva do chapéu e ajeitava em meu cabelo. Sentia vergonha e incômodo. Não estava acostumada a ter que responder às cortesias de estranhos. Depois tive vontade de sorrir, mas, desajeitada que era quando precisava me relacionar com outras pessoas, só conseguia desviar meu olhar e seguir minha caminhada. Nas noites de jarê via o vaqueiro de prosa com outros moradores, por vezes se juntavam mulheres, como as meninas de dona Tonha, e ele continuava sorrindo, cortejando, principalmente depois de tomar umas boas doses de cachaça. No começo senti indiferença, até gostava quando estava em prosas animadas com outras pessoas e seus olhos me deixavam quieta, ao lado de Domingas ou de minha mãe. Depois passei a me sentir incomodada e desconfiada, querendo talvez que dirigisse sua atenção a mim.

Tobias ganhou a confiança de Sutério e passou a guiar a boiada pela estrada, porque havia parado de chover e os pastos continuavam mirrados. Muitos trabalhadores destinavam horas que deveriam dar nos roçados para cortar a taboa dos marimbus, que servia para dar de comer aos animais. Mas, ainda assim, Tobias e outros vaqueiros por vezes levavam os animais para terrenos mais distantes, na beira do Utinga, no caminho da estrada de rodagem.

Ele também começou a substituir o gerente nos assuntos que precisavam ser resolvidos na cidade. Alguma encomenda que chegava, ou mantimentos para serem vendidos a preços altos no barracão. Nas conversas longe de Sutério, chamávamos o barracão de "um roubo". "Vou ter que comprar em 'um roubo', não dá pra ir à cidade hoje", era o que dizíamos aos cochichos, e terminamos por batizar o armazém. Tobias seguia com seu cavalo pela estrada até a cidade e voltava trazendo as encomendas em bocapios dispostos na carroça. Ao retornar de uma dessas andanças, veio pela estrada afoito, como se guardasse uma boa notícia. Quando eu via alguém nessa alegria desmedida, deixava minha imaginação correr livre e pensava de pronto que havia encontrado uma pedra de diamante, tirado a sorte grande e iria arrumar seus panos para partir. Apeou do cavalo, chamou meu pai, que havia acabado de chegar da roça, e lhe entregou um envelope. Meu pai não poderia ler, então passou o envelope para minha mãe, que perguntou o que era, e Tobias só fez repetir que lhe deram na cidade e que era para o compadre Zeca. Salu estava envelhecendo, e no cair da tarde, à luz de candeeiro, não enxergava mais direito. Deveria estar precisando de óculos, como a professora Lourdes. Passou o envelope para Domingas, que leu com os olhos que faiscavam refletindo a luz fraca. "É de Bibiana, mãe."

Meu pai sentou numa cadeira. Não conseguia olhar fixamente para ninguém. Minha mãe suspirou por Deus, em prece para que fossem boas notícias. Domingas rasgou o envelope, havia outro envelope dentro, esse destinado a Severo pai, nosso tio Servó. Tobias se aproximou de mim, seu gibão cheirava a couro que ainda curtia, seus olhos cercavam Domingas, mas logo se desviavam em minha direção. Minha irmã se pôs a ler, aproximando o papel de vez em quando do candeeiro. Parecia que o bilhete havia sido escrito com uma caneta fraca. Estavam todos bem, trabalhavam em uma fazenda na região de Itaberaba. Bibiana se aproximava de ganhar criança. Gostaria que nossa mãe fizesse o parto, tentaria voltar para o nascimento, mas se não desse, viriam no fim do ano. Severo estava trabalhando no corte de cana, tinha feito amizade com gente do sindicato. Tinham notícias da chuva que havia encerrado o longo período de seca, porque lá também chovia. Que iriam tentar guardar dinheiro para comprar um pedaço de terra. Queriam ser donos da própria terra. Estavam bem, não lhes faltava nada. Que no início do próximo ano ela iria fazer um supletivo voltado para trabalhador rural e logo poderia fazer o magistério para ser professora. Perguntava por mim, Domingas e Zezé. Dizia que sentia falta de todos. Logo mandaria notícias.

"O que é que esses meninos têm na cabeça?", perguntou meu pai sem esperar resposta.

Salu enxugou uma lágrima e levou o candeeiro para a cozinha, chamando Domingas para ler de novo. Senti conforto em saber que estavam bem, abrigados, dormindo sob um teto e se alimentando do próprio trabalho. Senti um tanto de mágoa também pela atenção que minha mãe dava à carta, pelo alvoroço que havia causado naquele momento, mesmo estando distante. Senti amargura pela simplicidade das palavras, pela culpa não expiada, pela voz que Bibiana me negava. Por eu estar na mesma linha da carta como um nome apenas, junto a Domingas e Zezé. Não havia nenhuma pergunta sobre como eu estava na escola, quem me fazia companhia, quem comunicava as coisas que eu precisava, como me desenrolava entre minhas atividades sem sua presença.

O cheiro do gibão de Tobias era uma mistura de suor e couro que ainda estava sendo curtido, como se não estivesse pronto para ser usado. Quase conseguia ver as moscas procurando restos de carne sobre seu corpo. Ele trocou duas frases com meu pai, pediu licença, fez uma reverência se despedindo de mim e montou o cavalo. Ao vê-lo seguindo pela estrada, senti vontade de que desse meia-volta, voltasse ao meu encontro e pedisse a meu pai para me levar para seu rancho. Queria que cuidasse de mim, eu cuidaria dele. Queria experimentar a vida que Bibiana agora mostrava em sua carta, com sua letra bem desenhada, que levou Salu às lágrimas e deixou meu pai contrariado só na casca, por dentro feito de mel, com uma expressão séria, interrompida por chamas de luz que diziam o que não soube dizer: ele estava contente por saber que eles estavam bem e que pensavam na família. Senti vontade de que Tobias voltasse naquele instante, quiçá amanhã ou depois, mas que não demorasse a fazer de mim sua mulher também.

4

Quanto mais criança via nascer, mais sentia como se meu corpo vibrasse, em movimento, pedindo para parir, como a terra úmida parece pedir para ser semeada; e se não fosse semeada, a natureza faz ela mesma seu cultivo, dando a capoeira, o maracujá-da-caatinga e folhas de toda sorte para curar os males do corpo e do espírito.

Depois do fim da estiagem, nasceram crianças como orelha-de-pau em troncos apodrecidos nos charcos que se tornaram a vazante. Passei a acompanhar Salu quase toda semana para ajudar as mulheres no parto. Crispina e Crispiniana engravidaram de novo, ao mesmo tempo, e ninguém perguntava mais quem era o pai do filho da segunda. A notícia que chegava a nossa casa era que viviam às turras. O segundo filho de Crispina vingou, o que para minha mãe foi de grande alívio. Temia que nascesse outro anjo e fosse desconsiderada como parteira. Seguia de casa em casa para pegar criança, com as forças do Velho Nagô, lembrava sempre, e se regozijava com o "Deus lhe pague". Não vi minha mãe se queixar da quantidade de mulheres parindo, do trabalho que não era pouco, do preparo do ferrado para evitar qualquer mal depois da parição, dos restos a serem enterrados no quintal, do cuidado com o corte do cordão do umbigo. O som da colher quente queimando o umbigo do recém-nascido e o cheiro de banha derretida que enchia o ambiente ficaram gravados em minha memória. Era o cheiro daquele ano movimentado de tanto trabalho, mas tido como de grande bênção, diferente dos anos de seca, quando enterramos anjinhos na Viração.

Os dias se passaram como o vento. Nem Bibiana nem Severo vieram no fim do ano, como prometido. Nem mesmo um bilhete chegou para dizer se a criança havia nascido, se era menino ou menina, se se chamava Severo ou José, ou Salustiana ou Hermelina. Ou se se chamava Maria ou Flora, como chamávamos as bonecas de sabugo de milho de nossa infância. Minha mãe se demonstrava aflita, sensível a qualquer anúncio de chegada de um caixeiro ou vendedor de mantas e panelas, que poderia trazer um novo bilhete com notícias de Bibiana. Eu sonhei qualquer dia, porque me esqueci depois, que minha irmã dava à luz e que quem fazia o parto era meu pai, muito mais velho e encurvado pelos anos. No sonho, eu cantava as cantigas das lavadeiras da beira do rio e a criança, que deveria nascer chorando, vinha ao mundo sorrindo, como nunca havia visto.

Em dezembro, caiu um aguaceiro com trovoada, bem no dia da festa de santa Bárbara. Dona Tonha trouxe as vestes guardadas e engomadas do ano anterior para o jarê, e meu pai, quanto mais velho ficava, mais envergonhado parecia por ter que se vestir com saia e adê. Nem meu pai pôde prever em sua encantaria que as chuvas arrasariam um ano de trabalho duro nas roças de vazante. Mal havíamos saído da seca e passamos a sofrer com os prejuízos da cheia. Algumas casas, precárias, praticamente ruíram com a força da água e do vento.

"Se a água não levar, a gente come", meu pai me disse entre uma capina e outra no roçado. A água levou tudo. As roças viraram charcos e lagoas, e em vez da mandioca e da batata-doce, que apodreceram debaixo de tanta água, pegávamos cumbás, molés, cascudos e jundiás onde antes era sequeiro. Boa parte das famílias havia armazenado farinha de mandioca fabricada ao longo dos últimos meses. O povo de Água Negra passou a seguir para a cidade antes de o sol raiar, sem conhecimento do gerente, se embrenhando pelas matas para não serem descobertos, na intenção de vender o peixe e comprar mantimentos. Pescavam dia e noite, e só não conseguiam pescar em noite de lua nova porque os peixes ficavam com os dentes moles e não seguravam as iscas. Para despistar Sutério, os trabalhadores deixavam vara e anzol escondidos na mata da beira da lagoa ou amarrados em galhos de árvores. Naquele verão me embrenhei muitas vezes na lama com Domingas e minha mãe para apanhar peixe. Zezé e meu pai continuavam a trabalhar na roça do alto, mais distante da vazante, aproveitando a chuva que se tornou constante naqueles primeiros meses. Como havíamos cultivado nossos quintais desde o fim do longo período de estiagem, e muitas famílias fizeram o mesmo, abençoávamos a chuva e não lamentávamos, mesmo ao ver meses de trabalho debaixo d'água. Era doído ver a lavoura encharcada, mas tínhamos força e água para labutar com a roça de novo.

Naquele ano, continuei a ver Tobias. Eu o percebia me observando, me cercando com gestos corteses, mas era cada vez menor a frequência com que isso ocorria. Parecia dividir seu interesse por outras moças da fazenda. Ressentida, passei a ignorá-lo nos caminhos ou nas noites de jarê. Por um tempo, cheguei a achar que fazia aquela cena de dengo para me atiçar a atenção. E de fato, sentia vontade de desviar meu olhar para saber até onde iria com a bebedeira a que se entregava nessas noites. Mas continha o querer, me lembrava de minha condenação ao silêncio, da minha timidez rude, arisca, que me fazia selvagem e afastava as pessoas.

Desviei muitas vezes meu olhar para evitar os olhos dele. Mas quando percebia sua distração em outras moças e pessoas, ou sua dedicação ao serviço, o observava ao longe e sentia o interesse crescer. Meu corpo se descontrolava como um potro, suava, exalava odores, tremia, fazia movimentos que levavam o coração à boca. Me lembrava da chegada de Severo ainda menino a Água Negra. Mas não havia toda essa potência no desejo, era algo bom como asas frágeis se movendo em meu corpo. Agora eu era uma fruta amadurecida convidando os pássaros a me bicarem, como os chupins que espantávamos dos arrozais até pouco tempo atrás.

Em certa manhã, meu pai se dirigiu a mim à mesa, que exalava o cheiro do café fresco que Salu coava. Disse que Tobias o havia procurado com respeito, porque queria me levar pra morar com ele. Falou que o homem se queixava da solidão na tapera da margem do Santo Antônio. Que tinha muita estima e consideração por mim. Por um minuto, imaginei meu pai alertando o homem do meu defeito, dizendo que a filha era deficiente, que tinha uma natureza forte, rude como uma onça, mas que tinha um bom coração. Imaginei meu pai lhe fazendo prometer que cuidaria de mim, que eu não conheceria sofrimento. Imaginei aquela conversa que nunca soube se existiu, porque nada foi dito sobre minha condição. Disse que não precisava responder logo, poderia pensar, e que só aceitasse se me sentisse pronta para ir, porque ele não queria conceder a mão da filha a qualquer um. Que só o fazia porque conheceu Tobias durante aquele ano e o considerava trabalhador e de respeito.

Não sei por que naquela hora me veio a imagem de Donana à cabeça. Minha avó surgiu em meus pensamentos com sua brabeza, com seu chapéu grande, com seu punhal com cabo de marfim, com as histórias que me contavam sobre ela, com seus três casamentos e o mistério da vida de tia Carmelita, de que ninguém tinha notícias. Sobre que resposta daria se fosse ela a cortejada naquelas circunstâncias. Se sim ou se não, escreveria os rumos que daria à minha vida num pedaço de papel pardo guardado debaixo do colchão.

5

Deixei a casa de meus pais montada num cavalo e na companhia de Tobias, levando uma trouxa pequena de roupas, lembrando a mala de couro surrada de Donana que Bibiana havia retirado de debaixo da cama antes de partir. Se ela não tivesse levado, talvez fosse eu a carregá-la comigo. Senti um aperto no peito; o trotar das patas invadia a parte baixa de meu quadril como um eco. Seguimos devagar, Tobias em silêncio, quando preferia que falasse algo para confortar minha aflição. Com uma mão eu segurava sua cintura, e com a outra, a trouxa.

"Aqui é sua casa, sinhá moça." Olhei ao redor e havia uma sombra extensa vinda da copa que transbordava de um jatobá a uns vinte metros da casa. Um verde vivo que chamava a atenção. Ele apeou, guiando o cavalo para um cocho com capim verde e fresco, devia ter colhido ainda naquela manhã, antes de ir me buscar. Eu me sentia paralisada e já com vontade de voltar para a casa de meus pais. "Entre." Fiquei em choque com a desordem que havia naquele casebre de três cômodos, com roupas sujas, mau cheiro e toda espécie de entulho espalhado pelos cantos. Sem contar o estado geral da casa, com paredes esburacadas e filetes de luz entrando pelo telhado, o que indicava que precisava de reparos ou de uma nova cobertura. Em poucos dias sentiria um enorme arrependimento de ter escrito "quero" no papel pardo que dei à minha mãe, porque percebi que minha vida dali em diante não seria nada fácil.

Ele abriu a porta de um armário velho que terminou por ficar em sua mão e que acrescentou aos restos de coisas sem nome que estavam espalhadas pela casa. Disse que poderia guardar o que era meu naquele vão. Naquele momento, fui sendo tomada de pavor, mas fiz de tudo para não transparecer minha tristeza. Apesar de assustada e em dúvida, não queria magoá-lo. Era natural aquela repulsa, afinal nunca havia saído de casa. Ali, na tapera de Tobias, tudo era novidade. Em breve se tornaria um lugar que poderia me trazer gosto. Nada que uma mulher não possa dar jeito, assim haviam me ensinado, tanto em casa quanto nas aulas da professora, na casa de dona Firmina.

Tobias parecia estar contente. Tomou a trouxa de minha mão e jogou na cama. Me pegou pelo braço e andou agitado pelos cômodos da casa me mostrando objetos, um monte de cacarecos, coisas estragadas e que jamais seriam recuperadas. Me conduziu alvoroçado pela porta dos fundos, havia um pequeno jirau, achas de madeira, um fogão de barro quase desmoronando. Estava macambúzia, mas tentava prestar atenção nos cantos de terra que me mostrava. Guardei na memória as formas de um pé de araçá com frutos maduros no chão, bicados por pássaros. Quando ele chegou mais perto, disse que os pássaros não deixavam um fruto maduro no pé e, como ele não fazia questão, ficava por isso mesmo. Havia também um porco novo amarrado num tronco de árvore, e uma pequena plantação de palma.

Me levou de volta ao fogão velho e mostrou suas duas panelas negras das cinzas da lenha queimada. Repetia tudo como se estivesse ensinando uma criança vinda da cidade e que não sabia sobre nada daquilo. Na cozinha, embrulhos engordurados estavam dispostos em cima de um balcão carcomido, grãos de feijão e arroz como que semeados entre os pacotes desfeitos, além de restos de alimentos e uma nuvem de moscas. Disse que eu poderia fazer o almoço, que se faltasse algo ali poderia encontrar crescendo no meio da terra. Agradeci a Deus por estar muda porque não saberia o que falar diante daquela pocilga.

Cumprida a apresentação, Tobias voltou para fora de casa, colocou seu chapéu de couro e desamarrou o cavalo, dizendo que iria retornar para a roça. Voltaria para almoçar. Cavalgou para longe. Me vi sozinha. Não sabia a que distância estava a vizinha mais próxima, nem o que fazer se encontrasse algum perigo, como uma caninana ou uma cascavel dentro de casa. Num primeiro instante, caí dura numa cadeira com o assento de palha desfeito, e o zumbido das moscas durante um tempo foi a única coisa que consegui escutar.

Pensei que ficar sozinha ali também não era tão ruim, porque não saberia o que fazer se Tobias quisesse me levar para a cama àquela hora da manhã. Retardaria meu medo até a noite, cada hora a sua agonia. Precisava pôr um pouco de ordem naquele chiqueiro que passaria a ser minha casa, caso aguentasse. Fui para a cozinha, porque decidi que deveria começar por ali. Procurei os grãos por cima da mesa, comecei a separar. Descobri que a nuvem de moscas cobria dois cumbás que deviam ter sido pescados naquela manhã, antes do nascer do sol. Cobri os peixes antes que os insetos os devorassem. Separei o feijão de pequenas pedrinhas e restos de casca e pus de molho. Mas não havia água, nem vasilhame de reserva, então a primeira coisa a fazer era descobrir onde estava o rio. Retirei uma lata recendendo a ferrugem e levei para o fundo do quintal. Atravessei a mata, desci o terreno enladeirado para alcançar o vale do Santo Antônio. O rio estava cheio por aqueles tempos, logo o encontraria. Segui buscando em minha memória o padrão das casas dos moradores, quase todas construídas ao longo das margens dos rios, para que tivessem água ao alcance das mãos e da boca de forma rápida. Cheguei à margem do rio negro, com suas águas correndo sem obstáculos, carregando peixes e restos da mata para outro rio. Coloquei a lata na beira e quando ficou cheia tive dificuldades para carregar de novo até a casa. Mas já estava acostumada — dizia a mim mesma —, e logo meus pés conhecerão este pedaço de terra sem que meus olhos precisem ver o chão.

Larguei a lata aos pés do jirau, deixei o feijão de molho nos vasilhames que ia retirando da massa de entulho. Os imprestáveis, eu colocava de um lado, os que ainda poderiam ser utilizados, em outro. Trouxe os peixes para o jirau e aproveitei a faca que já estava ali. Retirei as tripas, salguei — o sal estava ao alcance de Tobias, na mesa — e deixei marinar no tempero verde e no limão fresco que tinha em seu quintal. Enquanto isso, enfiei as achas de madeira no fogão velho quase imprestável. Como acender aquele fogo? Não achava nem fósforo nem querosene. Vasculhei perto do fogão, por cima da mesa, entre os entulhos. Nada. Não perdi tempo, estava decidida a dar um jeito em tudo enquanto separava os objetos bons dos avariados. Tentava organizar, fazer daquela casa um lugar de morada. Afastava as teias de aranha dos cantos, enquanto pensava se deveria ir à próxima casa da vizinhança para pedir um pouco de querosene ou brasa para acender o fogo. Deveria ser de alguém conhecido. Há tanto tempo morando ali, os trabalhadores viviam como uma grande família, preservando até as boas disputas e brigas que os verdadeiros parentes têm.

Decidi sair para tentar encontrar fogo. O sol já se encontrava no alto e uma brisa morna chegava ao meu corpo molhado de suor. Levei um pedaço pequeno de lenha comigo para poder dizer a quem encontrasse pelo caminho que precisava de chama.

6

Quando Tobias retornou o sol já estava manso e começava a baixar no horizonte. Estava fraca de fome, enganei o estômago com os araçás bicados pelos pássaros e caídos no chão. Encontrei a casa de Maria Cabocla e foi de lá que trouxe a chama. Ela não se surpreendeu ao me ver, já nos conhecíamos de vista nas brincadeiras de jarê. Maria disse que não precisava de lenha. Depois percebeu que eu não respondia e estava parada diante dela como se aguardasse algo. Aí perguntou se era eu quem precisava de lenha. Por último, entendeu que eu queria fogo e me deu uma das achas que queimavam em seu fogão e que estavam com a ponta em brasa.

De imediato, Tobias abriu um sorriso quando entrou na casa. Temi por um momento que reclamasse por ter mexido em suas coisas, por ter tentado arrumar a bagunça, ainda que não tivesse conseguido fazer tudo naquelas horas que permaneci sozinha. Mas a diferença era clara. Ele olhava os cantos, a cama arrumada, o rasgo no colchão de palha de milho costurado — com linha e agulha que trouxe em minha trouxa —, a mesa limpa, as moscas que voavam mais distantes, a comida que fumegava no fogão. Não agradeceu, era um homem, por que deveria agradecer, foi o que se passou em minha cabeça, mas conseguia ver em seus olhos a satisfação de quem tinha feito um excelente negócio ao trazer uma mulher para sua tapera. Fiz um prato farto para ele, postei-me de pé ao seu lado, esperei que comesse, queria ver em seu rosto o deleite por provar meu tempero. Comeu ávido, com as mãos, despejava largas porções de farinha de mandioca em seu prato, até esvaziá-lo. Joguei as espinhas no mato. Nem esperei que pedisse por mais e repus o feijão e o peixe. Esvaziou com o mesmo entusiasmo do primeiro. Deixei que se afastasse para o banho na lata cheia que tinha ido buscar no rio, ao terminar a minha tentativa de arrumar a casa. Estava exausta quando entrei para me banhar no Santo Antônio.

Quando a noite caiu, acendi o candeeiro com o querosene que havia achado misturado ao lixo. Postei-me perto da luz, sentada para costurar um dos dois lençóis puídos e com grandes rasgos que havia lavado pela manhã. Estava tomada pela agonia e tentava me concentrar na agulha. Tobias me cercou, bebia a cachaça que havia deixado em cima da mesa. Passou a falar do dia, das reses, de Sutério, dos trabalhos na fazenda. Eu parava por uns minutos para olhar um pouco para seu rosto, para que não pensasse que era desfeita minha costurar àquela hora. Para que não desconfiasse que temia o que estava por acontecer a nós dois, na mesma cama em que havia batido com o cabo da vassoura para levantar o pó e que havia costurado. Mas bastava que encontrasse seus olhos para de imediato desviar para a agulha, que rompia a trama do tecido entrando de um lado a outro. E com o coração aos pulos dizia a mim mesma: "A cada hora, sua agonia".

Depois que ele me deitou na cama, beijou meu pescoço e levantou minha roupa, não senti nada que justificasse meu temor. Era como cozinhar ou varrer o chão, ou seja, mais um trabalho. Só que esse eu ainda não tinha feito, desconhecia, mas agora sabia que, como mulher que vivia junto a um homem, tinha que fazer. Enquanto ele entrava e saía de mim num vaivém que me fez recordar os bichos do quintal, senti um desconforto no meu ventre, aquele mesmo que me invadiu pela manhã com o trotar do cavalo. Virei minha cabeça para o lado da janela. Tentei olhar pelas frestas a luz da lua que tinha despontado no céu mais cedo. Senti algo se desprender de seu corpo para meu interior. Ele se levantou e foi se lavar com o resto de água. Abaixei minha roupa e fiquei de costas, com os olhos no teto de palha, procurando filetes de luz. Procurando alguma estrela perdida que se apresentasse como uma velha conhecida, para dizer que não estava sozinha naquele quarto.

No dia seguinte, logo depois que Tobias saiu para a lida, minha mãe apareceu trazendo Domingas. Tinha um farnel de comida: um pouco de carne-seca, mel, ovos e feijão-verde debulhado. Queria ver como eu estava, saiu cedo de casa, vieram caminhando, aproveitando enquanto o sol ainda não estava a pino. Senti certo alívio ao ver as duas. Salu tinha a apreensão nos olhos. Se não fosse a vergonha, teria me perguntado se me fiz mulher direito durante a noite, se ele tinha sido respeitoso comigo. Se espantaram com a quantidade de entulho que havia separado. Eu estava agitada, minhas mãos cortavam o ar, Domingas tentava acompanhar meu raciocínio e ria das minhas tarefas de nova dona de casa. Passamos horas felizes naquela manhã, mas senti um aperto no peito ao vê-las se afastarem, tomando o rumo para casa.

Tobias retornava ao fim da tarde e a primeira coisa que fazia era dar uma talagada na garrafa de cachaça que ficava em cima da mesa. Depois tomava banho ou ia direto se sentar à mesa para a refeição. Eu parava o que estivesse fazendo para servi-lo. No começo, parecia apreciar minha comida, sempre repetia. Depois passou a reclamar que tinha muito ou pouco sal. Que o peixe estava cru, e me mostrava pedaços em que eu não conseguia enxergar a falta de cozimento, ou outros que se esbagaçavam com as espinhas, dizendo que tinham cozido demais. Nessas horas eu ficava aflita, o coração aos pulos, magoada comigo mesma, me sentindo uma tonta por ter sido desleixada com o preparo. Mas suas queixas não passavam disso, não alterava o tom da voz, não falava alto. Falava como se olhasse para o cultivo e constatasse alguma coisa que enfraquecia a plantação.

Com o passar do tempo, Tobias parecia não sentir satisfação pelo que eu fazia. Se queixava de algum objeto que procurava e não encontrava. Dizia que eu não podia mexer em tudo, que às vezes algo poderia parecer estar fora do lugar, mas estava no lugar certo, porque ele havia escolhido assim. Concordava. Assentia com a cabeça, mas evitava olhar seus olhos. Nessas horas, crescia a vontade de deixar tudo para trás, de voltar para minha casa, mas o que os vizinhos não iam dizer? Continuávamos a frequentar a casa de meu pai nas noites de jarê, todos agora sabiam que eu não era mais "Belonísia de Zeca Chapéu Grande", e que agora vivia com Tobias, logo, eu era "Belonísia de Tobias". Deixava aquela mágoa morrer no peito, mormente quando ele erguia a roupa antes de dormir para entrar em mim. Ele dormia, roncava, não reclamava da mulher deitada, então ficava quieta por dentro, como se estivesse tudo bem.

Me levantava logo quando o via se mexer na cama, antes de o sol nascer. Mas era só acordar que vinha mais queixa: ou o café estava ralo como xixi de anjo, ou estava forte, uma borra de amargo. Procurava enxada, procurava foice, coisas que eu nem havia mexido. E se ele mesmo deixasse as coisas num lugar diferente, só por não lembrar, perguntava: "Mulher, onde está isso?", "Onde está aquilo?", e sentia aflição, parava o que estava fazendo para ajudá-lo a procurar. Se eu encontrasse, era como se ele tivesse feito, nem dizia palavra para agradecer. A coisa ficou tão ruim que eu me antecipava, nem esperava ele pedir, já dava tudo em suas mãos: cinto, sapato, chapéu, gibão, facão, só para não o ouvir chamando "mulher". Me sentia uma coisa comprada, que diabo esse homem tem que me chamar de mulher, minha cabeça agitada gritava. Na casa de meu pai, quando íamos a cada quinze dias, ou nas visitas de minha mãe e Domingas, me chamava por meu nome e eu ignorava, não levantava nem a cabeça para concordar. Senti minha mãe um pouco cismada com minhas feições, com os desvios de meus olhos, com as coisas que minha presença queria reclamar, mas eu disfarçava, tentava nada expressar. O que mais me inquietava era que aquele não era meu jeito. Arisca, parei de ir para a escola mesmo sabendo qual a vontade de meu pai. Mesmo admitindo que aquilo fosse uma pequena frustração para ele, que labutou para que Água Negra tivesse uma escola para os filhos dos trabalhadores, enfrentando os sentimentos enviesados dos donos que só não foram contra a ideia porque o prefeito resolveu dar o nome do senhor pai deles à construção. Para eles era mais uma benfeitoria, não uma escola que daria estudo aos filhos da gente da fazenda. Os rapazes não se aproximavam de mim, ou porque me achavam feia, ou porque não poderiam conversar comigo, principalmente sem a ajuda de Bibiana, ou porque me viam como um desafio, alguém que desafiava a força, o que achavam ser privilégio dos homens. Era assim que me sentia. Mas ali, na casa do homem com quem vivia, nos limites daquele casebre de paredes que ruíam, era uma intrusa. Não me sentia à vontade para reagir, nem que fosse de forma serena, sem rompantes de violência nos gestos.

7

Um dia, logo depois de Tobias sair a cavalo para a lida com Sutério, Maria Cabocla adentrou a casa num repente que me fez imaginar que era alguma maldade à espreita, algum homem a entrar pela porta para atacar a mulher que vivia sozinha. Ela estava com a roupa rasgada, chorando muito, o corpo tremia, carregava seu menino caçula também aos prantos. Não entendia muita coisa do que dizia, ouvia apenas algumas repetições: "Ele vai me matar". Os olhos estavam arregalados, o cabelo liso grudado no rosto de suor e o muco viscoso deixava o nariz.

Ela se sentou. Fechei a porta de casa para ver se seu pavor diminuía, para abafar o som dos choros que ecoavam porta afora. Servi a ela um copo de água, tomei o menino em meus braços, mas nada do que fazia parecia amenizar o sofrimento dos dois. Só depois de algum tempo, Maria Cabocla me disse que fugia do marido, que estava louco, ensandecido, e que as outras crianças haviam se embrenhado na mata. Senti um arrepio só de pensar que aquele homem adentrasse a casa para buscar Maria Cabocla, além de me dar umas pancadas por ter violado a regra de que não se deve meter em briga de marido e mulher. Depois tentei me acalmar. Tobias era um homem valente e respeitado. Conhecia Aparecido, tinham boa relação, não eram compadres, mas eram bons vizinhos. Ele não invadiria a casa sem permissão. Catei umas folhas de capim-santo. Coloquei água no fogo. Servi Maria Cabocla, que não me olhava, soluçava como criança. Encostei o copo de chá na sua boca, estava morno, precisava beber. Foi então que vi seu olho roxo, um ferimento acima da pálpebra, e senti amargura.

Fiz um emplastro com o que tinha de mais fácil no quintal, lembrando os gestos da cura que me foram passados por meus pais e minha avó, sem que eu mesma soubesse que sabia tudo aquilo. Passei no seu machucado. Passei minhas mãos no seu cabelo, amarrei com uma tira de tecido velho que guardava para as necessidades. Só naquele momento vi de forma mais clara o rosto de Maria Cabocla, com sua pele acobreada de índia. Nas vezes em que a encontrei para pedir fogo ou lavar roupa na beira do rio, me contava sua história, sua travessia, e não havia observado seus traços com a profundidade com que fazia naquele instante. De Maria guardava, sobretudo, as histórias das muitas fazendas por onde havia andado. Da avó que havia sido pega no mato a dente de cachorro. Maria estava magra, parecia ter uma fome permanente. Seu corpo miúdo tinha manchas púrpura, era possível ver à luz do dia. Mulher bonita, minha mãe diria, mas maltratada. Todas nós, mulheres do campo, éramos um tanto maltratadas pelo sol e pela seca. Pelo trabalho árduo, pelas necessidades que passávamos, pelas crianças que paríamos muito cedo, umas atrás das outras, que murchavam nossos peitos e alargavam nossas ancas. Em pé, olhando Maria sentada na cadeira, vi seus seios pequenos, subindo e descendo na inquietação de sua respiração desolada. Me senti compadecida de sua situação e com vontade de dividir o pouco almoço, mas me contive porque ainda dava importância à reação de Tobias.

Assim como entrou, Maria Cabocla, depois de um tempo curto, saiu porta afora, agradecendo. O menino dormia encangado em seu corpo, esquecido do choro. Disse que iria procurar pelos outros filhos, que o marido deveria ter saído, que a raiva haveria de ter passado. Quase li em seus pensamentos que foi uma tolice ter deixado a casa, se assustar, que o lugar de uma mulher é ao lado do marido. Não se sai de casa em casa contando o que acontece na sua própria, fazendo de sua vida assunto de mexerico.

À porta vi seu corpo deslizar ágil pelo caminho, e pedi aos encantados que a protegessem com seus meninos.

Mais tarde, Tobias chegou suado e com os olhos vermelhos. De longe senti que havia bebido. Amarrou o cavalo com dificuldade e entrou em casa trocando as pernas. Coloquei as panelas no fogão para aquecer, antes de sentar ele já reclamava da demora, que tinha fome, que trabalhava desde cedo. Fiquei apreensiva, aliás, essa apreensão havia se tornado uma rotina em minha vida naquele pouco tempo em que morávamos juntos. Pensava na grande besteira que foi ter saído de casa, mas ele nem queria me dar o direito ao pensamento naquele dia, berrava palavras violentas contra todos: desde os vizinhos até Sutério e a família Peixoto. Me angustiei ao imaginar que poderiam ter contado pelo caminho que havia abrigado a mulher de Aparecido, Maria Cabocla. Quando botei o prato na mesa, ele meteu as mãos sujas nele e levou à boca. Falou palavra que não entendi, parecia ter queimado os dedos na comida quente. Continuei ao seu lado. Depois que levou a mão à boca de novo, gritou que estava sem sal. Babava.

Era a primeira vez que o via completamente embriagado, nas festas bebia um tanto, mas se conservava de pé. Ficava com a boca vermelha e os olhos apertados pelas pálpebras caídas, mas não embolava a língua como fazia ali à mesa. Tentava entender o que ele dizia, e sem chance de me proteger, o prato veio na minha direção. Olhei para o chão e vi a comida espalhada. Aquele chão onde havia curvado meu corpo para varrer e assear com zelo. Senti raiva naquele instante, perguntei a mim mesma quem aquele vaqueiro ordinário pensava que era. No início, encarava inquieta os acessos de fúria que passou a apresentar. Antes eram mais contidos. Agora tinha perdido as estribeiras. Dali a pouco esse cavalo iria me bater igual ao marido de Maria Cabocla. Mas eu já me sentia diferente, não tinha medo de homem, era neta de Donana e filha de Salu, que fizeram homens dobrar a língua para se dirigirem a elas.

Ele se recostou na parede, o banco pendia para trás. Olhei para o chão, imaginei que esperasse que fosse limpar tudo naquela mesma hora, mas passei saltando o prato de esmalte de andu e galinha esparramados. Limpei minhas mãos na roupa, saí pela porta do quintal, e me pus a cavoucar o canteiro de tomate e cebolinha. Esperava que viesse atrás de mim, valente, que quisesse levantar a mão para me bater. Ouvi gritar de casa que eu era burra. Que não falava. Que era aleijada da língua. Engoli cada insulto que ouvia de sua boca. Dava um golpe mais forte fazendo desprender da terra grandes torrões. Que se atrevesse a vir me agredir que faria o mesmo com sua carne: a faria se soltar da face com um golpe apenas. Antes que qualquer homem resolvesse me bater, lhe arrancaria as mãos ou a cabeça, que não duvidassem de minha zanga.

Ele continuou com os insultos, mas deixei meu coração aquietar. Trabalhar a terra tinha desses sentimentos bons de amansar o peito, de serenar os pensamentos ruins que me cercavam. Pensava em tudo que estava distante, menos em Tobias descontrolado a poucos metros, na tapera que chamava de casa. Quando dei por mim já era noite, o sol se pôs, e o canteiro estava bonito, tinha crescido de trabalho. Voltei para casa para limpar a cozinha. Guardei a comida atirada sem respeito ao chão num embrulho para Fusco. Iria à casa de minha mãe na manhã seguinte, ele quisesse ou não. Estava com o peito apertado de saudade daquele pedaço de chão que eu conhecia como a palma de minha mão. Não faria comida para ele. Tinha meu orgulho, não era humilde, e muito menos sabia perdoar. Se a comida não estava boa, que fizesse melhor. Como poderia dizer isso? Não adiantava escrever, ele não iria entender. Tobias só sabia assinar o nome, como a maioria dos trabalhadores. Então, para demonstrar minha insatisfação com seus destemperos, não iria fazer. Quando me aproximei do quarto, percebi que roncava. Não havia se banhado no rio, havia deitado sujo do trabalho. Paciência, pensei, não vou acordar a fera para se banhar, é capaz de se voltar contra mim.

No dia seguinte, saiu antes da hora de costume. Não me levantei. Ouvi quando fechou a porta. Ouvi também o trotar do cavalo tomando distância. Só depois me levantei e cuidei de tudo; aguei o quintal. Cozinhei fruta-pão. Senti prazer com o cheiro que fumegava na cozinha. Pensei em Maria Cabocla, que tinha ocupado meus pensamentos e minhas rezas antes de dormir. Pedia que ela e as crianças estivessem bem, que tivesse se entendido com o marido. Que Deus amansasse aquele coração, iria pedir para Maria Cabocla que falasse com meu pai, que muitos já haviam se curado da bebida com suas garrafadas e rezas. Que havia encantado para tudo na vida, então havia encantado para tirar aquele vício do homem. Maria parecia ser mais velha que eu e Bibiana. Não tinha tanta idade quanto minha mãe, mas seu filho maior tinha onze anos, foi o que me disse. Talvez, se nos colocassem juntas, a tomassem por minha mãe, dada a aparência desgastada de sofrimento.

Tranquei a casa e saí. Segui pelo caminho como se voltasse para casa. Uma sensação boa se apossou de mim, sentia leves arrepios, era como se fosse receber um presente que esperava havia muito tempo. Segui reencontrando o que conhecia, as veredas, as casas, o rio, os buritizeiros, um sentimento bom de que, se não desse certo com Tobias, poderia me dispor a caminhar para regressar à beira do rio Utinga. Sempre restaria a possibilidade de encontrar um lugar conhecido. Ou um novo.

Quando avistei a casa ao longe quase sorri. Torci para que minha mãe não chegasse à porta, queria apanhá-la de surpresa, riríamos juntas, sentaria à mesa para tratar das coisas conhecidas. Iria ouvi-la falando por mim e por ela. Fazendo perguntas e respondendo a si mesma, como se fossem minhas as respostas. Até que eu interviesse, negando. Ia refluindo todos aqueles sentimentos vivos como uma coisa boa que se repete sempre. Bati com os pés devagar na soleira. Ouvi um rumor de vozes, dona Tonha deveria estar por lá, pensei. Quando ultrapassei a porta vi uma mulher sentada, de perfil, com um bebê no colo. Bibiana havia regressado.

8

Faz tantos anos, mas recordo aquele dia, o dia do acidente que fez minha mãe e meu pai se desesperarem e correrem na companhia de Sutério, na Rural em que eu sonhava passear, não em meio ao choro e ao sangue, pela estrada até o hospital. Fiz a viagem acompanhada da recordação do desespero que tomou conta de Donana ao nos ver colocando sangue pela boca, atordoada ao ver sua mala fora do lugar de sempre, talvez esquecida da faca de cabo de marfim embrulhada e recolhida depois. Só quando minha mãe, avisada por dona Tonha, chegou apressada e se desesperou ao ver nosso estado, perguntando de forma incessante o que havíamos feito, sacudindo a mim e a Bibiana com tamanha violência que desconhecíamos em seus gestos, foi que minha irmã, aos prantos e cuspindo sangue, disse que tínhamos retirado o objeto da mala de nossa avó. Não pude ver o que se passava depois com Donana, ao descobrir que guardava um perigo, um objeto que nós, crianças, julgávamos não ter a menor importância, a não ser a curiosidade de tê-lo nas mãos, e depois enfeitiçadas por qual encanto, na boca. Um brilho que se revelou de agouro, que se apossou de nossos olhos e nos fez esquecer o mundo e os perigos que todos diziam ter os objetos afiados, "cuidado com o fio de corte", nos levando por fim ao evento que atingiria nossa inocência para sempre.

Naquela manhã, cansada de brincar com as bonecas de sabugo de milho, olhei para Bibiana e sugeri que poderíamos ir para o quintal, no jirau, pegar um pedaço de brasa, talvez um lagarto no mato e fazer as maldades que víamos outras crianças da vizinhança cometerem aos bichos. Ela disse que não queria. "E se fôssemos ver a mala de vó Donana?" "Ela está cozinhando batatas." "Espere", me disse. Donana se perde na sua imaginação. Donana vive no passado, logo estará perdida em seus pensamentos avançando na mata depois do pomar e do galinheiro velho. Sentamos na soleira da porta, vislumbrando a sombra de nossa avó se afastar pela porta dos fundos. É provável que Bibiana não soubesse o que iria encontrar, mas eu me considerava mais esperta que minha irmã, mesmo sendo mais nova. Já havia visto Donana arrumar e desarrumar aquela mala muitas vezes, apesar da grossa camada de terra que os ventos de setembro e outubro traziam todos os anos e que ficava depositada sobre ela, como se há muito tempo não revolvesse seus pertences. Havia visto, certa manhã, o desenrolar da faca de cabo de marfim. Vi Donana polir sua prata com um pano sujo, enquanto falava sozinha de Carmelita, a tia desaparecida. Poderíamos pegar a faca para cortar os matos do lado de fora, cavoucar a terra, tratar as caças da nossa imaginação. Poderíamos pegar a faca para apontar os restos de lápis que tínhamos.

Mas a faca reluzia mais que tudo. Nela nos víamos melhor que no caco de espelho que Donana guardava na mesma mala. Soprei para minha irmã, no silêncio do quarto, sem a agitação dos pássaros lá fora, uma pergunta: "Que gosto tem?". "Deve ter gosto de colher", Bibiana falou. Me deixa ver, pedi agitada, pulando em cima da pele de caititu que cobria as ondulações da terra no chão. "Não, eu primeiro", Bibiana queria impor a autoridade de irmã mais velha, que gostava de exibir. E se Donana chegar e a encontrar com a faca na boca? Ela perde a pose e ganha uma boa surra. Arrastei a cama empurrando meu corpo para trás, para que Donana ouvisse ao longe a movimentação e voltasse depressa. Ela iria nos surpreender e acabaria a brincadeira; afinal, a ideia de pegar a faca foi minha. Mas o aviso que lancei pelo ar não vingou, então pensei em gritar. Minha irmã seria mais rápida ao lançar a culpa sobre mim. Vou pegar a faca mesmo contra sua vontade. "Tem gosto de colher?"

Retirei rápido de sua boca. Tive que lutar por um instante com a força de sua mão. Achei que ela resistiria mais, como resistia ao retirar algo seu, ou como eu mesma resistia se tentasse retirar coisa minha. Não dei importância aos seus olhos que cresceram. Coloquei a faca em minha boca, encantada com o brilho. E minha avó Donana se distanciava do mundo com seus pensamentos. Em minha mão aquele objeto pesou como uma rocha. Retirei-a de forma violenta quando percebi que o feitiço se voltaria contra mim, eu que seria surpreendida por nossa avó. Bibiana estaria livre para negar até o fim. Quando retirei a faca e vi Bibiana sangrando, senti que algo na minha boca também havia se rompido. Mas a emoção, a respiração acelerada pela proximidade de ser surpreendida, não me permitiram sentir naquele instante a dor que sentiria depois. Guardei nas mãos a fração de minha língua, como se por magia meu pai e minha avó pudessem colocá-la de novo no lugar. O curador Zeca Chapéu Grande tudo podia. Se transformava em muitos encantados nas noites de jarê. Mudava a voz, cantava, rodopiava ágil pela sala, investido dos poderes dos espíritos das matas, das águas, das serras e do ar. Meu pai curava loucos e bêbados, devolveria meu pedaço de língua à minha boca. Enquanto pensava estouvada numa solução para minha desgraça, Donana nos surpreendeu, antes mesmo de Bibiana pôr a mala de novo no lugar. Ainda vi sua mão desabar na cabeça de minha irmã, como imaginei minutos antes. Com a mesma força desabou na minha. Mas eu comecei a fraquejar porque perdia muito sangue.

Me lembro de ter ouvido os médicos falarem que teria dificuldade para falar e me alimentar. Que teria que voltar sempre à cidade para ser acompanhada, fazer exercícios de fala. Mas não seria possível, não havia como deixar Água Negra, morávamos distante, não haveria maneira de nos deslocarmos por tantas léguas com tanta frequência. No hospital da cidade mais próxima não havia médico que soubesse fazer o tratamento.

Por isso me calei.

Passado muito tempo, resolvi tentar falar, porque estava sozinha me embrenhando na mesma vereda que Donana costumava entrar. Ainda recordo da palavra que escolhi: arado. Me deleitava vendo meu pai conduzindo o arado velho da fazenda carregado pelo boi, rasgando a terra para depois lançar grãos de arroz em torrões marrons e vermelhos revolvidos. Gostava do som redondo, fácil e ruidoso que tinha ao ser enunciado. "Vou trabalhar no arado." "Vou arar a terra." "Seria bom ter um arado novo, esse arado está troncho e velho." O som que deixou minha boca era uma aberração, uma desordem, como se no lugar do pedaço perdido da língua tivesse um ovo quente. Era um arado torto, deformado, que penetrava a terra de tal forma a deixá-la infértil, destruída, dilacerada. Tentei outras vezes, sozinha, dizer a mesma palavra, e depois outras, tentar restituir a fala ao meu corpo para ser a Belonísia de antes, mas logo me vi impelida a desistir. Nem mesmo quando o edema se desfez consegui reproduzir uma palavra que pudesse ser entendida por mim mesma. Não iria reproduzir os sons que me provocavam desgosto e repulsa e ser alvo de zombaria para as crianças na casa de Firmina, ou para as filhas de Tonha.

Durante todos esses anos, somente quando estava só, e mesmo assim muito raramente, ousava dizer algo. Era um tipo de tortura que me impunha de forma consciente, como se a faca de Donana pudesse me percorrer por dentro, rasgando toda a força que tentei cultivar desde então. Como se o arado velho e retorcido percorresse minhas entranhas, lacerando minha carne. Se esvaía toda a coragem de que tentei me investir para viver naquela terra hostil de sol perene e chuva eventual, de maus-tratos, onde gente morria sem assistência, onde vivíamos como gado, trabalhando sem ter nada em troca, nem mesmo o descanso, e as únicas coisas a que tínhamos direito era morar lá até quando os senhores quisessem e a cova que nos esperava fosse cavada na Viração, caso não deixássemos Água Negra.

Mas eu persistia e repetia as palavras mais duras, as que não gostamos de ouvir, para mim mesma, nos caminhos que percorria sozinha e que com o passar do tempo foram se tornando mais frequentes. Não me furtava a dizer o que faria muitos correrem, temendo a virulência de uma língua. Eram palavras repetidas por minha voz deformada, estranha, carregada de rancor por muitas coisas, e que só fez crescer ao longo dos anos. Agora, com os maus-tratos de Tobias, elas se tornaram mais vis, eram gritadas por minhas ancestrais, por Donana, por minha mãe, pelas avós que não conheci, e que chegavam a mim para que as repetisse com o horror de meus sons, e assim ganhassem os contornos tristes e inesquecíveis que me manteriam viva.

9

Como minha irmã, naquele breve período de quase dois anos em minhas contas, havia envelhecido! Estava com os quadris largos, não tinha mais o viço da mocidade. A única coisa que ainda a fazia parecer jovem eram as espinhas brilhantes que despontavam como pontos amarelos em seu rosto. Por todo o resto, parecia ter mais dez anos. Aquele tempo parecia ter passado com violência para ela, agora mãe de um menino. Pude ver seus seios despontarem da roupa que vestia, cheios, caídos de amamentar Inácio. Mas isso nada significava para nós mulheres da roça. Éramos preparadas desde cedo para gerar novos trabalhadores para os senhores, fosse para as nossas terras de morada ou qualquer outro lugar onde precisassem. A constatação que fazia era apenas em respeito à passagem de minha irmã da infância para a maturidade.

Seu rosto guardava uma delicada apreensão entre o contentamento de me encontrar, saber que estava bem, e o abandono a que sujeitou a família para viver com o primo, uma aventura de criança como as de outras moças que haviam feito o mesmo. Histórias como esta era o que não faltava entre nós. Seus movimentos revelavam os instintos maternos, os que observamos com muita familiaridade nos animais que nos cercam. Pude perceber isso ao vê-la se levantar, pesada, ao passar a criança para o colo de Salu, para me abraçar. Como quis abraçar com força e verdade, porque eu estava surpresa com a bênção que era poder olhar de novo seu rosto e ver minha irmã com seu filho. Como a mágoa que sentia aflorava com uma intensidade embotada, misturada a tudo o mais que vivenciava, e por mais que quisesse sufocar, ainda persistia. Por isso, nossos cumprimentos foram desanimados, sem o viço que permeava nossa relação de irmãs antes de sua partida.

O motivo de minha saída de casa naquela manhã ficou em segundo plano. Não esperava, depois de tanto tempo, de repente, encontrar Bibiana. Me sentei ao seu lado para escutar sua conversa com Domingas e minha mãe, contando sobre sua vida fora da fazenda. Tentei romper o meu espanto e articular algumas intervenções com os mesmos gestos que durante muito tempo foram compreendidos e transmitidos por Bibiana aos demais. Como tentei, naquele instante, recuperar o elo que nos fazia quase uma! Mas os gestos não eram entendidos de pronto, minha irmã precisava tentar uma, duas ou muito mais vezes, até que cansássemos. Domingas parecia me compreender muito mais. Já havia perdido, em parte, a habilidade de transmitir meus sentimentos, minha incessante capacidade de me comunicar que dormia por longo tempo, desde a sua partida.

Bibiana contou que ela tinha feito um supletivo, e no próximo ano ingressaria numa escola pública de magistério. Que trabalhava cuidando das crianças das vizinhas para que pudessem trabalhar. Ganhava muito pouco com isso, mas era o que podia fazer com um filho de colo. Contou também que Severo trabalhava na roça e frequentava o sindicato dos trabalhadores rurais. Estava aprendendo muitas coisas. Batalhava, apesar do medo e das adversidades, para melhorar a vida dos trabalhadores com quem compartilhava o fardo. Era admirado e respeitado até pelos mais velhos.

Severo entrou pela porta dos fundos acompanhado de meu pai e Zezé. Me cumprimentou tirando o chapéu. Me chamou por prima Belonísia. Me senti feliz de vê-lo. Ele também havia mudado, parecia mais homem, adulto, havia deixado para trás a adolescência. Parecia preservar apenas a inquietude de sempre. Ao vê-lo, percebi que as mágoas pela partida infantil dos dois, superficialmente, haviam ficado no passado. Durante algum tempo, pensei que pudesse haver uma ruptura entre nossas famílias, mas o perdão aflorava da bênção que poderia ser o retorno de alguém do qual somos parte. Não foi possível evitar, da mesma forma, recordar as bobagens que Bibiana pensou a respeito de nós dois alguns anos antes. A figura de meu primo exercia de fato um encanto sobre mim. Mas nada que pudesse ser chamado de paixão. Havia uma admiração por ser mais velho, pela energia e pelo frescor que emanavam de seus gestos, de suas histórias e principalmente de seus atos. Severo tinha uma sedução natural, como os animais da mata que não nos cansavam de surpreender com sua astúcia. Nem sempre era o conjunto de atributos que o corpo mostrava, mas estava entranhado no seu movimento pelo mundo. A minha admiração nascia da vontade de ter a mesma força, liderança e sabedoria, como se fosse o filho mais velho de Zeca Chapéu Grande, porque tudo o que admirava em Severo era a mesma capacidade que meu pai tinha de conduzir pessoas por caminhos tortuosos.

Com sua presença via reforçadas as impressões que ele havia me deixado desde sempre. Falava com dureza sobre nossas condições de vida na fazenda, a ponto de deixar meu pai embaraçado. Zeca nos fez saber, em muitas oportunidades, que falar mal de quem havia nos acolhido e permitido que morássemos e dali vivêssemos era ingratidão. Mas se poupou em não rebater os argumentos de Severo, talvez pela ocasião, pelo ressentimento a caminho de ser superado. Aquele foi um sinal dos tempos que viveríamos se algum dia eles retornassem à fazenda. Percebi que havia algo vigoroso e decisivo nas suas conversas sobre o trabalho, sobre a relação de servidão em que nos encontrávamos. Guardei o que pude de suas palavras para tentar decifrar as mensagens novas que trazia, transferindo sua vivência em outras terras para a nossa própria história, para que algo passasse a fazer sentido para nós.

Olhei a criança de volta aos braços de Bibiana, com profundidade. Ela percebeu e se dirigiu a mim para dizer como ele se chamava. Achei bonito o nome e, para mostrar que tinha gostado, sorri. Tentei tomá-lo em meus braços, mas ele se esquivou, deitando a cabeça no ombro da mãe. Era meu sobrinho, meu sangue, que continuaria a semear a terra, mesmo se não vivesse em Água Negra, se não fosse abatido pelas doenças que às vezes levavam nossas crianças muito cedo. Ele tinha olhos que não era possível definir, se pareciam com os do pai ou os da mãe. Estendi minha mão para acariciá-lo. Minha mãe repetia, incontrolável em seu contentamento, que era a vovó. O calor de Inácio encontrou minha mão, que o reconhecia, sua pele viva e morna, cor de mel das flores, me preencheu de força e me fez bem-querer.

Bibiana disse que traria o menino em breve para batizar na igreja do Senhor dos Passos. Você será a madrinha, escutei. Seu arranjo indicava a importância que eu tinha para sua vida, mesmo estando distante, mesmo percebendo que havia diferenças e estranhamentos entre nós. E dessa forma poderíamos reforçar nossos laços.

Durante aqueles dias, voltei quase que diariamente para a casa de meus pais ou de tio Servó e tia Hermelina, onde Bibiana e Severo se revezaram em atenção. Queria escutar cada vez mais as histórias que traziam de suas passagens por outros lugares. Queria ouvir de Severo as explicações para o que vivíamos em Água Negra. Eram histórias que se comunicavam com meus rancores, com a voz deformada que me afligia e por vezes me despedaçava, com todo o sofrimento que nos unia nos lugares mais distantes. Que juntos, talvez, pudéssemos romper com o destino que nos haviam designado. Nem o mau humor e destemperos de Tobias me desanimaram a sair, até que partissem de novo, com a promessa de que logo voltariam.

Quando se foram, pressenti que iriam regressar. Que os bons ventos os trariam com chuva e com mudanças. E só por isso fiz uma prece para que fosse muito em breve.

10

A agressividade de Tobias cresceu nos meses que se seguiram, a ponto de minha mãe fazer chegar a mim um recado de meu pai: estava preocupado comigo e queria que voltasse para casa. Não seria vergonha alguma para a família meu retorno. Apenas queria zelar por sua filha, para que nada de ruim acontecesse.

Tobias reclamava por pouca coisa, e quase sempre a culpa de tudo estava em mim. Bebia grande quantidade de cachaça, seus olhos ficavam vermelhos e pousavam no meu corpo quase sempre para acompanhar os insultos que me dirigia: lembrar que eu era muda, que passado tanto tempo não havia gerado filho como minha irmã, que não cozinhava bem, que perdia muito tempo arando o quintal, que não queria me ver na companhia de Maria Cabocla. Ela, por sua vez, me dizia que era certo que o problema de não criar menino na barriga não era meu, porque Tobias deitava antes com uma e com outra mulher, mas não se tinha notícia de filho algum. "Decerto", me disse, "ele é que deve ter a gala rala."

Não foram poucos os dias em que pensei em retornar à casa de meu pai. Mas algo me dizia que poderia dobrar o homem. Não deveria deixar a casa, acovardada. Se havia coisa que aprendi era que não deveria aceitar a proteção de ninguém. Se eu mesma não o fizesse, ninguém mais poderia. O cuidado que Bibiana direcionava a mim, no passado, nada mais era que o desejo que ela mesma alimentou desde muito cedo de que poderia salvar a todos, talvez influenciada pela experiência da crença de nosso pai. Mas, no fundo, era eu quem a protegia quando demonstrava medo nas atividades mais corriqueiras, quando precisávamos avançar na mata ou nos rios ou nos marimbus, me fazendo seguir na frente para, caso avistasse uma cobra ou um animal selvagem, espantar com o que dizia ser minha valentia.

Durante um tempo, Tobias ainda temeu meu pai enquanto frequentava as noites de jarê. Bebia, falava alto, chamava a atenção dos presentes. Mas não era o único a exagerar, por isso ninguém dava muita importância. Era um momento de descontração da faina levada ao extremo dia a dia. Mas eu, que já o via falar alto por conta da bebida, não suportava nem olhar ou escutar sua voz, nem mesmo ficar ao seu lado quando saíamos. Preferia procurar outras companhias, ajudar minha mãe nos afazeres, ficar com Domingas ou com as filhas de Tonha.

Foi mais ou menos naquele período que me veio um forte sentimento de arrependimento por ter aceitado viver com Tobias. Ele nunca havia feito perversidade como o marido de Maria Cabocla e de tantas outras, que faziam das mulheres saco de pancada. Somente uma vez tinha ameaçado me bater, quando me fez procurar uma calça puída que tinha costurado dias antes para que vestisse. Gritou com seu jeito grosseiro, e eu, me sentindo ofendida, não arredei o pé da cadeira onde costurava uma toalha. Ele levantou a mão como se fosse dar um tapa, mas a susteve no ar quando interrompi a costura para mirar com olhos ferozes os seus olhos. Como se o desafiasse a fazer o que ele queria, para ver se sua bravura ultrapassaria minha determinação. Senti um bicho ruim me roendo por dentro naquele instante e talvez ele tenha visto a fúria que guardava. Tobias abaixou a mão e parou de falar, envergonhado, e saiu para beber mais. Quando retornou, cambaleando, deitou na cama ainda sujo e dormiu.

Pensava que seria melhor se tivesse morrido no dia em que saí de casa. Que poderia ter despencado do cavalo e me estrebuchado no chão sem forças, porque àquela altura minha lamentação não servia de nada. Sabia que, mesmo depois de muitos anos, carregaria aquela vergonha por ter sido ingênua, por ter me deixado encantar por suas cortesias, lábia que não era diferente da de muitos homens que levavam mulheres da casa de seus pais para lhes servirem de escravas. Para depois infernizarem seus dias, baterem até tirar sangue ou a vida, deixando rastro de ódio em seus corpos. Para reclamarem da comida, da limpeza, dos filhos malcriados, do tempo, da casa de paredes que se desfaziam. Para nos apresentarem ao inferno que pode ser a vida de uma mulher.

A vida bem-sucedida de meu pai e minha mãe, ou até o momento de Bibiana e Severo, parecia ser uma exceção. Sofriam algumas penitências, nenhuma mulher estava livre delas, mas eram respeitadas, tinham voz dentro de casa. Nunca havia visto meu pai dirigir qualquer insulto à minha mãe. Se não eram calorosos e afetuosos entre si, também não eram indiferentes. Cada um sabia da necessidade do outro e concordava em ceder para avançar. Apesar de pouco tempo, conseguia ver que comigo não seria do mesmo jeito. Poderia até piorar, a ponto de Tobias me destinar os mesmos maus-tratos que Aparecido infligia a Maria Cabocla.

Sem justificativas, Tobias passou a ficar mais tempo fora de casa. Deixou de ir ao jarê de meu pai e começou a frequentar outra casa, a léguas de distância. Quando não era o jarê, eram as festas de santo, ou os aniversários e batizados de gente que conhecia. Continuava a chegar bêbado, com as roupas sujas, com todos os tipos de mancha, de barro a pintura de mulher. Foram muitos os dias que dormiu fora de casa. No início, me preocupava com seu jeito explosivo e com as possíveis brigas e juras de vingança que poderiam recair sobre ele. Me preocupava também que Sutério, vendo correr sua fama, o convidasse a se retirar da fazenda. Já havia decidido que, caso isso ocorresse, não iria embora do lugar em que nasci.

Senti meu corpo esfriar muitas vezes e, a cada ausência de Tobias, rezava por mim mesma, para que tivesse forças para suportar aquela vida. Continuei a trabalhar no quintal, cuidando da roça e das coisas que ele não fazia mais. Só não montava animal como um vaqueiro porque isso não sabia.

Passadas semanas, depois de uma noite maldormida, sem eu saber por onde andava Tobias, Genivaldo, vaqueiro da fazenda, chegou à porta de nossa casa com o chapéu na mão. Silencioso, o mau presságio a ponto de arrebentar em seu rosto. Parecia uma ave de mau agouro, e senti meu corpo se arrepiar por inteiro. Me convidou a acompanhá-lo pela estrada para o lugar onde encontrou o homem que havia me tirado de casa, caído.

II

Me ajoelhei e fechei os olhos de Tobias. Levantei sem sobressalto, caminhei para o canto da estrada onde o cavalo comia com a cabeça baixa e abanando as orelhas para espantar as varejeiras. Alisei sua barriga, como se fosse o ser mais importante do mundo. Dei dois tapinhas no lombo, indicando que queria partir. Tomei as rédeas em minhas mãos e segui caminhando com os moradores, que carregaram o corpo até nossa casa.

Certa vez, me fizeram chegar uma notícia, por Maria Cabocla, de que Tobias havia se indisposto com uma curadora de nome Valmira, que vivia na cidade. Muitos filhos da casa o haviam colocado para fora depois de uma bebedeira. O motivo era a encantada de dona Miúda, a tal Santa Rita Pescadeira, a mesma que de vez em quando surgia no jarê de meu pai. Depois de chegar à casa de Valmira, a encantada passou a ouvir ofensas de Tobias, duvidando de sua existência, incitando que mostrasse seus poderes, dizendo que a própria Valmira era uma farsa, que nada daquilo existia. Por várias vezes a curadora havia intervindo para fazer com que cessasse de dizer as asneiras. Sem recuar ou se desculpar, Tobias recebeu uma única sentença, proferida pela própria encantada montada no corpo de dona Miúda. Palavras que ninguém escutou, nem mesmo Valmira, somente ele. "Mas ele continuou a desfazer da encantada", disse Maria Cabocla, "e agora não se espante se alguma desgraça se abater sobre sua casa."

"Como tua avó, Belonísia. Como tua avó", ouvi minha mãe dizer, segurando meus ombros, enquanto eu amarrava um lenço negro em minha cabeça. Ela quis lembrar as viuvezes de minha avó Donana, que havia enterrado seus maridos. Meus olhos estavam secos, tamanha era a duração da estiagem. Estiou alguma coisa em mim desde o dia em que permiti aquela união, desde quando entrei na casa repleta de entulhos e deixei que Tobias levantasse minha roupa. Desde quando me permiti ouvir insultos sem devolver da maneira que gostaria. Me postei de pé um pouco afastada do caixão, mas próxima à porta, recebendo os vizinhos que chegavam em grande número. Via entrar e sair gente de casa, estava dispersa, mas não aflita, e Domingas e minha mãe tentavam providenciar o necessário. Por vezes, afastava as pessoas de mim sem mudar a expressão de meu rosto. Esperavam que me comportasse como uma viúva inconsolável. Cuidavam para que meu luto estivesse evidente, em respeito ao homem que vivia comigo. Tive que me conter algumas vezes para não deixar escapar um sorriso traiçoeiro, um gesto que fosse considerado desrespeitoso pelos presentes, por meu pai e minha mãe, principalmente. Mas também que não esperassem que me fechasse em nojo, repetia a mim, ao perceber os gestos exagerados de contrição e luto por parte dos vizinhos e compadres.

Durante todo o velório, só olhei para o rosto de Tobias uma única vez, mesmo assim guardando certa distância de seu corpo. Tinha um ferimento pequeno na testa, e mesmo depois de limpo, continuava a minar um líquido transparente como sangue desbotado. Mas não estendi minha mão sequer para ajeitar o filó que adornava a urna. Queria encerrar de vez aquele momento de minha vida. Tentei apressar o fim do funeral, apertando minha irmã para que conduzisse a saída do cortejo. Foram prestadas todas as homenagens que poderiam ser feitas, as comadres haviam rezado o rosário e recomendado sua alma. Eu também rezaria por ele. Bastava. Não precisavam esperar que de meus olhos saíssem lágrimas. Foi assim que vi seu corpo deixar a casa que levantou, onde guardou tudo que achava como se fosse um tesouro, para descer à terra, com a serenidade que não havia naquela tapera, onde vivemos por pouco mais de um ano.

Minha mãe quis que seguisse com ela para sua casa, que fechasse tudo e voltasse a morar em sua companhia. Também não quis. Queria estar só, experimentar a vida no silêncio que havia encontrado longe de todos. Compreendi a preocupação de Salu, afinal eu estava sozinha e ela me considerava exposta aos perigos de uma mulher sem homem para a acompanhar. Não acreditariam se contasse que talvez fosse eu quem protegesse Tobias, que nos últimos tempos se largava bêbado na cama, inútil nessas horas para qualquer vigilância. Só por isso permiti que Domingas me fizesse companhia nos primeiros dias. Mas minha irmã percebeu que eu estava bem, tão entretida nas atividades do dia a dia desde que fui morar às margens do rio Santo Antônio. Me perguntou se não tinha medo de ficar só. Acenei com a cabeça para dizer muitas vezes que não, conseguiria um cachorro para me fazer companhia como o velho Fusco, que já havia morrido. De Tobias ficou uma espingarda guardada debaixo da cama. E eu não estava disposta a deixar aquele pedaço de chão para que outra pessoa usufruísse do cuidado que tive para fazer daquele quintal um canto vistoso de terra. Havia me afeiçoado às plantas, a cada coisa que crescia com a força do meu trabalho e do de Tobias. Mas a casa está em mau estado, me disse Domingas. Sim, em mau estado, mas já vi casas serem levantadas muitas vezes. Sei bem o que se necessita para fazer desse ranchinho uma boa morada. Daria um destino aos entulhos, Tobias adiava o momento de forma desinteressada, mas agora carregaria tudo e deixaria no lixão. Logo, aquela casa sombreada pelo grande jatobá seria um lugar muito diferente de quando cheguei. Não pretendia me juntar de novo a alguém, não queria casar nunca mais. Conservaria a casa e o pedaço de terra que a cercava porque talvez fossem tudo que pudesse ter na vida.

Só assim poderia experimentar o sofrimento como o sentimento que unia a todos que viviam em Água Negra e em muitas outras fazendas de que tínhamos notícia. Foi sozinha que experimentei as aflições que vi meus pais passarem ao longo de suas vidas. Não tinha descendentes para alimentar, mas fiz questão de trabalhar com mais força e vigor que muitos homens que ali viviam. O sofrer vinha das coisas que nem sempre davam certo, me fazia sentir viva e unida, de alguma forma, a todos os trabalhadores que padeciam dos mesmos desfavorecimentos. Nunca pude reclamar da sorte, que também se postou com seu encanto ao meu lado. Bati saco de milho, fiz muitos sacos de farinha, labutei dia a dia na roça que crescia verde. Se o sol fosse inclemente e matasse a plantação, deixando um rastro de cultivo mirrado e queimado, ou se os rios enchessem e a água comesse o que não deu tempo de colher, dava meu dia de trabalho onde precisassem dele. Quando não havia trabalho, me agarrava à colheita do buriti e do dendê, e seguia com Maria Cabocla e outras mulheres para a feira da cidade. Vez ou outra um motorista nos oferecia carona para andar na boleia de seu veículo, ao nos ver caminhando pela estrada besuntadas da massa do fruto.

Um dia, ao subir no buritizeiro, furei meu pé em um espinho. Fui abatida como uma caça no chão dos marimbus. Só pude seguir adiante porque Maria Cabocla mandou dois de seus meninos chamarem Zezé e Domingas para me acudirem. Tentaram a todo custo me fazer voltar para casa. Até Zeca Chapéu Grande veio, com sua autoridade de pai e curador, tentar me demover da ideia de viver desacompanhada. Apelei para sua fé, que de certa forma refletia a minha também, para lembrar, apontando para o céu e para o meu pequeno altar de santos na sala — um santinho de são Sebastião crivado de flechas, um porta-retratos faltando uma das tiras laterais, com uma imagem escurecida de são Cosme e são Damião, uma pequena imagem de Nossa Senhora Aparecida, outra de santa Bárbara, uma imagem nova de Nossa Senhora do Perpétuo Socorro que me foi dada por comadre Nini e uma garrafa de Coca-Cola com ramalhetes de sempre-vivas que colhia na fazenda. Era pra dizer que nunca estávamos sozinhos, porque Deus e os encantados sempre estariam ao nosso lado.

Nunca mais meu pé voltou a ser como era, o espinho, como um punhal, atravessou-o de um lado a outro, deixando como sequela uma dor permanente, seguida de inchaço e vermelhidão. Segui algumas vezes para a cidade, com Domingas, minha mãe e dona Tonha, os médicos examinavam, passavam remédio, mas não curava. Meu pai fez remédio de raiz, pediu paciência, a dor foi aliviando a ponto de quase desaparecer. Mas bastavam os dias exaustivos de trabalho para que o inchaço retornasse e a dor se agravasse. Porém, nada disso retirou a vontade de transformar meu entorno com meu trabalho, mesmo sabendo que, por não ter filhos, Sutério levaria uma generosa parte de minha produção. Por isso saía muitas vezes antes de o dia raiar, levava parte do que colhia para a casa de meus pais para que fosse dividido entre todos. Esperava Maria Cabocla vir com os meninos para saber como eu estava, e fazia questão que levasse aipim, feijão-de-corda, abóbora e batata para sua casa.

Quando me senti melhor do ferimento, comecei a construir uma nova casa. Não há como consertar as casas de barro, então o jeito é construir uma nova, em outra parte do terreno. Era assim com todos que moravam na fazenda: enquanto fazíamos a nova, deixávamos a antiga tombar ali mesmo. Zezé ajudou a carregar o barro do rio, a cortar estacas para a forquilha e parede. Via como um encanto uma casa nascer da própria terra, do mesmo barro em que, se lançássemos sementes, veríamos brotar o alimento. Quantas vezes havia visto aquele ritual de construir e desmanchar casas, e ainda me maravilhava ao ver se levantar as paredes que seriam nosso abrigo.

No mesmo dia em que terminei de trazer as coisas da casa antiga para a nova, Maria Cabocla adentrou a casa, acuada, com um corte na boca. Não precisava falar para que eu soubesse. Aparecido estava a cada dia pior. Disse que se voltasse e a encontrasse em casa, que a mataria na frente dos filhos. Senti revolta, tive más recordações de Tobias, mesmo achando que não deveria lembrá-lo dessa forma, para que tivesse seu derradeiro descanso. Arrastei Maria para sua casa de novo, havia chegado com três crianças, mas as outras continuavam lá, sozinhas. Não achava justo deixá-las aos cuidados de um bêbado. Estava farta de vê-la desamparada. Ela parecia não querer ir, tinha o medo nos olhos, mas cedeu. Fui buscar algumas coisas no armário de roupa para pôr no pequeno bocapio. Pensei em pedir a ajuda de algum homem, mas antes que externasse isso, Maria me disse que se um homem fosse à sua casa seria pior, poderia até haver morte, Aparecido tinha ciúme doentio dela. Desisti e decidi ir sozinha, em sua companhia.

A porta não estava bem aprumada e demandou força de minha parte para fechá-la antes de seguir. Deixei a pequena sacola cair no chão e Maria Cabocla se abaixou para juntar tudo de novo. Se deteve no cabo de marfim da faca de prata que, passado tanto tempo, ainda era puro brilho, encantada com o objeto. Seu olhar parecia o olhar de Bibiana no dia em que a colocamos na boca. Passou de uma mão a outra antes de devolver a sacola e não ousou perguntar por que a estava levando comigo.

12

Para meu azar, o pé começou a doer no caminho, e quando resolvi parar para ajeitar o calçado, vi que estava inchado. Cheguei mancando à casa de Maria Cabocla. A primeira coisa que me saltou aos olhos foram duas garrafas de cachaça jogadas em um canto da sala. Havia roupa suja, restos de comida no prato em cima da mesa e uma grande quantidade de moscas, fiéis companheiras a viverem das nossas sobras, talvez aguardando a hora em que nossos corpos poderiam também lhes servir de alimento. Aliás, não precisavam nem de nossos corpos totalmente mortos: bastava uma ferida aberta para abrigarem suas larvas. Sabíamos bem como viviam. Havia períodos do ano em que o zumbido era tão intenso que eu dormia e acordava as escutando. Talvez se desaparecessem ou silenciassem perceberíamos de imediato que algo estranho acontecia à nossa volta.

As paredes se erodiam, com buracos que permitiam ver o outro lado. Ajudei a reunir as crianças para o banho, enquanto eu mesma cuidava também de lavar pratos, copos e vasilhames que estavam ao redor da mesa ou dispostos em pilhas no chão. Era uma tarde fresca, nublada, mas que com o avançar das horas tornava o semblante de Maria Cabocla tenso, como se uma inevitável tempestade se aproximasse. Por várias vezes ela disse que estava tudo bem, pediu que eu fosse embora. Resisti. Me metia a arrumar as coisas, a ajeitar algo que estava fora do lugar ou a consertar qualquer coisa quebrada. Não sei o que me aconteceu com aquela total ausência de medo. Talvez fosse a morte de Tobias, a solidão em que havia me encerrado. Talvez fosse a lembrança de Donana, as conversas que escutava escondida sobre sua valentia. Talvez fossem os percalços que vivi até aqui, mesmo sem ter completado vinte anos. Ou o desejo de defender a mulher Maria, eu sabia bem o que era aquele desprezo; embora Tobias nunca tenha me triscado a mão, ainda lembrava de seus insultos e de toda a revolta que me crescia no peito. Queria crer que faltava a Maria Cabocla um traço de bravura para enfrentar o marido. Quando percebesse que ela não o temia e poderia lhe ferir do mesmo jeito que ele fazia sempre, pensaria duas vezes antes de levantar a mão de novo para qualquer gesto de violência.

A noite desceu lenta e eu preparei batata-doce e café para as crianças comerem. O ar fresco invadiu a casa, que permanecia com portas e janelas abertas, apesar da invasão de mosquitos que abatíamos entre a palma das mãos. Maria Cabocla acendeu o único candeeiro, o cheiro de querosene queimado foi se misturando ao frescor que adentrava a casa. Ela havia me dito, tempos atrás, que não tinha chegado aos trinta anos, mas parecia ter bem mais. Tinha muitos fios brancos entre o cabelo liso que parava na altura dos ombros. Seu rosto sempre reluzia à oleosidade do próprio corpo, o brilho se tornava mais intenso entre a luz e a sombra projetadas pelo candeeiro. Olhava as crianças ao redor da mãe, às vezes ficavam à minha volta, tentando fazer com que eu participasse de suas brincadeiras. Brincavam de casa e escola, de roça e de caça, e eu olhava saudosa, recordando minha infância na beira do rio Utinga, entre bonecas de sabugo de milho e enxotando chupins dos campos de arroz. Algumas das crianças pareciam com a mãe, outras com o pai, mas todas, sem distinção, carregavam as marcas de abandono: barriga grande, corpo frágil e, principalmente, tristeza e medo, que recendiam em seus olhos pela rotina de violência que tinham na própria casa.

Depois que as crianças dormiram, fiquei com Maria Cabocla na sala, de portas fechadas, escutando suas conversas sobre a vida antes de Água Negra. "Já nasci cativa. Numa fazenda. Assim como você", me disse, mexendo numa caixa que tinha restos de tecido, linha, agulha e alguns poucos fuxicos de cores distintas. "Mas meu pai andava como cigano, andava de um lado para outro em busca de trabalho e condição melhor para criar os filhos", continuava a dizer sem olhar para mim. "Antes daqui vivi em seis fazendas diferentes, por isso também não sei ler e escrever." Retirou três peças de tecido redondas do tamanho da palma de sua mão e deitou sobre seu colo, procurando linha e agulha para começar a alinhavar as peças até que parecessem botões de flor. "Por mim não morava mais em fazenda, não, debaixo do cabresto de ninguém", aproximou a agulha bem perto dos olhos para tentar enfiar a linha, "mas Aparecido é incutido com roça e veio pedir ao dono daqui pra vir morar, bem nesse tempo da última seca."

Ela desfiava as lembranças como uma reza estranha e antiga, comum a todos os que em algum momento chegaram em romaria a Água Negra e tantas outras fazendas de que temos notícia. "Quando cheguei aqui achava que essa era a Fazenda Boa Sorte, veja só", disse, rindo quase sem vontade, "ele vivia falando nessa Boa Sorte, que tinha terra boa, que tinha casa boa para os trabalhadores, mas a gente veio parar aqui, que não tinha nada de diferente de outros lugares que passamos e que de 'boa sorte' não tem nada. Quando me juntei com Aparecido eu tinha catorze anos", levantou para pegar mais uma caneca de café. "Você quer mais café?", perguntou olhando para mim, esperando que me manifestasse pelos gestos que já lhe eram familiares. "Ele não bebia, não. Era um homem bom. Mas a bebida agora desgraçou com ele", colocou uma caneca cheia na pequena mesa em que me apoiava. "Já pedi que ele conversasse com compadre Zeca para receitar garrafada, mas ele não quis."

Sem conseguir se concentrar nos fuxicos que pretendia fazer, que talvez tentasse fazer àquela hora para aliviar a inquietação que consumia seu corpo, Maria Cabocla pôs a pequena caixa de lado e se dirigiu a mim. Mesmo na penumbra da casa mal iluminada pelo pequeno candeeiro, vi suas mãos trêmulas, nodosas, se aproximarem de minha cabeça.

"E você que ficou viúva... que tristeza pode ser ficar desamparada, mas deve ser melhor que ficar como eu estou", disse, retirando o lenço de minha cabeça, e senti uma onda quente percorrer o interior de meu peito. Passou a mão sobre meu cabelo crespo, deixando que seus dedos se emaranhassem nele. Senti um conforto que nunca havia sentido com o toque de qualquer pessoa. Poucas vezes deitei no colo de Donana ou de minha mãe para que fizessem o que Maria me fazia agora. Recendia um cheiro de água doce, que bem conhecia, de seus poros. "Seu cabelo é muito preto, Belonísia. Nunca te vejo sem lenço." Sem que voltasse meus olhos para encontrar os seus, deixei que ela afundasse as mãos em mim. Parou. Foi ao quarto para pegar algo. Passou a trançar o meu cabelo, usando o pente para desembaraçar os fios, e fazia tranças rentes ao couro cabeludo. Por um instante fechei os olhos para sentir melhor a ponta de seus dedos, que alternavam voltas entre falas e silêncios preenchidos apenas por sua respiração ofegante, em contraste com a minha, que estava cada vez mais lenta, como se me preparasse para dormir. Quando terminou o penteado, eu estava quase cochilando, e senti o calor de seu corpo próximo à minha cabeça. Levei minhas mãos para sentir as formas do cabelo, já que não havia espelho, e sem querer encontrei a sua pele áspera. Caminhos se formaram no alto de minha cabeça e pareciam se moldar com a quentura que percorria meu corpo.

Durante muito tempo depois daquela noite, fechei os olhos para tentar sentir de novo Maria Cabocla. "Você deve estar cansada, deite um pouco na cama. Vou ficar acordada, não consigo dormir", disse, quando seguia para guardar o pente. Dobrei meu lenço e o pus na sacola onde estava a faca, o que me fez lembrar que precisava retirar as batatas que havia trazido. Tentei resistir por algum tempo, mas depois aceitei. "Pode ficar despreocupada", me disse, "deite aqui do lado que eu deito, porque Tião tem mal dormir", disse, ajeitando as pernas do menino e das duas meninas que dormiam em sua cama, "se o homem chegar, te acordo."

Senti o cheiro de água doce no lençol que recobria a cama, e por muito tempo resisti ao sono, tentando acalmar o interior de meu corpo que ainda pulsava vivo ao afeto que havia recebido. Quando finalmente me dobrei ao repouso, sonhei com Tobias, que me olhava de longe, e eu tentava me afastar dele. Subia cansada pelas encostas do vale, mas me deparava com uma cerca brilhante. Tentava escapar por outro lado e via mais cerca. Quando me afastava, vi a mata queimar. Depois que tudo virou cinza, sem que nada me acontecesse, me percebi encurralada, sem saída. O cabo de marfim da faca de Donana aparecia quando tentava voltar para o rio. Bibiana e Severo surgiam em minha frente, mas não conseguiam me ver. Chamava por eles, minha voz era alta, mas ainda assim não me ouviam. Quando retirava a faca da terra, o chão começava a se abrir, dividido, e o buraco os engolia sem que se dessem conta.

Acordei alarmada e com a respiração ofegante. Levantei da cama, era quase dia, e encontrei Maria Cabocla cochilando sentada próxima à porta, vigiando para que o marido não me surpreendesse deitada em sua cama. Retornei para minha casa ainda no sereno da madrugada, precisava alimentar os bichos. Segui pelo caminho, preocupada, mas sabia que se algo acontecesse Maria ou os meninos dariam um jeito de pedir a minha ajuda.

13

Menos de uma semana depois, um dos filhos de Maria foi me encontrar enquanto limpava a roça. Disse que o pai estava louco, batendo de novo na mãe. Fiz sinal para que o menino esperasse. Passei em casa para pegar o que precisava. Aproveitei e coloquei aipim e banana na sacola, pedi ajuda para carregar o peso. Não tirei a calça que vestia, suja de terra, nem a camisa de manga comprida que quase havia esquecido ter sido de Tobias. Cheguei à casa de Maria Cabocla como quem não queria nada, e a certa distância pude ouvir o choro ecoando pela trilha em que caminhava a passos rápidos. Bati na porta que já se encontrava aberta, mas avisando que alguém iria entrar. Aparecido parou para me observar, estava confiante na covardia dos homens que ouviam o desespero daquela mulher e nada faziam. Entrei como se a casa fosse minha, apoiei os alimentos na mesa da cozinha, reuni as crianças desesperadas. Limpei seus rostos com um pedaço de tecido que estava num canto do fogão.

O homem gritou para que eu fosse embora, que cuidasse da minha vida. Não olhei em nenhum momento para Maria, que estava no quarto aos soluços. Se ela tivesse visto minha cabeça, veria que ainda preservava as tranças que havia feito uma semana antes, e nos meus olhos tudo que recebi com aquele gesto íntimo. Permaneci em pé, desafiando-o, para que viesse ele mesmo me arrancar para fora, porque não sairia com minhas próprias pernas. Ouvi de sua boca que respeitava muito meu pai, que era seu compadre, mas que não iria admitir desacato em sua própria casa. Maria levantou de onde estava, veio para cima dele, mas foi lançada em seguida ao chão por um tapa desferido com as costas da mão do homem. Eram mãos engrossadas pelo trabalho, pela vida nada fácil. Meus olhos cresceram ferozes ao ver Maria no chão, que parecia não se acovardar àquela hora, dizendo que eu iria ficar. Quando ele veio para cima para tentar me retirar dali à força, meu coração estava aos pulos, sentia meu interior frio como a brisa da madrugada, mas permaneci firme como meus mais velhos. Não foi o suficiente para evitar que Aparecido apertasse meu punho e tentasse me arrastar para fora. Encostei a lâmina que escondia atrás de mim em seu queixo, olhando segura para seus olhos vermelhos e com veias que se espantaram ao ver minha reação. Estava em minha mão direita, com o cabo fresco como um seixo recém-tirado do rio. Maria parecia sobressaltada com a visão que tinha, mas não hesitou em pedir que Aparecido fosse embora de novo. Correu para o quarto para fazer uma pequena trouxa e voltou gritando que não iria mais apanhar, que ele fosse de uma vez e a deixasse com os meninos, que se virariam. A faca encostou de tal maneira no seu queixo que quase vi o momento em que o laceraria.

 Seus olhos vermelhos de fúria amansaram como os de uma criança acuada pelo medo de uma aparição da mata. Aparecido chorou, pedindo perdão, dizendo que ele não era de fazer isso, que a bebida era uma desgraça em sua vida. Maria Cabocla aproveitou a fragilidade que ele transparecia para afastá-lo de vez. Mostrava as marcas do corpo, as que pareciam estar curadas, as que não curaram e as daquele instante. Sua raiva dizia muito das dores da alma — e sobre estas ela não falou —, aquelas que demoram a curar, as que no meio das lembranças precisamos afastar com um gesto de negação para que não se abata sobre nós o desânimo. Dizia que não queria mais ver o marido naquele pedaço de chão. Duas das crianças mais novas choraram quando a mãe atirou as roupas pela porta, pedindo: "Não, mainha, não manda painho embora". Maria, conquanto parecesse não ouvir ninguém, continuava a gritar para que o homem se fosse para a casa das putas com quem ele deitava, que os deixasse de uma vez. Ele gritava entre lágrimas que a casa era dele, ele a havia levantado, ele que havia pedido abrigo. A mulher parecia firme, e eu apoiava a sua resolução.

Depois que ele seguiu cambaleando pela trilha, arrumamos a casa e alimentamos as crianças. Tive vontade de cuidar de Maria Cabocla, de lavar suas feridas, de lhe dar de comer, mas ela disse que estava tudo bem e me agradeceu com um gesto sincero. Fui embora com um aperto no peito, pensando no homem vagando pela estrada. Pensei também em Maria com aquela ruma de filhos para cuidar e alimentar. O que haveria de ser dela? E se a mandassem embora da fazenda? E se o marido fosse ele mesmo falar com Sutério? Dormi com essas coisas martelando na moleira, pensando em Maria machucada, sozinha, com vontade de lhe agradar, de pentear seus cabelos dessa vez, fazer uma trança, se o brilho oleoso, que desprendia deles, deixasse.

Passei a levar aipim e batata, a safra estava boa, era a minha desculpa para justificar a frequência com que a visitava toda semana. De fato, não me faziam falta, e aqui era assim desde o princípio, uma mão lavava a outra. Afinal, nossos pais e esse povo de Maria Cabocla, e tantos outros, chegaram de lugares diferentes e distantes, mas, passado tanto tempo, viviam como uma parentela de filhos de pegação, de compadre, comadre, vizinho, marido e mulher, cunhados, primos e inimigos. Muitos haviam casado entre si e eram parentes de verdade, nos laços e no sangue. Os que não, eram de consideração. Então, o coração mandava dividir o que tínhamos, e por isso sobrevivíamos às piores dificuldades.

Semanas depois, soube que Aparecido havia retornado. Senti tristeza, mas pensei: "Se é pai dos meninos dela tem de haver algum perdão". Quem sabe o homem não muda? Ou, quem sabe, o gostar de Maria seja maior que as diferenças que existem entre eles. No fundo, será que ela percebeu que poderia ser pior estar sozinha na terra com aquele tanto de filhos, sem condições de roçar e dar de comer a todo mundo? Talvez tenha sido por isso, pela vergonha de ter me chamado naquele dia em que o enfrentei com a valentia que corria em meu sangue, que Maria se afastou de mim. Foi mudando com o tempo, se tornando mais tristonha, mais sozinha do que era. Se me encontrava, cumprimentava, mas já não se detinha a falar da vida, das mazelas que sofria, das pancadas do marido, das dificuldades para botar comida na mesa. Eu também, para não a magoar sem querer, nem mesmo ofender, deixei de levar as coisas que plantava e que fui trabalhando com minha força.

Quanta gente foi adentrando na solidão de meu rancho e foi dizendo que era uma roça bonita, que era maior e mais bem cuidada que a roça de muitos homens? Se admiravam quando viam que eu trabalhava sozinha. Com os olhos, mediam meu corpo de cima a baixo, se pudessem me fariam disputar uma queda de braço com os homens, só para saber se a força para revirar a terra, para trabalhar o chão, vinha dele mesmo. Para ter certeza de que não era das forças dos encantados em que o povo acreditava. Sutério passava rigorosamente toda semana e levava o que podia. Mas não o deixava levar o melhor, como meu pai fazia por gratidão. Separava os legumes maiores para a casa, para meus pais. Só não os deixava apodrecer nos pés, de desgosto, porque achava um desrespeito com a própria terra. Mas se desse para dar aos animais, eu dava, só para não deixar que ele levasse meu suor, minhas dores nas costas, meus calos nas mãos e minhas feridas nos pés, como se fosse algo seu.

14

Bibiana e Severo retornaram com seus quatro filhos para a fazenda alguns anos depois. Nesse meio-tempo, vieram para as festas de fim de ano e de são Sebastião com certa frequência. Numa dessas visitas batizei dois de seus filhos, como havia prometido: Inácio, o mais velho, que havia crescido e tinha quase minha altura; e Maria, a terceira. Domingas batizou a segunda, Flora, e Zezé também foi escolhido padrinho dela. Santa, filha de Tonha, batizou Ana, a caçula, que havia recebido o nome de nossa avó, e que já havia completado três anos. Minha mãe havia viajado para fazer o parto da segunda, e também acompanhou Bibiana no hospital no parto das duas últimas. O ano do regresso foi o ano em que chegou a primeira televisão à fazenda. Ela havia sido dada a Damião por um dos filhos, que trabalhava na cidade. Era uma televisão em preto e branco com uma caixa cinza, com antenas que mal serviam e uma esponja de aço na ponta. No começo, víamos mais os chuviscos do que qualquer imagem. Depois chegou a primeira antena parabólica, "um prato grande virado para as estrelas", Damião disse a meu pai, numa de suas visitas ao jarê. Recordo da cara de espanto e do riso do povo de Água Negra, conhecíamos a televisão de andarmos pela cidade e por outros lugares, mas nunca havíamos tido uma por ali. Chegou antes da energia elétrica, e na casa de Damião a faziam funcionar com uma bateria de veículo antiga, que precisava ser recarregada sempre. Ou seja, assistíamos a uma novela por quinze dias e passávamos mais quinze sem ver nada, até que alguém da família fosse à cidade levando o peso da bateria. A partir de então, o povo passou a se reunir na casa à noite; quando acabava a bateria ouvíamos queixa na roça, na feira e em todo canto, até que retornassem com ela carregada de novo. Até mesmo Sutério vinha, mancando, de vez em quando, "para espiar", como dizia. Formava uma aglomeração de gente conversando, outros pedindo silêncio. Outras pessoas começaram a se debruçar na janela porque não havia mais lugar nem no chão da sala. Bibiana disse que quando tivéssemos energia elétrica compraria uma para nossos pais.

Antes do retorno de minha irmã, havíamos passado por novos tempos de cheia e estiagem. Aos poucos, a paisagem foi mudando também. As grandes roças que os homens trabalhavam foram reduzidas, ano a ano. A família Peixoto já não tinha interesse em produzir. Um dos irmãos, que ficava à frente do trabalho instruindo Sutério, havia falecido. Já tinha idade avançada e os filhos pareciam não ter interesse em continuar cuidando da fazenda. As estiagens tinham sido duras, não se plantava mais arroz, eles diziam que faltava dinheiro para comprar adubo e sementes. As únicas coisas que vicejavam eram as nossas roças na vazante, os marimbus, a televisão de Damião e as brincadeiras de jarê. Meu pai estava envelhecendo, se encurvando com o tempo, os cabelos ficando brancos de forma lenta, mas ainda trabalhava de domingo a domingo. Não falava em parar. Ele e outros trabalhadores pioneiros que chegaram nos primeiros anos a Água Negra estavam se aposentando. Foram orientados pelo próprio Sutério a requerer o benefício — ele mesmo sem registro de trabalho, confessou —, o que era de muita ajuda e mudava em parte a situação dos moradores. Passaram cópia do documento do imposto da terra de mão em mão para que os mais velhos pudessem ter o que nunca tiveram, como se todo tempo de espera e trabalho tivesse sido para este momento derradeiro, quando iriam receber seus parcos recursos no banco da cidade. Era como se, passado tanto tempo trabalhando sem qualquer remuneração, agora entendessem que tinham direito a receber um ordenado todo mês. Continuavam a trabalhar nos seus roçados, a cultivar seus alimentos, muitos seguiam montando banca na feira da cidade, mas não existiam mais as empreitadas fatigantes que retiraram a saúde de muitos e que significavam a servidão dos antigos, dos avós e bisavós, a sujeição que gostariam de poder esquecer.

Apesar das mudanças lentas, muitas interdições impostas pelos fazendeiros ainda existiam. O dinheiro não era usado para a melhoria das casas, que continuavam a ser de barro, não podíamos construir casa de alvenaria. Mas o povo começou a melhorar o seu interior: colchões de espuma para substituir os colchões de palha de milho, uma cama, mesa e cadeiras, remédios, roupas e alimentos. Panelas e colchas que os ciganos vendiam de tempos em tempos em nossas portas.

Bibiana havia se formado professora, falava diferente, bonito, via o orgulho de meu pai ao vê-la ensinar os filhos. Dizia que queria a filha professora da escola de Água Negra. Que falaria com o prefeito numa festa de jarê para que desse o cargo de professora à filha, se assim fosse possível. Ela e Severo construíram uma casa perto de nossos pais, como a maioria costumava fazer quando se casava e não seguia para outros rumos. Eu continuei a morar perto do rio Santo Antônio, mas passava os finais de semana entre eles. Gostava de estar com as crianças, de escutar Severo sobre nossa situação na fazenda. Aprendia coisas novas. Meu primo deixava a fazenda para participar de reuniões do sindicato, de movimentos, para congressos. Gostava de sua companhia, mas guardava certa distância porque sentia que minha irmã tinha ciúmes do marido, mesmo de mim. Ou talvez eu tenha ficado com essa impressão ao ver seus olhos se crisparem quando alguma mulher ficava atraída pelo discurso de Severo, pela sabedoria que ele emanava, deslumbrada diante de sua oratória e do seu sorriso, que parecia ser do mesmo menino que havia me encantado e me feito querer ser como ele na minha mocidade.

Quando Severo viajava para encontrar o povo que lhe ensinava as coisas, sobre a precariedade do trabalho, sobre o sofrimento do povo do campo, eu dormia na casa de Bibiana para lhe fazer companhia. Inácio, meu afilhado, já era menino crescido, tinha corpo de homem, gostava de me ajudar a plantar no quintal de casa. Ele mesmo tomava a enxada da minha mão ou da mão da mãe, cavava cova, fazia coivara, com nossa vigília. Tinha o mesmo interesse pelos livros da mãe e do pai. Maria, minha outra afilhada, era traquina, vivia surpreendendo a todos. Se pendurava nos umbuzeiros e cajueiros, sumia nos matos. No dia em que caiu e quebrou o braço, me lembrei da Rural que nos levou para o hospital na infância que se distanciava, mas que em momentos como esse retornava como um sonho. Minha mãe olhava para a neta e dizia: "Essa teve a quem puxar, nunca vou me esquecer do que vocês me fizeram passar, correndo para o hospital". Bibiana ficava aflita, mas eu ria em silêncio, pensava como era engraçado poder ver a vida se repetir como uma história antiga. Meu pai se juntava a Bibiana na preocupação, dizia para que não castigasse a menina, que ela tinha os Cosmes que ele não quis cuidar. Por isso nós duas tínhamos sofrido na infância, porque ele não quis cuidar do são Cosme e Damião, ou, quando cuidava, fazia com malgrado. Ficava contrariado quando incorporava os santos, quando agia como criança, quando subia nas árvores ou pulava as janelas, e se fosse o telhado da casa de cerâmica teria corrido por cima dela como um menino irrequieto.

O ano do retorno da filha foi a última vez que meu pai e minha mãe viajaram para os festejos de Bom Jesus da Lapa, terra de Salu, em caminhada e romaria, promessa feita por ocasião da partida de Bibiana e Severo, para que retornassem à fazenda. Só soubemos da promessa quando se aproximou agosto e eles partiram a pé até seu destino, com moradores de Água Negra e fazendas vizinhas. A romaria também era para agradecer a chuva, ainda que cada vez mais parca. Por isso, muitos moradores, principalmente os mais antigos, partiram naquela viagem. Caminharam por dezessete dias, ida e volta, e todos nós nos sentimos aflitos com a segurança dos romeiros, principalmente Bibiana, sentindo-se culpada pelo fardo da promessa, temendo que algo ocorresse e ela se sentisse responsável pelo resto da vida. Mas retornaram bem, queimados de sol, cansados, no entanto revigorados, como sempre acontecia após uma viagem às terras do Bom Jesus, agradecendo ao santo pela romaria, por terem pernas e saúde para caminhar. Voltaram, como sempre, carregados de graça, com imagens, terços e promessas. Voltaram mais velhos na carne, com dores que os acompanharam por semanas, anos, talvez por toda a vida, mas os olhos reluziam como o lume de uma vela, e isso bastava para sabermos que era o que devia ser feito.

    Mas depois dessa viagem meu pai nunca mais foi o mesmo. Suas forças foram declinando. Talvez a força despendida numa caminhada tão longa como aquela fosse demais para sua idade. Minha mãe retornou com o corpo abatido, mas Zeca Chapéu Grande voltou muito mais fraco. Sentir o sol no caminho do asfalto, entre rezas e encantos, reviver a caminhada que o trouxe a Água Negra, talvez a emoção de ver o santo, filhos e netos à sua volta, houvesse preparado seu corpo para a partida.

15

No último ano de vida, meu pai foi contra todas as recomendações que havia feito em relação aos interditos próprios do jarê, e que nos eram impostos para os anos bissextos. Construiu nos primeiros meses a base, o centro e as forquilhas da nova casa, com a ajuda do genro e do filho. Nós desconfiávamos do que estava por vir, mas não falávamos para não atrair a má sorte. Plantou duas jaqueiras num terreno a meia légua de casa, três cajueiros próximos à porta da nova construção, bananeiras no quintal e uma mangueira no curto caminho para a casa antiga. Nesses anos, meu pai dizia que não poderíamos plantar espécie de raiz profunda, nem fazer cultivos permanentes como café. Dizia que não poderíamos construir o meio nem o centro da casa. Que se fizéssemos tudo no ano anterior, era permitido colocar as portas, as telhas, caiar, terminar uma casa no ano bissexto, mas as bases tinham que ser feitas antes. Naquele ano, porém, ele não falou no interdito, nem falou do risco de morte, nem mesmo do mau agouro que era a quebra das proibições, nem ninguém questionou quando o viu plantar as mudas e pedir ajuda para levantar a nova casa.

Minha mãe ainda tentou argumentar sobre por que não esperávamos o próximo ano, principalmente para construir a casa. Ele respondeu apenas que não fazia sentido esperar. Dava a entender que tudo que tinha dito por conta da crença era superstição, que não nos ativéssemos aos detalhes, que vivêssemos o que tínhamos que viver. O último inverno tinha sido de muita chuva e ventos fortes, que haviam causado avarias na casa em que morava sozinho com minha mãe depois da partida dos filhos. O barro havia cedido, deixando à mostra o trançado de madeira que sustentava a parede da frente. Era como um corpo corroído que nos permitia ver os ossos. Que nos permitia ver a intimidade de uma casa, porque buracos e frestas já não cobriam o seu interior. E o interior de uma casa era tudo que tínhamos. Guardava segredos que nunca seriam revelados. Guardava segredos que eram parte do que todos nós éramos naquelas paragens. Ele não dizia as razões da pressa para construir, mas todos nós intuíamos: que o corpo de nosso pai declinava como as paredes da casa que se desfazia. Que talvez aqueles fossem os últimos meses que teríamos ao seu lado. Era previsível, já que estava avançado em anos, e era certo que se aproximava o momento do seu descanso.

Ao mesmo tempo que víamos seu corpo cansado caminhando de um lado a outro da estrada, de uma porta a outra da casa, testemunhávamos seu vigor de trabalho ao amanhecer, quando saía com sua enxada e sacola de palha e descia para as várzeas do rio, na primeira luz do dia. Nos confortávamos ao ver que mantinha a disposição para o trabalho de domingo a domingo, e que trazia a sacola carregada de milho e arrastava a malha de raízes de mandioca para casa. Trazia peixes nos dias em que se dispunha a pescar nas águas negras do rio. Comia com a mesma fome e continuava a acender as velas, a colher as ervas, a preparar os remédios de nossos vizinhos. Não deixou são Sebastião sem festa, ainda que os encantados que o acompanharam por toda a vida não o tomassem como cavalo. Ainda que as palmas, as cantigas e os sons dos atabaques não fossem mais capazes de tirar de seu corpo a dança ágil, nem mesmo o fizessem levantar de sua cadeira. Seus filhos e filhas, que eram tão numerosos quanto o junco que crescia na várzea, não conseguiam tirá-lo da cadeira, nem eram capazes de fazer com que reagisse aos cantos. Dona Miúda esteve presente com Santa Rita Pescadeira, lançando redes no ar. Mas meu pai permaneceu todo o tempo fumando seu cachimbo, com o olhar vago, mirando muito além das danças na sala, para logo após os convidados comentarem sobre a debilidade de Zeca Chapéu Grande, no terreiro em frente, no caminho de volta para suas próprias casas, nos dias que se seguiram à festa.

Até que, depois do Dia de São José, percebi que a energia que ainda guardava para o trabalho também se esvanecia. Acordava, acendia o cigarro, mas já não saía para o roçado. Levantava à mesma hora, mas da porta apenas contemplava o horizonte para onde caminhou por tantos anos, onde estava tudo de que mais gostava. Olhava para o chão que semeou com as próprias mãos. Descia o batente da porta e se apoiava com cuidado, para repousar entre as plantas que cresciam no terreiro. Suas mãos tocavam a água fresca do orvalho, quando o sol ainda não havia levantado com sua força descomunal, com a força de uma bênção ou de um castigo. Levava as gotas de água para a frente dos olhos, desmanchando-as entre os dedos, para só então voltar à casa, deixando o toco do cigarro no chão.

Mãe Salu o esperava na cozinha com um café fumegante e batata-doce. Ele sentava, mas não tocava no prato, deixava o café esfriar e voltava depois de alguns minutos em silêncio para a sala. Ficava perto da porta, adormecia enquanto minha mãe me falava sobre o tempo. Ela tentava não transparecer preocupação, e quando eu estava mais distante a ouvia perguntar se ele estava sentindo alguma coisa. Ele não respondia. Levantava a mão esquerda, com a palma grossa e visíveis nós nos dedos, para fazer um gesto de negação.

Fechei a casa da beira do rio Santo Antônio. Colhia, vez ou outra, o que devia ser colhido, e saía para trabalhar na roça de meu pai, mas com um aperto na garganta que por vezes me sufocava. Bibiana, na casa ao lado, seguia para a escola onde dava aula, mas, preocupada, retornava na hora do almoço e passava para saber como ele estava, antes mesmo de chegar à sua casa. Minha mãe tomava conta dos netos, cozinhava, aguava o quintal, despachava as visitas e os que buscavam consultas para os males do corpo e do espírito. Foi difícil fazer as pessoas entenderem que nosso pai estava cansado, que não dava sinais de que poderia atender ninguém. Pedíamos que aguardassem a melhora. Ele passava a maior parte do tempo em sonos breves, mas continuava a acordar cedo para abrir a porta e mirar de novo o caminho para a várzea.

Meu irmão alternava os dias de trabalho em sua roça com o dia de trabalho na roça do pai, comigo. Contava, tentando despertar seu interesse, que os pés de pimenta haviam florescido ou que o plantio de abóbora não tinha vingado. Mas nada parecia tirá-lo do desligamento do mundo, cada dia um gesto a menos, até que nas últimas semanas passou a não levantar da cama. Sua magreza e apatia mudaram o semblante de minha mãe. Ele fez apenas um pedido: que não o levassem para o hospital da cidade. Domingas tentou argumentar, meu irmão, Bibiana e Severo também. Nesse momento o silêncio se quebrou e todos passaram a discutir sobre quais providências tomar. A ambulância poderia vir buscá-lo, mas não deveríamos ir de encontro à sua vontade. Eu me expressava como podia, me atrapalhava nos gestos, e a tensão era permanente.

O médico que veio disse que ele precisava ser levado urgente para o hospital. Que seus pulmões conservavam uma capacidade pequena de respiração, que tinha líquido neles e que estava desidratado e desnutrido. Ele permaneceu de olhos fechados durante toda a consulta, embora soubéssemos que estava acordado e lúcido. Não dizia nem que sim nem que não. Fora do quarto, Bibiana falou ao médico que conversaríamos de novo e chamaríamos a ambulância. "Mas a ambulância pode estar em outro atendimento, o correto seria levarmos agora.

Já fizemos a viagem, gastamos combustível e tempo." Foi assim que vimos a ambulância se afastar.

Agora todos juntos tentávamos convencê-lo de que deveria ir para o hospital. Que não poderíamos tratá-lo do cansaço cada vez mais agudo que apresentava. "O médico nos disse que o senhor precisa ficar no oxigênio." Nessa hora seus olhos permaneceram fechados, mas sua boca, que proferiu sentenças de vida e de morte do povo, não hesitou em lembrar: "Eu ainda estou vivo, eu sou o curador, não ele".

Em determinado momento, ele só pôde ficar sentado para que não sufocasse nos líquidos que borbulhavam em seu peito. Às vezes era Domingas que o amparava na cama. Minha mãe também fazia, mas logo se cansava, embora não se queixasse. Bibiana continuava indo para a escola, mas nas horas vagas se posicionava, amparando o corpo do pai. E eu da mesma forma. Certa vez adormeci de cansaço. Acordei com Zezé o levantando do meu colo, onde sufocava. Não havia percebido que ele tinha escorregado de meus braços e deitado a cabeça em meu colo, numa posição em que não poderia ficar. Quando notei que havia me descuidado e deixado que quase morresse, me desesperei de tal forma que, em anos, foram os primeiros gemidos que deixei escapar de minha boca mutilada diante de minha família. Chorei com tanta dor que a única coisa que me confortou foi o abraço de minha mãe, ao mesmo tempo que todos pareciam ter se esquecido dos problemas reais, para ver aquele gesto involuntário do meu corpo como um milagre de que tudo poderia mudar e meu pai se restabelecer; afinal, havia quase trinta anos não escutavam nenhum som de minha boca. Os olhos de Bibiana guardavam o mesmo espanto do dia em que me viu silenciar.

Na Semana Santa, ele já se encontrava com um fiapo de fôlego. Aceitava o caldo que preparávamos sem relutar. Continuava desidratado, mas respeitamos a sua vontade de permanecer em casa. Na sexta-feira, aproveitamos o caldo de carne vermelha que o alimentou no dia anterior. Minha mãe dizia que era mais nutritivo que o peixe, embora não nos fosse permitido comer carne no dia da Paixão. Quando ela se sentou na caixa de legumes vazia ao seu lado e lhe deu a primeira colher do caldo, ele cerrou os dentes. Pareceu concentrar todo o resto de força em sua boca. Para nós, aquele foi um sinal de que Zeca Chapéu Grande ainda tinha seus pés plantados na terra.

No domingo de Páscoa, minha mãe contou que sentiu uma forte corrente de ar fria e úmida da madrugada percorrer seu quarto. Levantou atordoada, achando que havia esquecido a janela aberta, mas viu que permanecia cerrada. Acendeu o candeeiro para ver se meu pai precisava de algo. O encontrou com os olhos abertos, apesar da face serena. Seu rosto, à luz parca, era um jogo de sombras contornando os ossos. Foi assim que veio chamar pelos filhos, com sua voz rompendo o canto dos insetos. Zeca havia partido.

16

Cresci escutando as histórias de José Alcino, meu pai, o Zeca Chapéu Grande. Algumas vinham de sua própria energia e disposição para contá-las aos filhos, de sangue ou de santo. Mas grande parte vinha da memória de minha mãe, que já ouvia histórias sobre meu pai antes mesmo de se conhecerem e de receber proposta para viver com ele. Foi dela que ouvi as mais emocionantes, e também as que custávamos a acreditar que tinham acontecido. Ouvi as primeiras ainda quando era criança, mas guardei pouca coisa do que se contava. À medida que crescia, via meus irmãos indagarem sobre nossas origens. Eles respondiam e nós apenas escutávamos seus desabafos. Muitas vezes as histórias vinham em momentos de reprimenda, quando nos queixávamos da quantidade de trabalho.

"Vocês não passaram metade do que seu pai passou", dizia minha mãe, enquanto debulhava as vagens do feijão que seria vendido na feira. "Isso foi muito antes, muito antes de chegar para esta fazenda." Meu pai havia nascido quase trinta anos após declararem os negros escravos livres, mas ainda cativo dos descendentes dos senhores de seus avós. Minha avó, Donana, tinha dado à luz o filho José Alcino em meio a uma plantação de cana na Fazenda Caxangá. Ele nasceu no meio de um charco, porque não haviam permitido que sua mãe deixasse de trabalhar naquele dia. Meu pai veio ao mundo cercado das mulheres que, assim como minha avó, cortavam apressadas a cana sob a vigilância dos capatazes da fazenda. Donana dizia que ele nasceu com os olhos esbugalhados e não chorou nos primeiros minutos. Quase sem forças o levou ao seio para que tomasse de seu peito. Somente depois de saciado deu um berro, que pôde ser ouvido de longe, anunciando sua chegada.

Meu pai foi o primeiro dos onze filhos que minha avó teve com diferentes maridos. Chamavam nossa avó de Donana Chapéu Grande porque não abandonava o chapéu de palha do primeiro companheiro. Ele havia falecido pouco antes do nascimento de meu pai, e minha avó durante muito tempo não se conformou com seu destino. De longe, apesar de pequena, era vista nas plantações cortando cana, por causa do chapéu que havia decidido usar até o fim da vida. Protegia seus olhos do sol forte, ao mesmo tempo que contribuía para a imagem de feiticeira que se criou à sua volta. De Donana só sabíamos que a chamavam assim, nem sabíamos o nome que sua mãe ou seu pai haviam lhe dado. Minha mãe apenas dizia que deveria ser Ana. Quando morreu, não tinha sequer documento, e como foi enterrada no cemitério da Viração, ninguém reclamou.

Da boca de Donana não soube quase nada. Só da insistente lembrança de Carmelita e de um medo de onça que ninguém entendia muito bem. Salu era quem contava dos anos que ela própria havia vivido em Caxangá, e mesmo assim só se dispôs a falar depois que a sogra já não estava mais viva. Ela só teve contato com as histórias que contava na mocidade quando deixou as terras de Bom Jesus da Lapa ao lado dos pais, rumando para a fazenda onde conheceu Donana Chapéu Grande e o filho, que já eram parte das crenças daquelas terras.

Minha mãe me contou que, ainda menina, Donana viveu na companhia da família do capataz que havia assumido sua guarda, servindo como empregada em sua casa na fazenda. Foi lá que passou a sentir grande desconforto, pouco antes do período de sua menarca. Tinha febre, sentia um sono intenso durante o dia, não conseguia dormir à noite. Vomitava quase tudo que lhe caía no estômago. Ouvia a dona da casa dizer que ela estava com encosto, que não iria durar muito tempo. Dias antes de o sangue lhe escorrer pelas pernas, Donana passou a ver objetos balançarem de forma violenta, o mato seco queimar por onde caminhava, e até mesmo as roupas que secavam no varal desaparecerem como palha seca. A família, com medo, levou a menina para um curador conhecido de Caxangá, e a deixou hospedada em sua casa. Lá, Donana viu portas e janelas baterem onde nem corrente de ar havia, viu a esteira de palha que foi destinada para o seu sono queimar. Até que o curador desistiu do tratamento.

A família percorreu léguas, indo de casa em casa, em busca dos curadores conhecidos da região, "bateram em dezesseis portas, dezesseis casas de jarê", disse Salu, enquanto retirava as folhas secas da pequena horta no quintal. "Eram os curadores mais conhecidos da Chapada Velha." Por último, a menina passou a receber encantados, com mais frequência o Velho Nagô, e foi dito à família que o problema do outro mundo tinha sido resolvido. Os encantados a aguardariam chegar à idade adulta para que pudesse ela própria ser uma curadora e guiar os espíritos em benefício dos que necessitavam de seus poderes. Foi nessa última casa, ao lado do curador João do Lajedo, que Donana aprendeu a manejar ervas e raízes para fazer xaropes e remédios para os mais distintos males que acometiam gente de toda origem: de coronéis a trabalhadores, de moças ricas que viviam na cidade às mulheres da roça que trabalhavam ao lado de seus maridos.

Quando o destino levou José Alcino, o marido, ao seu encontro, Donana não teve dúvidas de que se abrigaria embaixo do chapéu que o protegeu do sol durante a longa travessia que havia feito. José migrou das cercanias do Recôncavo para a Chapada, atraído pela promessa de riqueza, vinda das notícias de exploração de diamante. Tão logo chegou à região, viu que a sanha pela pedra havia transformado a terra num horizonte de lutas e de bandos armados guiados por coronéis que enriqueciam às custas do sangue e da loucura dos que se entregavam à sorte do garimpo. O homem, então, deitou sua sacola com seus poucos objetos e duas mudas de roupa no chão onde Donana vivia. Decidiu fazer o que havia aprendido com seus pais, o que o havia sustentado até o momento da partida e durante o caminho em que seguiu para chegar à Chapada. José Alcino pediu uma enxada e mostrou que sabia trabalhar a terra. Pediu morada na mesma fazenda onde minha avó vivia cativa, sem nunca ter tentado deixar seus tutores, trabalhando pelo que comia. Construiu uma casa de barro, cobriu com junco, fez amizade com o capataz que havia criado Donana. Com o tempo, disse que precisava de companhia, que queria família e não podia viver sozinho. Notou que a moça não parava de olhar para o seu chapéu, e mesmo evitando seus olhos, a levou para casa.

Pouco antes de Donana dar à luz meu pai, José Alcino caiu de um cavalo, enquanto viajava acompanhando um carregamento de cana. Os dons de minha avó voltaram a ser motivo de conversas e intrigas na casa-grande, nos rumos que os trabalhadores tomavam para suas roças debaixo do sol. Contou minha mãe que Donana andou devagar, amparada por vizinhas, para o local onde havia ocorrido o acidente. Não chorou quando o viu caído já sem vida no chão, assim como eu não havia derramado lágrima por Tobias. Talvez por motivos diferentes, mas foi estranho saber, depois de tudo o que aconteceu, que a história havia se repetido. Salu disse que, assim que Donana pegou o chapéu caído a alguns passos do corpo, voltou num carro de boi, com a cabeça do homem que havia lhe dado casa e companhia no colo.

Quando minha avó enviuvou pela segunda vez, recebeu um recado do curador João do Lajedo, que já se encontrava muito idoso: era hora de tomar para si as obrigações que Deus havia lhe dado. Deveria cuidar dos encantados que a acompanhavam. Deveria servir em sua casa para curar os males do corpo e do espírito dos que fossem encontrá-la. Seu poder era uma dádiva que deveria ser devolvida em favor dos que sofrem. Do contrário, seria perseguida pela má sorte pelo resto da vida, e ela já tinha provas suficientes dessa sentença.

Donana não deu ouvido. Faria o que estivesse ao seu alcance. Era raizeira e parteira, e já fazia muito pelo povo que a procurava. Mas não podia colocar jarê em sua casa. Não podia organizar festas, hospedar enfermos. Não havia nascido para vida de privações e obrigações sem tempo para acabar. "Não adianta rogar. Eu não faço e pronto", devolveu em resposta às palavras da mensageira.

Foi pouco depois dessa época, ou assim entendi, que Zeca, quase homem-feito, passou a ter fortes dores de cabeça. Não conseguia concluir o dia de trabalho ao lado da mãe e dos irmãos. Voltava para casa cedo, por vezes não conseguia nem se banhar no rio para retirar a areia que lhe cobria o cabelo e a pele, levantada no ar na tarefa de revolver a terra com arado e enxada em mãos. Deitava no chão, encolhido, sem comer ou dormir. Se passaram dias e Zeca começou a gritar como um animal de caça, lançando gemidos por todo canto, os olhos percorrendo o espaço e as pessoas. Donana viu que sua resistência havia feito com que o filho mais velho enlouquecesse. "Louco, louco", gritavam as crianças na janela da casa de Donana, que saía à porta com vassoura na mão, sem esquecer o grande chapéu que a acompanhava.

Donana tentou de todo jeito fazer com que o filho retornasse do encanto. Deu-lhe xarope de raízes, consultou o curador João do Lajedo, conversou com outros curadores, e todos diziam que não havia muito a fazer, que ela estava em dívida com os encantados porque se negava a cumprir sua missão na terra. Donana não se sentia capaz para tanto sacrifício. Por isso rezava, acendia vela dia e noite, muitas se apagavam antes de queimar por completo, sinal de que suas intenções não estavam sendo consideradas. Por fim, começou a trancar o filho em casa quando seguia para a roça. Deixava meu pai no quarto, sem coberta que lhe fosse objeto para morte, sem um copo de água, sem vela, sem comida, sem nada que pudesse fazer com que se ferisse. Zeca viveu por alguns dias no espaço escuro de um quarto sem janela.

Até o dia em que Donana retornou para casa e não o encontrou mais lá.

17

Se soubesse que tudo que se passa em meus pensamentos, essa procissão de lembranças enquanto meu cabelo vai se tornando branco, serviria de coisa valiosa para quem quer que fosse, teria me empenhado em escrever da melhor forma que pudesse. Teria comprado cadernos com o dinheiro das coisas que vendia na feira, e os teria enchido das palavras que não me saem da cabeça. Teria deixado a curiosidade que tive ao ver a faca com cabo de marfim se transformar na curiosidade pelo que poderia me tornar, porque de minha boca poderiam sair muitas histórias que serviriam de motivação para nosso povo, para nossas crianças, para que mudassem suas vidas de servidão aos donos da terra, aos donos das casas na cidade.

Quando Bibiana já morava novamente entre nós, passei a ler tudo o que visse em suas mãos ou nas de Severo. Passei a sentir fome de leitura, levava livro até para a sombra do descanso na roça. Essas histórias que encontrava nos livros e ouvia da boca do povo foram se desenrolando em minha cabeça como um novelo de malha de apanhar peixe. Quando me sento quieta para costurar uma roupa velha ou levanto a enxada para devolvê-la de novo ao chão, abrindo covas, arrancando as raízes das plantas, é que esse fio, que tem sido meu pensamento, vai se fazendo trama. Nessas horas eu, que tomei raiva de homem, que nunca mais quis deitar ou casar com homem, talvez deitasse de novo só para ter filhos, para ter com quem sentar para desfiar essas histórias que não me abandonam. Talvez lhes desse uma pilha de cadernos velhos, manchados de umidade da chuva, ou roídos de traças, para que lessem e pudessem entender do que somos feitos.

O enterro do meu pai aconteceu depois de um dia de velório, quando os aflitos que tinham passado por suas mãos para cura vieram prestar homenagem ao curador. Zeca Chapéu Grande havia colocado sua mão sobre a cabeça dos que agora se abaixavam e rezavam por sua alma, em reverência. Cada um tinha uma história de loucura, de bebida, de quebranto e mau-olhado, e todas as coisas que contavam se encontravam no enxame de sentimentos que se abateu sobre a fazenda naquele dia. Era uma manhã morna, eu revezava com minha mãe e irmãs na cozinha, preparando chá de capim-cidreira para acalmar o choro do povo. A casa que se desfazia, a sala onde meu pai emprestou seu corpo para que os encantados dançassem, curassem quem precisava, impusessem respeito e tolerância, organizassem os vizinhos, agora abrigava os que acolheu durante sua vida. Ouvia o som das conversas, cada um contando sua história com Zeca, cada um lembrando por que ele faria falta a Água Negra. As mulheres mais próximas chegavam à cozinha, perguntavam se comadre Salu precisava de ajuda. Deixavam por ali um pacote de café pilado, outro de açúcar, as garrafas térmicas de suas casas, e levavam a bebida para servir na sala. Quanto mais a hora passava, chegava gente de cada vez mais longe. Vinham de automóvel, de cavalo, de carro de boi, a grande maioria a pé, com suas sombrinhas para se proteger do sol. "Esse sol ainda me come o juízo", bradou dona Miúda enquanto entrava em nossa casa. "Bença, minha comadre, que Deus lhe conforte."

Entre sussurros e conversas mais acaloradas ouvi, como uma constante companhia, o zumbido das moscas. Eu mesma espantava os insetos enquanto estava ao lado do caixão. Aquele som de insetos e vozes misturadas sempre me vem à mente quando me recordo daquele dia. O mesmo som que escutei no dia do velório de Tobias. Os vizinhos e parentes se guardavam em seus silêncios, tiravam seus chapéus e os baixavam à altura de seus umbigos, e só de vez em quando sussurravam coisas que eu não conseguia escutar.

    Como se aguardasse uma boa notícia, me aproximava do caixão, juntava as flores miúdas sobre seu corpo, uma manta alva da terra que pudesse cobri-lo. Olhava suas mãos antigas e grossas de trabalho, como se tivesse muitas luvas de pele e de calos as calçando. Mãos grandes e desproporcionais, quando olhava para o braço seco como um graveto. Senti Maria Cabocla me amparar, segurando meus braços, sem conseguir dizer palavra que pudesse me consolar. Depois de uma madrugada em vigília, depois de coarmos cafés e cobrirmos nossas cabeças, rumamos num cortejo para Viração, o cemitério da fazenda, onde estavam Donana e Tobias. Onde estavam as crianças que não vingaram no parto. Onde estavam as dores e as lembranças de muitas famílias que nos acompanhavam. Onde estavam os que morreram de doença e do esgotamento que advinha da labuta. Os que morreram de feitiço ou porque Deus assim o quis, como ouvia. A cova estava pronta, havia um monte de terra acumulada em sua borda para depois das rezas ser lançada sobre o caixão.

18

Donana temeu muitas vezes que adentrassem sua porta para dizer que haviam encontrado o filho morto. Meu pai sumiu sem deixar rastros, e já tinham se passado muitos dias desde que minha avó havia chegado a casa e encontrado a porta arrebentada.

Foi difícil continuar a roçar naqueles dias. Minha avó encerrava o trabalho e espalhava os outros filhos pelas veredas na estrada, para procurarem pelo irmão. Ela própria avançava na mata com o facão, abrindo picadas, chamando por Zeca — José Alcino, quando queria repetir seu nome todo — ou prendendo a respiração, para que do seu silêncio viesse uma mensagem de onde se encontrava. Voltavam a se encontrar à noite, em casa, à luz de vela e lampião, para dizer que viram pegadas próximo à margem do rio, ou que uma mulher na lonjura das cercas da fazenda havia dito que viu Zeca, que não tinha certeza porque já não enxergava muito bem, mas, se não estava enganada, era ele andando feito doido. Ou que alguns haviam dito que tinha onça agitada na mata, por onde poderia estar escondido. Ou que tinham roubado ovos e frutas nos seus quintais ou tinha sumido roupa do varal.

O tempo parecia não se movimentar naqueles dias, as notícias chegavam de forma lenta. O sol não fazia o caminho nos mesmos passos no céu e a noite parecia longa. Foi quando um dos meninos de Donana chegou correndo em casa dizendo que um vaqueiro da Fazenda Piedade, a muitas léguas de distância, avistou um homem jovem, preto, sem roupas que lhe tapassem a vergonha, vivendo num pé de jatobá no meio da mata, nos limites com outra fazenda que não sabia o nome. Minha avó deixou Carmelita com as crianças menores, avisou ao capataz que precisava saber se era o filho e rumou com os maiores para o tal lugar. Levou farinha, rapadura e beiju para matar a fome das crianças. Não sabia por quanto tempo caminharia.

Seguiram pela estrada até chegar à Piedade. O vaqueiro disse que já tinha alguns dias que não via o homem, mas "aquilo não era coisa certa não, dona, ele dorme no pé de jatobá e junto de uma onça mansa, que não faz mal a ele". A onça, disse, parecia estar enfeitiçada porque o rondava e o protegia como se cria fosse. O homem não falava, ficava em silêncio, encolhido naquele canto. A mesma onça que Donana mais tarde viu nos olhos de Fusco.

Minha avó pedia também um pouco de farinha para alimentar as crianças quando nas suas andanças encontrava alguém usando uma casa de preparo. Acampou com os meninos perto do pé de jatobá. Colheu os frutos caídos. Colheu a semente de jatobá para fazer beiju. O beiju que matou a fome de seus ancestrais e mataria a fome de sua descendência. Mal dormia sob a palhoça que ergueu para abrigar os filhos do sereno, temerosa das histórias sobre a onça.

Numa das madrugadas de vigília, ouviu um sacudir de folhas não muito distante, indicando que o filho poderia estar à espreita. Donana se ergueu da esteira, chamou o maior dos meninos, todos dormiam, e deixou que o som a guiasse pelas trilhas da mata. Avistou barreiro e vaga-lumes em grande quantidade se movimentando em alvoroço próximo a um espelho d'água. Um animal apoiado nas quatro patas bebia água, afundando a cabeça na lama. Mas à medida que a noite se dissipava, minha avó percebeu que aquele animal selvagem apoiado nos quatro membros era o filho desaparecido havia meses. Chamou por "José Alcino", "Zeca", mas ele desapareceu, se embrenhando pela parte mais fechada da caatinga, se arrastando entre espinhos e galhos secos. Donana, que aprendeu a andar devagarinho, sem assustar capataz e vizinho, que roçava com a força que muitos homens não teriam para roçar, adentrou na mata e encontrou Zeca de olhos arregalados, mostrando os dentes, acuado. Donana fez reza, pediu licença aos encantados da mata e laçou o filho, como se laçasse um bezerro para derrubá-lo. Seu corpo nu e sujo estava coberto de grandes feridas. Seu cheiro era mais forte que o cheiro de um caititu. Cobriu sua nudez com uma manta, amarrou suas mãos com força enquanto ele gritava, e chamou os meninos para rumarem juntos para Caxangá. Deixou a palhoça sem derrubar e sobras de beiju de jatobá.

No meio do caminho estava a casa do compadre João do Lajedo. "Ele que carrega o meu fardo", disse quando o velho abriu a porta, "ele leva por mim porque fui desobediente, não me dobrei. Resisti. Os santos me castigaram." Os vizinhos do velho João do Lajedo se aproximaram porque Zeca gritava, acuado, ganindo como um cão querendo fugir. "Cura meu filho, compadre. Cura meu filho. E se tiver de ser ele o curador que levará meu carrego, então que seja", disse, dando as costas e seguindo com as crianças para casa.

19

Aquele foi o último enterro realizado na Viração por muito tempo. Não que não houvesse morrido mais gente, mas porque a fazenda foi vendida meses depois da morte de meu pai. Os herdeiros da família Peixoto envelheceram, e os seus filhos e netos não queriam continuar com a propriedade Água Negra. Os mais velhos nos conheciam, mas os mais novos nem sabiam quem éramos, embora não tivessem dúvida de que se tratava de um problema para seus negócios. Foi com as casas de barro e nossos corpos como mobília que venderam a terra a um casal com dois filhos. Acostumados que estávamos à longa posse da família Peixoto, fomos surpreendidos pela mudança e ficamos sem saber o que aconteceria a partir de então. Os mais ingênuos achavam que tudo permaneceria da mesma maneira. Os mais desconfiados temiam o que estava por vir, quiçá o despejo. Sabíamos que a fazenda existia, pelo menos, desde a chegada de Damião, o pioneiro dos trabalhadores, durante a seca de 1932. A família Peixoto havia herdado terras das sesmarias. Essas coisas nem Deus sabe explicar como aconteceram, mas Severo diz de uma forma que o povo fica atento, indo de casa em casa, da escola aos caminhos para a roça. Depois o povo fica se perguntando, conversando entre si, e vão recuperando as histórias das famílias antes da chegada. Eu tentava me concentrar, para aprender sobre o que Severo contava. Que chegou um branco colonizador e recebeu a dádiva do reino. Chegou outro homem branco com nome e sobrenome e foram dividindo tudo entre eles. Os índios foram sendo afastados, mortos, ou obrigados a trabalhar para esses donos da terra. Depois chegaram os negros, de muito longe, para trabalhar no lugar dos índios. Nosso povo, que não sabia o caminho de volta para sua terra, foi ficando. Quando as fazendas foram deixando de produzir porque os donos já estavam velhos e os filhos já não se interessavam pelo trabalho de roça, porque ganhavam muito mais dinheiro como doutores na cidade, e nos procuravam cercando terras pelas extremidades da fazenda, dizíamos que éramos índios. Porque sabíamos que, mesmo que não fosse respeitada, havia lei que proibia tirar terra de índio. E também porque eles se misturaram conosco, indo e voltando de seu canto, perdidos de suas aldeias.

Muito antes de nós, é o que dizem, chegou para cá muita gente, vindo com a notícia de que haviam sido encontradas minas de diamantes. Dizem até que quem encontrou o diamante foi um de nossos antepassados. Contam que roubaram dele as pedras sob sua posse, que foram garimpadas no rio Serrano. Que para tirar as pedras de suas mãos chegaram mesmo a acusá-lo de matar um viajante das Minas Gerais. Para não ser morto, teve que contar onde havia encontrado as pedras. Outros contam que ele apenas carregava os diamantes para serem vendidos, e que as pedras tinham sido encontradas pelos escravos de um tal senhor do Prado. Outros dizem que o primeiro diamante foi encontrado por um homem das Gerais. O que sabemos é que essa notícia trouxe mais escravos, trabalhadores livres, consulado de país estrangeiro para o interior e companhia de mineradores, tudo para retirar o diamante das serras. Sabe-se também que muito sangue foi derramado, muitos homens sucumbiram ao chamamento, à loucura e ao feitiço da pedra. Muitos endoideceram na sanha de encontrar o brilho. Muitos pereceram encantados e outros tantos foram mortos. Esta terra viveu em guerra de coronéis por muitos e muitos anos. Para trabalhar no garimpo vieram muitos homens escravos das vizinhanças da capital, dos engenhos que já não tinham mais a importância de antes, e das minas de ouro das Gerais. Dizem que até mesmo nasceu por aqui, filho de um dos trabalhadores das minas de diamante, o neto de um rei de Oyó da África, o neto do último rei a manter o império unido, antes de cair em desgraça.

Durante muitos anos, nascemos e vivemos à sombra da corrida do garimpo. Seja nas brincadeiras de criança, quando éramos ensinados a identificar qualquer gema que pudesse se assemelhar à pedra da cobiça, seja nas histórias dos coronéis que dominavam a região e da guerra que embrenharam pelas serras onde estava o diamante. Contavam de como o trânsito de pessoas às vezes era interrompido de um lugar a outro para que não fossem mortos nas emboscadas. De como as fazendas em que morávamos e nossas origens tinham a marca dessa trama de vida e morte que se instalou por décadas na Chapada Velha. Se fôssemos moradores da fazenda "tal", estávamos livres para transitar de um lugar a outro. Se nosso senhor fosse desafeto de "tal" coronel, os que ali viviam também corriam risco de se tornarem vítimas da violência. Era o que nos contavam. O medo atravessou o tempo e fez parte de nossa história desde sempre.

Era o medo de quem foi arrancado do seu chão. Medo de não resistir à travessia por mar e terra. Medo dos castigos, dos trabalhos, do sol escaldante, dos espíritos daquela gente. Medo de andar, medo de desagradar, medo de existir. Medo de que não gostassem de você, do que fazia, que não gostassem do seu cheiro, do seu cabelo, de sua cor. Que não gostassem de seus filhos, das cantigas, da nossa irmandade. Aonde quer que fôssemos, encontrávamos um parente, nunca estávamos sós. Quando não éramos parentes, nos fazíamos parentes. Foi a nossa valência poder se adaptar, poder construir essa irmandade, mesmo sendo alvos da vigilância dos que queriam nos enfraquecer. Por isso espalhavam o medo. Eu fui apanhando cada palavra da fala de Severo, das muitas vezes que o vi contar, para guardar em meu pensamento.

Foi assim que ele nos disse, e o povo ajudava contando o que conhecia das histórias de vida também: que, em dado momento, o diamante já não atraía tanta gente e só restaram as terras de Água Negra, conhecidas pela grande quantidade de água e pela várzea, que tudo dá. Era uma porção de mundo entre dois rios que corriam à sua volta por quase todos os lados, formando uma ilha no coração da Chapada Velha. Para cá, em quase todos os anos de seca de que se tem notícia, peregrinaram muitos trabalhadores buscando morada. Eram trazidos pelo gerente da fazenda, ou pelos que ali já estavam, que pediam por irmãos e compadres. Outros chegaram sobre as forças das próprias pernas para se juntar aos demais, com a autorização dos donos da terra.

Durante muitos anos, a fazenda foi uma bênção de água e fartura no sertão. Agora o novo dono, que construiu uma casa bonita e vistosa para morar na beira dos marimbus, mandou um novo gerente, depois de Sutério se aposentar, dizer que não poderíamos mais sepultar ninguém na Viração. Que era crime contra as matas. Contra a natureza. Que o cemitério estava próximo ao leito do rio. Que na cidade tinha cemitério e que a prefeitura garantia o transporte do morto para lá.

Os mais jovens não viram muita diferença em enterrar os mortos na cidade ou na Viração. Mas para os mais velhos aquela interdição era uma ofensa. A Viração existia havia mais de duzentos anos, era o que contavam. As mulheres diziam em suas conversas que só saíam de suas casas, só se recolheriam de suas vidas, para a Viração. Que não haveria conversa nem interdito, que não abririam mão de serem sepultadas naquele chão. Não abdicariam do destino de serem enterradas ao lado de seus parentes e compadres. Queriam estar à volta de compadre Zeca, assentado bem no meio daquele quadrado de terra seca, com metade do terreno cercada por um muro de um metro, enquanto a outra metade estava cercada pela caatinga. "Daqui só saio para a Viração", foi o que mais ouvimos naqueles dias que anunciaram o interdito.

Por sorte, ninguém morreu naquele primeiro ano. Mas também ninguém parecia tranquilo com o que estava por vir. Aquela mensagem dizia muito mais sobre nossas vidas do que sobre a morte em si. Se não pudéssemos deitar nossos mortos na Viração era porque, em breve, também não poderíamos estar sobre a mesma terra.

20

Muitos meses se passaram até que Zeca fosse considerado curado da loucura. Donana voltava todos os dias à casa do compadre João do Lajedo para ajudar na administração das bebidas de raiz, nas preces e no asseio do filho. Com o tempo, ele foi retornando à vida de antes, embora estivesse claro que algo havia mudado em seu interior para sempre. Seus olhos já não guardavam inocência. Um peso havia desabado sobre seus ombros magros. Participava com interesse e atenção das cerimônias da casa do curador, aprendia de forma dedicada sobre os ritos e preceitos, auxiliava nas brincadeiras, nas cantigas para chamar os encantados. Identificava com facilidade as entidades que surgiam, mudava o ritmo da cantiga, sabia em que velocidade os atabaques deveriam ser tocados, dependendo se queria agitar ou amansar algum espírito. Nas festas, se inteirava da ordem em que deveriam se apresentar. Também não se surpreendia com as mudanças que por vezes surgiam.

Aos poucos, voltou ao roçado com a mãe, mas continuou a dormir na casa do curador. Voltou para a plantação de cana. Saía de casa com Donana e os dois irmãos maiores, antes de o sol nascer. Mas não se descuidava de suas preces, nem da vela que deveria acender, nem mesmo de voltar no começo da noite para a casa do compadre João do Lajedo.

Quando Zeca foi considerado pronto, quando já podia reconhecer os males que adentravam pela porta do velho curador, quando compreendeu a natureza do parto, da vida e da morte de animais e de cultivos, deixou a casa de João do Lajedo, ainda que continuasse a participar das cerimônias. Retornou à Caxangá para trabalhar com a mãe na colheita e no reconhecimento das ervas da mata, e preparava unguentos e beberagens para as mais diversas aflições.

Mas o tempo trouxe a necessidade de seguir para outro lugar. Queria andar por outras terras, procurar trabalho. As roças da Fazenda Caxangá começavam a sofrer com uma nova estiagem. O mandacaru não havia florido no tempo esperado, a caatinga perdeu sua folhagem. Tinham que buscar água cada vez mais longe, e os barreiros também foram secando. As fazendas foram armando seus homens para que a água que restava armazenada não fosse levada pelos estranhos. Os rios estavam com níveis cada vez mais baixos e não era mais possível encontrar a abundância de peixe que havia no período das chuvas. Todo esse ambiente hostil, onde faltava água, mas sobrava violência, foi se tornando a paisagem dos primeiros anos de sua vida como homem. À mesma época, passavam viajantes a caminho de lugares onde houvesse água, e onde precisassem de trabalhadores, também.

Não sei dizer quando chegaram as notícias sobre Água Negra. Deve ter sido entre um cigarro de palha e outro, entre a erva colhida no campo e a reza para mau-olhado e quebranto, entre janelas e cavalos que levantavam a terra seca de Caxangá. Anunciaram que existia uma fazenda onde corriam rios de água escura. Não sei quando se disse que havia abundância de peixe, se cultivava arroz, e havia fartura de dendê, buriti e um grande espelho d'água onde os rios Utinga e Santo Antônio se encontravam. Que os donos não se importavam de abrigar mais gente, queriam apenas que fosse de trabalho e não reclamasse da labuta. Gente que suasse de sol a sol, de domingo a domingo. Queriam gente que aguasse as hortas e transformasse a terra da fazenda em riqueza, e que não temesse ferir as mãos na colheita.

Em troca, poderia se construir uma tapera de barro e taboa, que se desfizesse com o tempo, com a chuva e com o sol forte. Que essa morada nunca fosse um bem durável que atraísse a cobiça dos herdeiros. Que essa casa fosse desfeita de forma fácil se necessário. Podem trabalhar — contavam nas suas romarias pelo chão de Caxangá —, podem trabalhar, mas a terra é dessa família por direito. Os donos da terra eram conhecidos desde a lei de terras do Império, não havia o que contestar. Quem chegasse era forasteiro, poderia ocupar, plantar e fazer da terra sua morada. Poderia cercar seu quintal e fazer roça na várzea nas horas vagas. Poderia comer e viver da terra, mas deveria obediência e gratidão aos senhores.

Depois de muito sondar os viajantes em conversas, os compadres que traziam notícias de parentes que haviam mudado para mais longe, Zeca Chapéu Grande resolveu partir. Quando chegou o dia, avisou a mãe que iria embora. Donana sentiu seus olhos cansados se encherem d'água. "Por favor, não chora, mãe." Minha avó retirou o cordão com um crucifixo de seu pescoço e passou pela cabeça do filho. "O Velho Nagô me acompanha, mãe." Disse que se saísse naquele instante estaria em Água Negra no dia seguinte. Vestiu-se com a roupa costurada pelas mulheres da casa, mãe e irmã. "Que os caboclos e os guias o acompanhem", as palavras roçaram a boca de Donana. "Que o acompanhem Sete-Serra, Iansã, Mineiro, Marinheiro, Nadador, Cosme e Damião, Mãe d'Água, Tupinambá, Tomba--Morro, Oxóssi, Pombo Roxo, Nanã."

Zeca partiria antes de o sol chegar. Os pássaros voavam de um lado a outro, em alvoroço, lançando boa sorte entre o voo e o pouso. Na sacola de palha que havia trançado nas horas vagas, Donana havia colocado um pedaço de charque, uma lata de farinha de mandioca e uma pequena garrafa de mel para o filho se alimentar na estrada. Talvez ele quisesse dar um beijo no rosto da mãe, na testa da irmã, um abraço nos irmãos. "Bênção, minha mãe. Mandarei notícias por quem voltar para este lado. Mandarei boas notícias. E voltarei para te buscar, minha mãe, para que viva perto de mim." Donana limpou os olhos. "Muito digo Deus o acompanhe."

 Ele carregou a sacola de palha com a comida e as poucas roupas que tinha. Papel pra fazer cigarro, um pente em que faltavam dentes. Um aparelho de barbear enferrujado. Trilhou pela estrada um dia e uma noite até chegar a Água Negra, o lugar onde passaria o resto de sua vida.

21

Um dia, meu irmão Zezé perguntou ao nosso pai o que era viver de morada. Por que não éramos também donos daquela terra, se lá havíamos nascido e trabalhado desde sempre. Por que a família Peixoto, que não morava na fazenda, era dita dona. Por que não fazíamos daquela terra nossa, já que dela vivíamos, plantávamos as sementes, colhíamos o pão. Se dali retirávamos nosso sustento.

    Esse dia vive em minha memória. Não se apaga nem se afasta ainda que fique velha. O sol era tão forte que quase tudo ao alcance de minha visão estava branco, refletindo a luz intensa do céu sem nuvens. Meu pai retirou o chapéu, o calor fazia minar de seu corpo um suor grosso que lhe lavava o rosto, escorrendo pela fronte e pelas têmporas. Escorria pelo lado anterior de seus braços, formando grandes manchas em sua camisa surrada. O barro cobria sua calça, sua enxada, seus braços, o chapéu largo em suas mãos. Eu atirava milho e restos de comida para as galinhas. "Pedir morada é quando você não sabe para onde ir, porque não tem trabalho de onde vem. Não tem de onde tirar o sustento", apertou os olhos, olhando para a cova diante de seus pés, "aí você pergunta pra quem tem e quem precisa de gente para trabalho: 'Moço, o senhor me dá morada?'." De pronto seu olho se ergueu para meu irmão: "Trabalhe mais e pense menos. Seu olho não deve crescer para o que não é seu". Apoiou a enxada em pé no solo, segurando a ponta do seu cabo com um dos braços. "O documento da terra não vai lhe dar mais milho, nem feijão. Não vai botar comida na nossa mesa." Retirou papel e fumo do bolso e começou a fazer um cigarro. "Está vendo este mundão de terra aí? O olho cresce. O homem quer mais. Mas suas mãos não dão conta de trabalhar ela toda, dão? Você sozinho consegue trabalhar essa tarefa que a gente trabalha. Esta terra que cresce mato, que cresce a caatinga, o buriti, o dendê, não é nada sem trabalho. Não vale nada. Pode valer até para essa gente que não trabalha. Que não abre uma cova, que não sabe semear e colher. Mas para gente como a gente a terra só tem valor se tem trabalho. Sem trabalho a terra é nada."

Zezé voltou à lida, sem estender a conversa. Meu pai não falou o nome de Severo, mas sabia que ele andava de conversa com o povo da fazenda contando história de sindicato, de direitos, de lei. Estava levando essas conversas para os campos de trabalho. Sabia também que o assunto já devia estar no ouvido de Sutério. Zezé deixou de falar na frente do nosso pai, em respeito, mas voltou ao assunto vez ou outra, desconsiderando seu pensamento. Ele não comentava, mas continuou a indagar sobre as mesmas questões, continuava a expor suas ideias. Dos mais velhos ouviu os mesmos argumentos defendidos por Zeca. Dos mais novos ouviu que seus questionamentos faziam sentido, que seus pais, avós, morreram sem possuir nada. Que o único pedaço de terra a que tinham direito, de onde ninguém os tiraria, era a pequena cova da Viração. Que para aposentar era uma humilhação, pedir documento do imposto ou da terra para os donos da fazenda. Os homens se "amarravam" para entregar alguma coisa, além de explorar o trabalho sem pagamento dos que iam se aposentar. Às vezes chegava o dia de ir para a Previdência e o povo não havia conseguido reunir os documentos de que precisava.

Além da dívida de trabalho para com os senhores da fazenda, não havia nada para deixar para os filhos e netos. O que era transmitido de um para outro era a casa, quase sempre em estado ruim e que logo teria que ser refeita. Os pioneiros não pensavam assim, ou seus pensamentos eram abafados pela urgência de se manter a paz entre os trabalhadores e seus senhores. Ou porque havia uma gratidão pela acolhida que as gerações seguintes já não tinham, talvez por terem nascido e crescido neste lugar. Os mais jovens começavam a se considerar mais donos da terra do que qualquer um daqueles que tinham seus nomes transcritos no documento, que tinha sua cópia disputada e negociada pelos gerentes de forma desvantajosa para eles.

Meu irmão insistiu no assunto, apesar de evitar falar na frente de nosso pai. Vivia com Severo para cima e para baixo, entre um trabalho e outro, para ganhar a atenção dos moradores. "Não podemos mais viver assim. Temos direito à terra. Somos quilombolas." Era um desejo de liberdade que crescia e ocupava quase tudo o que fazíamos. Com o passar dos anos esse desejo começou a colocar em oposição pais e filhos numa mesma casa. Alguns jovens já não queriam permanecer na fazenda. Desejavam a vida na cidade. Os deslocamentos se tornaram mais intensos que no passado, quando nos transportávamos em animais para outros lugares, cidade e os povoados vizinhos. A vida na cidade, entre viajantes e comerciantes, era atraente. Pesava na decisão justamente o trabalho para os fazendeiros, que foi mantido entre nós e atravessou gerações. Zezé queria dizer ao nosso pai que não nos interessava apenas a morada. Que não havia ingratidão. "Eles que não nos foram gratos, corre boato que querem vender a fazenda sem se preocupar com a gente", dizia para mim e Domingas. "Queremos ser donos de nosso próprio trabalho, queremos decidir sobre o que plantar e colher além dos nossos quintais. Queremos cuidar da terra onde nascemos, da terra que cresceu com o trabalho de nossas famílias", completou Severo, numa roda de prosa debaixo da jaqueira na beira da estrada.

Mas o desejo de nos libertar terminou por envenenar nossas casas.

22

Caminhou um dia e uma noite, e antes de o sol nascer chegou a uma vila de casas assentadas em cima de um tabuleiro. Havia terra no horizonte de seus olhos, passava uma boiada e vaqueiros seguiam os animais em seus cavalos. Daquele dia, se recorda do vento e da nuvem de poeira que não se desfazia. Precisou caminhar através dela, enquanto um dos vaqueiros, solitário, desgarrado dos que seguiam à frente, o olhou com atenção. Andou devagar e segurou a cruz que carregava no pescoço. Pela posição do sol deveriam ser seis da manhã de um novo dia, e o começou com louvação.

Seus pés doíam, não havia repousado durante a noite. Teve medo de adentrar a mata que não conhecia. Caminhou com seus encantados. Mas os riscos rondavam. Quem sabe seus próprios guias lhe dessem o medo banhado na luz da noite para o deixar vigilante diante dos perigos? Quem sabe esse medo não o fizesse chegar com segurança ao seu destino? Eles iam à frente abrindo caminhos. Ele sentia que eles afastavam os perigos da estrada. Os perigos das cobras, dos caititus, das onças. Os perigos dos coronéis e seus bandos. Os perigos da cobiça por terra e diamante. Deus era o guia maior que olhava por ele e guiava os encantados.

O Velho Nagô, que seguia atrás, foi se aproximando quando ele chegava ao fim da jornada. De bengala, encurvado, de cachimbo na mão e chapéu branco. Desde Caxangá, desde que foi curado do que havia sofrido com as perturbações da mente, sentiu o Velho se aproximar, sentiu seu toque e conhecimento o cobrirem como um manto. Mas eles não estavam sozinhos. Mineiro seguia à frente. Fidalgo, todo de branco. Mineiro chegou com o povo das Minas Gerais e por aqui ficou porque ele entendia de povo de garimpo. Não dispensava vinho branco. Não dispensava cigarro branco. Era dele que vinham os avisos de que alguém sofreria com a loucura.

Oxóssi era o caçador, o que lhe dizia por onde seguir em meio à mata. O que o livrava dos perigos, das serpentes peçonhentas, e também enfeitiçava as caças que o alimentariam na nova morada. O pedaço de carne do sertão que sua mãe tinha dado era suficiente para se alimentar até a chegada. Mas nem por isso Oxóssi o deixou seguir só, e andou por céu e terra, no alvoroço dos pássaros, nas folhas e raízes que colhia para os remédios e que guardava em sua sacola de palha.

Mãe d'Água o guiava pela água doce, matava sua sede. Ela surgiu quando ele desceu o tabuleiro entre a plantação e a estrada de boiada, para entrar por uma vereda onde haviam dito que ficava a fazenda. Ela continuava surgindo entre as folhas verdes e os troncos das árvores, entre os espinhos e os galhos retorcidos. Ela corria, aparecia e sumia, e seus pés se desfaziam num rio negro e limpo que era o próprio caminho e promessa de vida no seu destino. O rio corria e era como se de sua distância lavasse os seus pés para abençoar a chegada. Ventania não deixava o horizonte e subia num redemoinho, lançando terra nos seus olhos. Era como se corresse o mesmo caminho com a Mãe d'Água para lhe dizer que teria terra e água para plantar e colher, para si e os que viriam. Ventania foi na frente, antes de todos, e se ergueu no horizonte enquanto ele estava na vila, cegando vaqueiros e gado. Ventania o fez cobrir os olhos. Arrastou as folhas secas do chão e as ergueu no ar, lançadas sobre seu corpo como um açoite, para que permanecesse desperto em sua caminhada.

Nesse dia, lhe vieram as coisas que lhe contavam e que não recordava. Que dormiu semanas perto de uma onça que não dava por fé de seus movimentos na mata. Que comeu as frutas que caíram do pé e pequenas aves e peixes rasgados no dente, vivos e com o sangue escorrendo por sua boca. Veio a lembrança da roça, do trabalho para seus donos. A história da mãe, viúva, parindo no meio da plantação de cana. A resistência de não querer assumir as funções de curadora. Veio a lembrança da irmã Carmelita, chegando à mocidade, costurando camisa e trançando palha de buriti na mão. De seus irmãos ainda pequenos ajudando as duas na molhação do quintal.

Pensou em tudo, e pensou também que se tivesse terra em Água Negra, que se lhe dessem o direito de levantar casa e botar roça, se tivesse quintal de fartura e água para a molhação, que se tivesse rio perto e peixe para botar na mesa, ele iria buscar a mãe, iria buscar os irmãos, arranjaria homem direito e trabalhador para se juntar com Carmelita. E se tivesse moça direita ele também a levaria para casa. Teria filhos. Se os encantados chegassem, faria brincadeira para eles. Faria reza e remédio de raiz para os necessitados.

Foi assim que ele caminhou um dia e uma noite na companhia dos encantados, carregando o que tinha de lembrança e de história. Carregando carne-seca e mel selvagem. Assim, sujo da terra grudada ao seu suor e com o cansaço que o levou a um dos vaqueiros da fazenda.

"É aqui que é Água Negra?"

"Pois não. Veio a mando de quem?"

"Vim a mando de ninguém, não. Vim porque preciso de trabalho. Vim porque sou moço e tenho força pra trabalhar. Tenho mão boa para plantação. Tenho reza e remédio para praga de bicho comichão."

"Então pode ficar. Tem gente que chega, tem gente que volta pra onde veio, precisamos de gente por aqui, sim. Vou te dar este bilhete para que leve a um senhor preto de nome Damião. Ele mora adentrando aquela estrada ali. Qual sua graça?"

"José Alcino da Silva, mas pode me chamar de Zeca Chapéu Grande."

O homem pegou um lápis e um papel pardo amassado para anotar coisas que ele não pôde ler. Mas as palavras retiniam: "Procure Damião. Ele vai dizer o que fazer". Dobrou o papel para não perder. Guardou como se documento fosse e rumou pela vereda para encontrá-lo.

23

"Você tem que tirar a mão de seu pai da cabeça, comadre. Precisa ir para outra casa de curador", diziam as filhas de Tonha. Depois vieram Crispina e Crispiniana para falar o mesmo. E por último Maria Cabocla, ao passar pela porta da casa velha, onde eu havia me instalado desde que o pai adoeceu. Não dava importância ao que me diziam. Era a crença que meu próprio pai havia ajudado a difundir durante toda sua vida na fazenda, mas que não fazia mais qualquer sentido para mim. Como poderia tirar a mão de meu pai da minha cabeça? Meu pai se foi e a mão dele também. Nem que quisesse seguir à risca as crenças, ainda assim não tiraria sua mão de mim. Zeca Chapéu Grande era meu pai, guia pela terra e responsável pelo que sou. Seus filhos e filhas de santo seguiram dia após dia procurando casas de jarê conhecidas dos arredores para retirar sua mão de suas cabeças. Temiam estar sentenciados ao passamento. Eu não conseguia temer nada, nem temi as grosserias de Tobias, muito menos Aparecido avançando sobre mim. Não temia os vivos, não temeria os mortos. Chegaram mesmo a chorar à nossa porta, dizendo que eu iria morrer. "Deixem Belonísia. Se ela não quer, ela não tira. Muito agradecida, mas vão cuidar da vida de vocês", disse Salu mais de uma vez, até que o tempo passou e pareceram esquecer. "Se se descuidarem", pensei, "é capaz de vocês irem antes de mim." Como iria rir se fossem antes de mim.

Minha mãe, abatida, passou um longo período sem conseguir ir para a roça. Também começou a beber cachaça, antes mesmo do meio-dia. Era estranho, nunca havia visto minha mãe beber numa festa ou celebração. Comecei a esconder as garrafas de aguardente, mas ela ia à feira e dava um jeito de trazer às escondidas, junto com os mantimentos. Entornava largos copos, como nunca havia feito, e dormia sentada na cadeira, até roncar. Esquecia a comida no fogo e parecia não sentir mais vontade de interagir com os netos. Nos poucos momentos em que ficava sóbria, pegava algo que havia pertencido ao nosso pai para dizer: "Olha o que deixou", ou então: "Ele não conseguiu terminar de fazer isso". As recordações tomavam conta de seu dia quando alguém aparecia pedindo ajuda para algum problema, acostumados que estavam a tratar suas mazelas com Zeca. Ela dizia que não podia ajudar, que não era curadora. "Não vou mexer com coisas que não sei", disse a Domingas enquanto abanava a lenha do fogão, "não nasci com o dom."

A obra da casa que meu pai havia começado a levantar estava parada e passou meses assim, sem que ninguém se dispusesse a continuar. Não se sentiam autorizados. Minha mãe bateu o pé, olhando para o mato que começava a crescer em volta da casa: "Vou desmanchar aquela casa, não quero mais sair daqui". "Esta casa está se desmanchando", Bibiana relembrou, "talvez fosse melhor terminar a outra para mudar o quanto antes." Minha mãe, que havia perdido qualquer vontade de mudança, fez valer sua vontade: "Ninguém mexe, deixe o tempo tomar conta dela".

Quando o sol se prolongou no horizonte trazendo de novo a estiagem, Salu passou um dia enferma na cama, ardendo de febre. Dona Tonha veio visitá-la. Ficaram as duas no quarto, conversando baixo. No dia seguinte, me disse que iria para Cachoeira, que estava entregue à bebida por obrigação que não cumpria dos encantados, que meu pai havia deixado. Dona Tonha a acompanharia. Considerou que naquele momento precisava retirar a mão do marido da cabeça. Partiu para encontrar o curador, e fiquei sozinha em casa. Retomei o movimento do roçado porque queria tentar fazer as coisas voltarem a parecer como antes. Pensava que continuar trabalhando era a única maneira de recordar meu pai de uma forma que não fosse mais tão doída. Me coloquei nas trilhas com meu irmão, e, de fato, arar a terra, plantar, colher, consertar cerca, foram me curando de sua ausência, da mesma maneira que haviam me curado da tristeza que senti ao deixar a casa para viver com Tobias. Da mesma forma de quando fiquei viúva: foi o que me sustentou nas terras da beira do Santo Antônio. Foi das coisas que nasceram de novo em minhas mãos que pensei sobre o rumo que tomaríamos sem a liderança de nosso pai. Como seria tudo sem as forças dos encantados, que por tanto tempo haviam estado entre nós.

Por último, Salu retornou à fazenda depois da viagem a Cachoeira e disse que iria terminar de construir a casa. Disse também que não triscaria mais em bebida. A decisão trouxe alívio. Em pouco tempo, a casa que meu pai havia deixado com a construção encaminhada ficou pronta. Limpamos o terreno do mato que havia crescido. Preparamos tudo para a mudança. O mesmo pai de santo que havia cuidado de minha mãe em Cachoeira veio até Água Negra para orientar a transferência de uma casa para outra. Na casa velha havia vivido um homem poderoso que movimentava energias entre o mundo dos vivos e dos mortos. Moveu sentimentos bons e ruins, curou a terra, curou pessoas, evocou espíritos da natureza. Então tudo que havia vivido, todo o movimento de seu mundo de fé estava pairando naquele espaço, e deveria ser encaminhado a um destino. Ela seria desmanchada. Retiraram portas, janelas e o junco que recobria o teto. O pai de santo bateu com ervas nas paredes e entoou cantigas que nunca havia escutado nas brincadeiras de jarê.

"Se tiver alguma força nesta casa, a senhora vai querer, dona Salustiana? Para seguir a sina de seu marido?", perguntou o velho. "Não", respondeu sem hesitar, com olhos firmes no que o benzedor fazia. "Então, posso tomar para mim?", parou com as folhas no ar ao lado de minha mãe. "Pode", foi o que respondeu.

O velho não tocou em nenhuma parede. Não retirou nenhuma forquilha. O tempo se incumbiu de desmanchar a casa antiga. Sem abrigar mais nossas vidas, parecia se deteriorar numa urgência própria da natureza que a envolvia. A cada chuva forte uma parede desmoronava e, por fim, o vento completou sua luta. A parede de terra, do barro que era o chão de Água Negra, voltou a ser terra de novo. Nasceram ervas e flores minúsculas em meio à umidade que surgia com o orvalho e com a chuva que caía quando era da vontade dos santos. Fiquei atenta a tudo o que acontecia, sabia que nada retornaria. Olhei com certo encantamento o tempo caminhando, indomável como um cavalo bravio.

24

Indomável, Severo caminhou por estradas, elevou sua voz em discursos, enfrentou os novos donos e o chefe dos trabalhadores. Mudando ele mesmo, em meio ao movimento que parecia crescer em nossas vidas, foi moldando Água Negra, fazendo-a se transformar num lugar diferente. Enquanto Zeca Chapéu Grande viveu, respeitou o seu desejo de não confrontar os que lhe haviam dado abrigo. Questionar o domínio das terras da fazenda seria um gesto de ingratidão. Por isso mesmo, Severo percebeu que não poderia discutir com meu pai, seu tio e sogro, seria um desrespeito por tudo o que ele significava para o nosso povo. Zeca Chapéu Grande havia mantido os moradores da fazenda unidos, foi liderança do povo por anos, e sem permitir que infligissem maus-tratos a nenhum trabalhador da fazenda, muitas vezes interveio, sem afrontar Sutério, para impedir injustiças maiores que as que já existiam. Graças às suas crenças, havia vigorado uma ordem própria, o que nos ajudou a atravessar o tempo até o presente.

Sua morte deixou um vazio entre os moradores da fazenda e, por fim, a venda das terras transformou tudo de maneira repentina. As notícias que nos chegavam eram de que a fazenda havia sido vendida a um preço minguado, porque nossa presença a havia desvalorizado. O novo dono fazia uma movimentação contrária à nossa morada, talvez porque soubesse que, pelo tempo que tínhamos ali, a justiça nos reservava algum direito. Aos poucos, foi chegando, primeiro como um benfeitor, dizendo que nada iria mudar. Se mostrava solidário, levando um ou outro para a cidade em seu carro se precisava de médico, propagando aos quatro ventos como era bom com seus trabalhadores. Depois montou um barracão de mantimentos, resolveu criar porcos, e quem estivesse disposto a trabalhar teria direito a salário, que as pessoas nunca receberam de fato. Os dias de trabalho eram pagos com a retirada de mercadorias e, ao sair de lá, os moradores terminavam deixando uma dívida maior do que o pagamento que tinham a receber.

Nesse campo desigual, Severo levantou sua voz contra as determinações com que não concordávamos. Virou um desafeto declarado do fazendeiro. Fez discursos sobre os direitos que tínhamos. Que nossos antepassados migraram para as terras de Água Negra porque só restou aquela peregrinação permanente a muitos negros depois da abolição. Que havíamos trabalhado para os antigos fazendeiros sem nunca termos recebido nada, sem direito a uma casa decente, que não fosse de barro, e precisasse ser refeita a cada chuva. Que se não nos uníssemos, se não levantássemos nossa voz, em breve estaríamos sem ter onde morar. A cada movimento de Severo e dos irmãos contra as exigências impostas pelo proprietário, as tiranias surgiam com mais força. No começo, o dono quis nos dividir, dizendo que aquele "bando de vagabundos" queria a fazenda dele, comprada com o seu trabalho. Aquele sentimento de desamparo que o povo havia sentido com a morte de meu pai foi sendo substituído pela liderança de Severo, para alguns. Outros não viam com bons olhos o movimento e se opuseram abertamente a meu primo, divergindo, entrando no jogo do novo fazendeiro para fazer minar nossas forças. Guiavam seus animais na calada da noite para destruir nossas roças na vazante. Derrubavam cercas, e meses de trabalho viraram pasto na boca do gado. Certo dia, fomos acordados no meio da madrugada por um incêndio em nosso galinheiro. Os ovos explodiam como bombas das festas de junho. Apagamos o fogo com as tinas de água e atirando terra seca. Outros galinheiros também foram incendiados, o que deixou claro que era uma ação organizada do fazendeiro com alguns trabalhadores. Com receio de deixar minha mãe e minhas irmãs, fechei a casa do rio Santo Antônio de vez e voltei a morar na beira do Utinga.

Severo colheu assinatura para fundar uma associação de trabalhadores. Disse que precisávamos nos organizar ou, do contrário, acabaríamos sendo expulsos. Para muitos era impossível se imaginar longe de Água Negra. Escutei dona Tonha, em uma conversa com minha mãe, perguntar sobre o que faria na cidade: "Vou alisar calçada? Pra viver na cidade precisa de dinheiro pra tudo. Uma cebola, dinheiro. Um tempero, dinheiro". Bibiana esteve mais ativa ao lado do marido. Em meio à mobilização, eu ficava de bom grado com as crianças para que ela pudesse escrever, trabalhar, andar com Severo procurando ajuda na garupa da motocicleta que ele havia adquirido. Iam a sindicato, a reuniões. Voltavam, faziam mais reuniões, escondidos ora na casa de um, ora na casa de outro. Na nossa casa ocorreram muitas. Temi que minha mãe tivesse a mesma postura de nosso pai, que achasse ingratidão aquela movimentação. Mas não, ela parecia entusiasmada, desandou a contar muitas histórias, era um livro vivo. Contava as histórias dos bisavós, dos avós, da Fazenda Caxangá, onde também morou, das terras do Bom Jesus, de onde veio. Intervinha ativa, ciente da importância das coisas que sabia. A essa altura, já haviam percebido que se não fizéssemos barulho para garantir nossa permanência na fazenda, não teríamos para onde ir.

Com frequência, também passou a aparecer um carro de polícia, de onde desciam para fazer perguntas, entrando nas casas, constrangendo os moradores. O medo era grande, uma casa avisava a outra quando surgiam, ou se alguém demorasse a retornar para casa ou se fosse para lugar distante. Compartilhávamos cada passo, porque entendíamos que só assim conseguiríamos nos proteger.

Bibiana e Severo se arrumaram para mais uma jornada em busca de um registro da associação de trabalhadores e pescadores de Água Negra. De posse das assinaturas, iriam ao cartório. Numa manhã nublada, de calor abafado, o céu quase branco, Salu lembrou que guardava o pedaço do bilhete que Sutério tinha dado a meu pai havia mais de setenta anos. Seria bom juntar uma cópia aos documentos, haviam decidido na última reunião. Era um bilhete num papel manchado que Zeca guardou junto com outros documentos, num envelope pardo, quase desfeito pelo tempo. Me lembro do dia em que Bibiana o abriu com cuidado, quando nosso pai pediu que lesse, para que todos tomássemos conhecimento sobre qual era nossa situação na fazenda. Quando Bibiana terminou de ler, eu mesma fiz questão de conferir: "Esteve aqui o sr. José Alcino pedindo uma morada eu dei a ele lá na beira do rio Utinga e disse a ele que tem que trabalhar nas roças da fazenda e pode levantar casa de barro, proibido casa de tijolo".

Bibiana já tinha subido na garupa da motocicleta quando recordou do que havia esquecido. Devolveu o capacete a Severo e foi buscar o bilhete. Maria e Flora ajudavam com os pratos no quintal enquanto eu tentava acender o fogo, com a roupa molhada de suor do esforço de abanar a brasa.

Ouvi vários estampidos, como na madrugada do incêndio do galinheiro. Os ovos estouraram naquela noite, as aves ficaram esturricadas. Meu peito doía de ver os bichos da casa mortos por pura maldade. Não refizemos o galinheiro, não havia ovos para estourar e produzir aquele som, que, de novo, enfraquecia meu corpo. Corri em direção ao terreiro. Eu e Bibiana chegamos à porta ao mesmo tempo.

Severo estava caído. A terra seca aos seus pés havia se tornado uma fenda aberta e nela corria um rio de sangue.

Rio de sangue

I

Meu cavalo morreu e não tenho mais montaria para caminhar como devo, da forma que um encantado deve se apresentar entre os homens, como deve aparecer por esse mundo. Desde então, passei a vagar sem rumo, arrodeando aqui, arrodeando acolá, procurando um corpo que pudesse me acolher. Meu cavalo era uma mulher chamada Miúda, mas quando me apossava de sua carne seu nome era Santa Rita Pescadeira. Foi nela que cavalguei por um tempo, não conto o tempo, mas montei o corpo de Miúda, solitária. Sou muito mais antiga que os cem anos de Miúda. Antes dela, me abriguei em muitos corpos, desde que a gente adentrou matas e rios, adentrou serras e lagoas, desde que a cobiça cavou buracos profundos e o povo se embrenhou no chão como tatus, buscando a pedra brilhante. O diamante se tornou um enorme feitiço, maldito, porque tudo que é bonito carrega em si a maldição. Vi homens fazerem tratos de sangue, cortando sua carne com os punhais afiados, marcando suas mãos, suas frontes, suas casas, seus objetos de trabalho, suas peneiras de cascalhos e bateias. Vi homens enlouquecerem sem dormir, varando noite e dia no rio Serrano, nas serras, nos garimpos, entocados na escuridão para ver o brilho mudar de lugar. O diamante tem feitiço e no breu podemos ver seu reflexo, de fazer cegar uma coruja, quando anda de um lugar para outro, como um espírito saindo de uma serra, cruzando o céu e descendo num monte ou num rio, na forma de uma luz que chamava a atenção mesmo distante. Os homens enlouqueciam assim, esperando o amanhecer e abrindo fendas no chão onde achavam ter visto a luz entrar, para não encontrar nada. Enlouqueciam sem comer ou tomar banho. Morriam dentro dos buracos ou de tentar apanhar as pedras das mãos dos que haviam encontrado. Morriam de fome, porque toda a energia de seus corpos e mentes era para apanhar o diamante. Carregavam as famílias para os mesmos caminhos de loucura e muitos endoidavam, do dia para a noite, sem sinal ou aviso. Vinham dar suas obrigações aos encantados nas casas de jarê, a Mineiro e Sete-Serra, matavam bichos, derramavam sangue para poder encontrar o brilho. Não queriam guardar as pedras, não queriam admirar sua luz, queriam encher seus picuás para poder ter uma casa ou a liberdade. Às vezes, um ou outro encontrava seu bambúrrio, comprava sua liberdade, montava seu negócio. Alguns viravam donos de escravos, e davam adeus à servidão e à busca que lacerava suas mãos e suas almas. Mas a maioria só encontrava a quimera e a loucura, o assombro, o desassossego, a dor e a violência. Vergava sob a própria ilusão, derrotado, acocorado num amontoado de cascalhos.

Meu povo seguiu rumando de um canto para outro, procurando trabalho. Buscando terra e morada. Um lugar onde pudesse plantar e colher. Onde tivesse uma tapera para chamar de casa. Os donos já não podiam ter mais escravos, por causa da lei, mas precisavam deles. Então, foi assim que passaram a chamar os escravos de trabalhadores e moradores. Não poderiam arriscar, fingindo que nada mudou, porque os homens da lei poderiam criar caso. Passaram a lembrar para seus trabalhadores como eram bons, porque davam abrigo aos pretos sem casa, que andavam de terra em terra procurando onde morar. Como eram bons, porque não havia mais chicote para castigar o povo. Como eram bons, por permitirem que plantassem seu próprio arroz e feijão, o quiabo e a abóbora. A batata-doce do café da manhã. "Mas vocês precisam pagar esse pedaço de chão onde plantam seu sustento, o prato que comem, porque saco vazio não fica em pé. Então, vocês trabalham nas minhas roças e, com o tempo que sobrar, cuidam do que é de vocês. Ah, mas não pode construir casa de tijolo, nem colocar telha de cerâmica. Vocês são trabalhadores, não podem ter casa igual a dono. Podem ir embora quando quiserem, mas pensem bem, está difícil morada em outro canto."

Me embrenhei entre o povo que os donos da terra chamavam de trabalhador e morador. Era o mesmo povo que me carregou nas costas quando eram escravos das minas, das lavouras de cana, ou apenas os escravos de Nosso Senhor Bom Jesus. Me acolhia num corpo, acolhia em outro, quando tinha abundância de água nessas terras. Mas o diamante não nos trouxe sorte nem bambúrrio. O diamante trouxe a ilusão, porque, quando instalaram as dragas, os rios foram se enchendo da areia que jorrava das grutas. Os rios foram ficando sujos e rasos. Sem abastança de água para pescar já não tinham por que pedir nada a Santa Rita Pescadeira. Ah, chegou a luz elétrica, e quem pôde comprou sua geladeira. Esses peixes miúdos que restaram por aqui não matam mais a fome de ninguém. Envergonham até quem pesca.

Então, ninguém atinava a aprender as cantigas da encantada. Até ficaram surpresos quando apareci, certa vez. Me olharam e riram como se eu fosse uma assombração. Miúda roçava, mas sua paixão era pescar. Era acordar de madrugada e seguir sozinha para a beira do rio. Levava os filhos, mas quando eles foram embora, Miúda pescou sem eles. Dormia na beira do rio sem medo de onça nem de cobra. Eu era a sua encantada, que domava seu corpo sem assombro. Protegia meu cavalo. Meu cavalo que dançava atirando a rede, no meio da casa do curador Zeca Chapéu Grande. Meu cavalo não usava sapatos porque seus pés eram as minhas raízes e me firmavam na terra. Seus braços eram minhas nadadeiras e me moviam na água. Montei o meu cavalo por anos, que nem posso contar. Mas agora, sem corpo para me apossar, vago pela terra.

2

Quando amanheceu, havia muitas nuvens e o céu era um algodoal espesso e morno. Vagava acima da terra, entre o milharal, acima do rio, sem que fosse possível ver o meu reflexo no espelho d'água. O ar estava pesado e foi ficando difícil me mover, até que, tomada pelo estupor, fiquei completamente imóvel ante o inesperado. Assim como chegou de repente, todo o peso se dissipou com o sopro da terra, como um rasgo afastando a vileza que havia deixado o ar dilatado e opressivo. Um grito atravessou o espaço como um sabre afiado. Tudo foi se tingindo de vermelho e segui o rastro do rio de sangue que corria, não se sabia de onde.

A fonte do rio era Severo, o senhor que mobilizava os trabalhadores de Água Negra, caído na terra com oito furos feitos à bala. O grito era de Bibiana, prostrada no chão com a cabeça do marido no colo. O rio era sangue e lágrima, caudaloso e lento, como uma corrente de lama avançando pelas casas e chamando o povo para se unir ou fugir da fazenda. Nos momentos de forte emoção meu horizonte se embota, transbordo para os lados, não consigo reunir o que me compõe. Se ainda pudesse montar um cavalo... mas ninguém se recorda de Santa Rita Pescadeira. Não há curador nem casa de jarê. Aos poucos vão desaprendendo, porque há muita mudança na vida de todos.

Fui tomada por uma profunda tristeza ao ver aquelas duas vidas desamparadas diante do que lhes haviam feito. Vi tanta crueldade ao longo do tempo, e mesmo calejada me comovo ao ver os homens derramando sangue para destruir sonhos. Vi senhores enforcarem seus escravos como castigo. Cortarem suas mãos no garimpo por roubarem um diamante. Acudi uma mulher que incendiou o próprio corpo por não querer ser mais cativa de seu senhor. Mulheres que retiravam seus filhos ainda no ventre para que não nascessem escravos. Que davam a liberdade aos que seriam cativos, e muitas delas morreram também por isso. Mulheres que enlouqueceram porque as separaram dos filhos, que seriam vendidos. Vi um senhor cruel deitar com outras e abandonar seus corpos castigados à morte, como se quisesse expurgar o mal que o fazia cair. Outro fez do corpo de seu escravo um reparo para o barco imprestável em que navegava. Entrava água na embarcação. O barco chegou ao seu destino com o homem afogado. Vi homens e mulheres venderem seus pedaços de terra por uma saca de feijão ou uma arroba de carne, porque não suportavam mais a fome da seca. Severo morreu porque pelejava pela terra de seu povo. Lutava pelo livramento da gente que passou a vida cativa. Queria apenas que reconhecessem o direito das famílias que estavam havia muito tempo naquele lugar, onde seus filhos e netos tinham nascido. Onde enterraram seus umbigos, no largo de terra dos quintais das casas. Onde construíram casas e cercas.

    Me desfiz numa fina chuva que aguou as vidas que pelejavam para salvar Severo, no meio do nada. Entrei por sua boca para lavar o sangue que esvaía. Me dividi nos ombros, cabeças e costas dos que rodeavam marido e mulher no chão. Vi uma carruagem de fogo correr pela estrada. Levaram Severo para a cidade, mas não houve tempo para salvá-lo. Em Água Negra correu um rio de sangue.

    Belonísia retirou o lenço da cabeça e abraçou as que choravam, chamando pelo pai e pela mãe. No desespero para salvar Severo, deixaram as crianças se aproximarem e verem o que havia acontecido. Foi Tonha que, num arroubo de proteção, reuniu as meninas e as levou para casa. Salustiana acendeu velas, fez preces para os santos e encantados, pediu para que salvassem Severo. Tudo o que restou foi o silêncio. Do céu não se escutava nem chuva nem vento. Abraçou o neto Inácio com força e pediu que não perdesse a fé. Tudo havia escapado. Algumas pessoas correram para dar a notícia aos pais e irmãos de Severo. Vi Hermelina desabar no chão como uma galinha degolada. Nem meu sopro foi capaz de lhe devolver a consciência.

Quando Bibiana retornou com a roupa suja de sangue, a mãe percebeu que algo havia se rompido dentro da filha, para todo o sempre. Fez com que retirasse as vestes marcadas de violência e vestisse algo para o velório do genro. Nem tentou fazer com que comesse algo. Viu que seus olhos vagavam atravessando qualquer coisa ou pessoa que se colocasse em seu horizonte. Belonísia teve vontade de abraçar a irmã, mas parecia estar desaparecendo como a voz que ecoou algum dia. Não conseguia raciocinar. Dava-se inteira aos sobrinhos, tentando compensar a dor que entrevia como uma luz fraca transbordando dos seus olhos.

Velaram Severo na casa que ele próprio ajudou a levantar. Bibiana permaneceu ao seu lado, sem arredar pé por um minuto, como um pau-d'arco sem vergar ao corte do machado. Fizeram discursos exaltando as qualidades de Severo. Louvaram a luta e a consciência que havia trazido ao povo da fazenda. Alguns juraram vingança. Naquele caminho, Severo havia feito desafetos entre os moradores que não concordavam com suas manifestações. Mesmo esses compareceram para velar sua morte.

Fazia tempo que não enterravam ninguém na Viração. O portão estava fechado por determinação de Salomão, o dono que sucedeu a família Peixoto. Alguém se lembrou de perguntar a Bibiana para onde ela queria que o corpo fosse levado. Queria que o marido fosse para a Viração, para descer ao lado de Zeca Chapéu Grande. Os irmãos e Zezé carregaram o corpo pelo caminho de terra. Belonísia seguiu atrás unida aos sobrinhos. Hermelina caminhava amparada por Servó e pelas filhas.

O pequeno portão estava cerrado com corrente e cadeado. Pararam a marcha para decidir o que fazer. Bibiana, que passou quase todo o velório sem falar, pediu que o cemitério da Viração fosse aberto, num tom de voz que muitos não conseguiram escutar. Seguiram o que julgavam ter ouvido. Foram muitas mãos agitadas sacudindo o portão velho, como muitos antepassados haviam agitado o corpo para fugir dos castigos e grilhões do cativeiro. O portão tombou no chão como uma corrente se desfazendo no ar.

3

Os novos proprietários chegaram um ano após a morte de Zeca Chapéu Grande. O homem era alto e corpulento. Negociou com os herdeiros da família Peixoto e esteve, durante o período de negociação, algumas vezes na fazenda. Tinha cor de areia e ferrugem como a que se vê na beira do rio Santo Antônio. Usou essa cor de pele muitas vezes, nas discussões com Severo e com o povo, para dizer que não tinha nada contra ninguém, que ele mesmo tinha antepassados negros, dos quais se dizia orgulhoso. A mulher que o acompanhava, e depois veio a residir na fazenda, era branca e pequena, parecia não ter trinta anos. Tinham dois filhos que chegaram muito tempo depois, por breves períodos, porque estudavam na cidade. No começo, andavam para cima e para baixo, o homem tinha os olhos grandes para as coisas que via na fazenda, e a mulher conseguia fingir interesse. Era atabalhoada, entrava nos lugares sem saber se poderia entrar, repetia as mesmas frases de espanto, sorria de forma quase discreta do que chamava de ignorância do povo, quando se dispunha a perguntar e obtinha uma resposta diferente da que presumia ser verdadeira.

Salomão parecia se interessar por tudo. Se dispunha a escutar o que os moradores diziam, para refutar depois, dizendo que sabia mais, que viu sobre tal coisa em algum lugar que ninguém compreendia o nome. Almoçaram na casa de Firmina numa das visitas à fazenda, enquanto escolhiam o lugar para construir a casa-grande. Firmina matou uma galinha para receber os novos donos de Água Negra, fez um pequeno banquete com abóbora e quiabo, picadinho de palma e arroz. Ela se sentia apenas uma inquilina, embora morasse ali havia mais de quarenta anos, e apesar de o dono estar ali há tão pouco tempo, sentia como se devesse favores por estar na terra alheia. Salomão comeu o que lhe serviram. A mulher não tocou na comida, dizia que tinha uma alimentação especial, agradeceu por tudo, mas ficou claro que sentia nojo. Das casas em condições ruins, das roupas, da precariedade de não se ter água encanada. Numa das vezes, teve dor de barriga e sentiu horror ao descobrir que não havia banheiro em nenhuma das casas, nem na escola. Depois de resistir, quando seu rosto foi mudando de cor, do corado de sol para o pálido, teve que se aliviar no mato. Entregou um pedaço de papel, que haviam lhe dado, sujo, para que uma das mulheres o pegasse. "Não, a senhora pode deixar lá no mato mesmo", foi o que as que a observavam de longe disseram, entre riso e ofensa. Voltou contrariada, considerando que teria dificuldades para se adaptar à vida naquele lugar.

Aquela fazenda parecia ser a menina dos olhos do novo senhor. Ele almejava se tornar um grande produtor de café, sem saber se era possível o cultivo naquela terra. Depois quis criar porcos. Por último, quis fazer de Água Negra um santuário ecológico, extasiado que estava com a abundância de água e mata preservada, que resistiam à depredação da Chapada. Em nenhum dos seus planos o povo de Água Negra tinha lugar. Eram meros trabalhadores que deveriam ser deslocados para dormitórios. Deveriam viver efetivamente longe da fazenda, porque eram intrusos em propriedade alheia.

Salomão contratou trabalhadores para ajudar no transporte dos materiais e eventuais serviços para a obra da casa. Ela se tornou uma paisagem estranha aos moradores. Derrubaram pés de buritis e dendês que frutificavam num terreno pantanoso, onde começavam os marimbus. Drenaram parte da água, levantaram uma casa de madeira e vidro. Foi o suficiente para Severo lembrar que havia muito existia uma demanda por melhoria das casas de barro dos moradores, precárias, que poderiam ruir ou ser fonte de doenças. Era preciso construir com materiais mais duradouros. Uns concordavam, outros não. Diziam que se a terra era do dono, ele é que poderia dizer o que poderia ser feito. Sempre havia sido assim. Não havia motivos para mudar agora. Outros estavam cientes de seus direitos. Havia bastante tempo, muito antes da morte de Zeca Chapéu Grande, Severo e outros trabalhadores traziam informações sobre as permissões negadas aos moradores da fazenda. Muitos nunca estiveram conformados com os interditos, mas durante muito tempo foi necessário permanecer quieto e submisso para garantir a sobrevivência. Agora falam em direito dos pretos, dos descendentes de escravos que viveram errantes de um lugar para outro. Falam muito sobre isso. Que agora tem lei. Tem formas de garantir a terra. De não viverem à mercê de dono, correndo daqui pra acolá, como no passado.

Sou uma velha encantada, muito antiga, que acompanhou esse povo desde sua chegada das Minas, do Recôncavo, da África. Talvez tenham esquecido Santa Rita Pescadeira, mas a minha memória não permite esquecer o que sofri com muita gente, fugindo de disputas de terra, da violência de homens armados, da seca. Atravessei o tempo como se caminhasse sobre as águas de um rio bravo. A luta era desigual e o preço muitas vezes foi carregar a derrota dos sonhos.

Duas semanas antes da morte de Severo, Salomão e Estela deixaram a casa da fazenda. Partiram para uma viagem, era o que se dizia. Mas o desejo do povo, depois do enterro, foi queimar a casa de madeira e vidro. Queriam vê-la reduzida a cinzas, moída feito poeira, consumida pelas chamas. Sentiam vontade de destruir tudo o que lhes foi negado.

4

Alguém lembrou que ainda poderia haver justiça. Que por mais doloroso que fosse o desaparecimento de um líder, a solução para os problemas permanecia no horizonte, a ser perseguida em sua homenagem. Não iriam ceder à violência do momento e agir de forma irresponsável para pôr em risco seus sonhos e perderem de vez a batalha. Uma voz se levantou para dizer que era preciso acalmar os ânimos, embora estivessem se sentindo em pedaços pelo que tinha acontecido. Outra exortou por temperança, para que não deixassem o ódio falar mais alto.

Aquela noite foi longa. Bibiana permaneceu acordada, primeiro com a luz da sala acesa. Depois deixou que a escuridão tomasse conta da casa quando todos foram dormir. Inácio cuidou das irmãs para que se acomodassem na cama. Ana perguntava sobre o pai. Onde ele estaria agora. Perguntavam, se chovesse, se ele ficaria molhado e com frio debaixo da terra. Se no sol do meio-dia não ficaria muito quente. Inácio não tinha muitas respostas para as preocupações que vinham dos medos da irmã. Tudo que sabia tinha origem nas crenças dos encantados das avós Salu e Hermelina. Vinha da fé de seus pais, não muito diferente da que as avós haviam lhe apresentado. Tudo que sabia tinha maior influência de sua avó materna, pelo convívio com o mundo dos encantados, por estar desde muito cedo ao lado de um curador. Por isso, Inácio contou qualquer coisa, sem sequer refletir se acreditava, até que ela dormisse vencida pelo cansaço. Nesse momento, retornou à sala e perguntou à mãe se não iria descansar. Ela disse que iria, sim, quando sentisse sono. Ele se aproximou e a abraçou, sentada na cadeira onde estava. Beijou o alto de sua cabeça. Bibiana sentiu as lágrimas de seu filho encontrarem as suas, quentes, minando havia muito de seus olhos. Pediu que não ficasse triste porque cuidaria dela. Essas palavras demoliram o resto de domínio que Bibiana tentava ter. Inácio era um jovem pouco mais velho que o pai quando este deixou Água Negra.

Então o dia da partida renasceu em sua mente, enquanto abraçava o filho num choro que liberava as dores que haviam se acumulado desde o atentado a Severo. Ela acompanhou o corpo sem vida até o hospital, carregou a cabeça em seu colo, o cheiro de sangue que parecia ter penetrado suas entranhas, por mais que tivesse lavado o corpo e trocado de roupa. O arrombamento do portão da Viração onde estavam enterrados os antepassados dos moradores, e a decisão de não queimar a casa dos donos da fazenda. Em pouco mais de um dia, tudo havia mudado de forma tão abrupta que era impossível processar o que estava acontecendo. Quando o filho foi deitar, Bibiana permaneceu no escuro, na esperança de que algo se manifestasse para orientá-la sobre o que fazer. Amparou-se nas lembranças, nas dificuldades que passaram juntos quando partiram. Das tarefas que precisou fazer enquanto procuravam se firmar no mundo além da fazenda: ajudante de cozinha num restaurante de beira de estrada, diarista de serviços domésticos, cuidando de crianças. Durante esse tempo, nasceram seus filhos, e ela cursou o magistério, realizando em parte os propósitos que a fizeram deixar a fazenda por um tempo. Nessa jornada percebeu que a vida além da Água Negra não era muito diferente no que se referia à exploração. Mas havia Severo, e os sonhos, e tudo que construíam juntos. Havia dificuldades e desentendimentos, mas havia, antes de qualquer coisa, afetos que ela mesma não poderia definir. Afetos que envolviam suas histórias e todas as coisas que apreendiam, sobre si e sobre sua gente. Como nessa jornada passaram a amar seu lugar! Sentiram vontade de retornar, à medida que foram acumulando informações sobre o que era pertencer a uma comunidade de moradores, talvez invisíveis para todo o resto, no coração de uma fazenda.

Antes que o sono viesse, Bibiana se levantou da cadeira. A luz do sol entrava pelas frestas da porta e da janela. Abriu a porta, sentiu o sereno fresco da manhã tocar sua pele. O que seria de tudo, agora, sem Severo? O que seria dela com o vazio que tinha se apossado de seu corpo? Havia os filhos para encaminhar na vida. E antes que pensasse nos dias por vir, chegaram as irmãs e a mãe. Salu foi para a cozinha preparar café. Belonísia e Domingas se sentaram na sala ao seu lado. As três olharam por um tempo a terra além da porta, e o canto dos pássaros parecia ser o mesmo de toda uma vida. Parecia ser o mesmo de um passado tão perto e tão longe. O mesmo canto que as acompanhou na infância, enquanto seguiam o caminho da roça de madrugada, ao lado do pai, para espantar os chupins dos arrozais.

Mais tarde, a polícia chegou para fazer a perícia do local do crime. Embora Inácio e Domingas tivessem pedido insistentemente que Bibiana ficasse em casa, ela não cedeu e acompanhou tudo, respondendo às perguntas que faziam. Alternava momentos de completa apatia, quando as perguntas precisavam ser repetidas mais de uma vez para que compreendesse, com momentos de ansiedade e revolta, visíveis nos gestos do corpo e no timbre da voz. Se esforçava tentando lembrar cada fração de tempo, cada passo, cada pensamento, gestos, até o que estava escrito, palavra por palavra, no bilhete da chegada do pai que havia voltado para buscar quando Severo foi alvejado. Nada, mais nada sabia. Só que um carro havia partido em alta velocidade em direção à estrada, foi o que alguns moradores disseram. Os agentes foram até as casas das pessoas que supostamente tinham visto o veículo em fuga. Anotaram a cor do carro. Os vidros escuros, disseram, eram um obstáculo para saber quantos e quem estava em seu interior. Perguntaram se notaram algo estranho nos dias que antecederam o crime e se Severo havia brigado com alguém. Quando os moradores responderam sobre os desentendimentos com o dono da fazenda, os policiais se deram por satisfeitos, não prosseguiram. Bibiana e algumas das pessoas presentes foram convidadas a prestar mais depoimentos na delegacia da cidade.

    Pareceu, durante um breve período, que as coisas haviam mudado, talvez houvesse justiça para o que tinha ocorrido. Iriam investigar a morte de um homem simples como investigariam a morte de um fazendeiro ou de qualquer homem poderoso da cidade. Mas, algumas semanas depois, surgiu a notícia de que o inquérito havia sido concluído. Que haviam descoberto um plantio de maconha numa área próxima aos marimbus. Que Severo havia sido morto numa disputa do tráfico de drogas na região.

5

Foi nesse dia que Bibiana resolveu reunir o povo de Água Negra para falar. Mesmo enredada em seu luto, precisava expor o que pensava. Não poderia deixar as coisas se desenrolarem do jeito que estavam ocorrendo porque, do contrário, em breve todos estariam em perigo. Mesmo que o vazio permanecesse em seu corpo, não deixaria a memória de Severo ser violada por uma mentira. Logo essa mentira seria muitas mentiras a acompanharem sua história, sem que pudesse se defender. E seus filhos? Como viveriam com a imagem vilipendiada do pai? Não permitiria que seu legado fosse despedaçado pela história que as autoridades queriam contar. Muitos deixaram seus afazeres, em respeito, para ouvi-la. Salu seguiu pelo caminho apoiada no braço de Domingas e do genro. Belonísia acompanhou os sobrinhos, mancando, depois de hesitar e escutar da irmã se deveria ou não permitir que ouvissem o que tinha a dizer. "Não há o que esconder", disse Bibiana, num momento de rara firmeza nas últimas semanas. "Por mais que doa a verdade, é melhor saber por nós mesmos do que por outros. E, sabendo por mim, poderão defendê-lo com os mesmos argumentos."

Belonísia se sentiu uma sombra de Bibiana durante aqueles dias. Havia se esquivado a vida toda daquele papel, desde que, de forma quase instintiva, a irmã passou a falar por ela. Desde que permitiu que Bibiana conhecesse seus sentimentos mais íntimos. Da mesma forma, se apossava do que se movimentava feroz no pensamento da irmã. Se sentia, mais do que nunca, unida pelo que parecia ser um destino inevitável a se traçar nas trilhas de suas vidas. Passado tanto tempo, não era mais preciso nenhuma comunicação visível, seja pela troca de olhares ou pela leitura dos gestos. O ar, sentia, poderia vibrar de forma involuntária, transmitindo o mal-estar físico e mental que a outra emanava. Poderia transmitir suas agitações e suas vontades. Esses dias foram cruciais para que percebesse o quanto estavam ajustadas em suas compreensões. Belonísia havia desenvolvido essa percepção expandida em relação às pessoas, mais ainda quando se referia à irmã, a sua voz no mundo onde se movimentava em silêncio. O mesmo silêncio da roça e da casa em que residiu por pouco tempo com Tobias foi o estado propício para desenvolver a fúria dos seus sentidos, para se comunicar com seu entorno. A vida, naquele instante, apenas confirmava o que continuava oculto aos olhos alheios, encoberto, talvez num primeiro momento para a própria irmã, mas que consolidou de forma vigorosa e sem retorno o elo entre as duas.

Durante toda sua vida, Bibiana havia visto o pai organizando as empreitadas de trabalho ou conduzindo a assistência nas cerimônias de jarê. Nunca imaginou, entretanto, que aquela incumbência de falar ao povo da fazenda recairia sobre seus ombros. Até mesmo porque Severo era quem vinha falando aos moradores, organizando a resistência ao cerco que Salomão e seus empregados vinham instituindo, embora ela se inteirasse e participasse de forma ativa da movimentação. Agora se percebia exposta à violência do atentado, à mentira que tentavam difundir para desmoralizar de vez o povo de Água Negra. Sentia como se os tiros continuassem a atravessar os corpos de sua família, mesmo depois de terem levado o marido.

Antes que pudesse começar a falar diante dos vizinhos e parentes, Bibiana sentiu seu corpo tremer de desconforto, ao ver que Salomão a observava de longe, de cima de um cavalo, acompanhado do atual gerente. Logo depois ele apearia, postando-se à sombra de um jatobá. Queria intimidá-la. Sua presença tinha a clara intenção de silenciar aquela reunião, ou, no mínimo, fazer com que se medissem bem as palavras antes de lançá-las para fora da boca. Argumentaria que era sua terra, e que não iria mais tolerar aquela desordem de gente se reunindo para propagar ideias como as que Severo espalhava, ideias que tinham a intenção de prejudicá-lo. "Nunca houve quilombola nestas terras", podia ouvi-lo repetir, antes mesmo de se pronunciar. Mas não havia volta: Bibiana estava tomada pela revolta. Dirigiu seu olhar para os moradores que esperavam sua palavra, embora percebesse vez ou outra alguém olhar com indignação para a direção de Salomão.

Bibiana tremeu de forma visível quando pediu que silenciassem para que pudesse falar. Belonísia desviou o olhar, temendo ser tomada pelo mesmo medo que a irmã evolava. Mas sua segurança cresceu quando iniciou o discurso. Subitamente, o tremor deu lugar a uma voz forte, segura, que foi persuadindo os presentes.

"Chegamos à fazenda há muitos anos, cada um aqui sabe como foi. Essa história já foi repetida muitas vezes. Mil vezes. Muitos de nós, a maioria, posso dizer, nasceram nesta terra. Nasceram aqui, nesta terra que não tinha nada, só o nosso trabalho. Isto tudo aqui só existe porque trabalhamos. Eu nasci aqui. Meus irmãos nasceram aqui. Crispina, Crispiniana e a família também. E os que não nasceram, já estão a maior parte de suas vidas em Água Negra. Os donos pisavam os pés nesta terra só para receberem o dinheiro das coisas que plantávamos nas roças. Todo mundo sabe das histórias de seu Damião, seu Saturnino e Zeca, meu pai. E sabe das histórias do jarê e de tudo o que vivemos aqui. Sabe melhor que qualquer forasteiro quantas secas já vimos se abaterem sobre a fazenda e quantas enchentes comeram nossas roças na beira do Utinga e do Santo Antônio."

Pausou sua fala para respirar, recuperando o fôlego consumido por suas lembranças. Consumido pela responsabilidade de se apresentar para defender o que restava da dignidade de seu povo. Olhou para os filhos, atentos, ao lado de Belonísia, que conservava o corpo muito próximo das meninas, como um animal defendendo suas crias. Nesse instante, foi tomada por recordações desordenadas que a levaram à imagem de Severo.

"Todos sabem o que Severo fez por Água Negra. Chegou aqui muito pequeno, fomos morar fora para arranjar a vida, porque aqui as coisas foram ficando difíceis. Mas tinha gosto e respeito por vocês. Tinha consciência de nossa história. Sabia o que nosso povo tinha sofrido desde antes de Água Negra. Desde muito tempo. Desde os dez mil escravos que o coronel Horácio de Matos usou para encontrar diamante e guerrear com seus inimigos. Quando deram a liberdade aos negros, nosso abandono continuou. O povo vagou de terra em terra pedindo abrigo, passando fome, se sujeitando a trabalhar por nada. Se sujeitando a trabalhar por morada. A mesma escravidão de antes fantasiada de liberdade. Mas que liberdade? Não podíamos construir casa de alvenaria, não podíamos botar a roça que queríamos. Levavam o que podiam do nosso trabalho. Trabalhávamos de domingo a domingo sem receber um centavo. O tempo que sobrava era para cuidar de nossas roças, porque senão não comíamos. Era homem na roça do senhor e mulher e filhos na roça de casa, nos quintais, para não morrerem de fome. Os homens foram se esgotando, morrendo de exaustão, cheios de problemas de saúde quando ficaram velhos."

As botas de Salomão pisavam a terra moendo torrões, e o som ressoava nos breves silêncios entre uma fala e outra. Por algumas vezes, Crispina, Crispiniana, Isidoro e Saturnino olharam para trás. Alguns moradores se voltavam para observá-lo e segredavam entre si as impressões daquela presença. Maria Cabocla estava de pé, olhando atenta para Bibiana, com a cabeça grisalha coberta por um lenço desbotado, ao lado de cinco dos seus filhos que ainda moravam na fazenda.

"Mas não vamos desistir. Essa semente que Severo plantou por nossa liberdade e por nossos direitos não irá morrer. Foi um que se foi. Meu companheiro e pai de meus filhos. Mas somos muitos ainda nesta fazenda. Foi embora um fruto, mas a árvore ficou. E suas raízes são muito fundas para tentarem arrancar. A mentira de que ele cuidava de plantio de maconha não ficará de pé. Nós sabemos quem planta", disse sem desviar o olhar do povo à sua frente. "Nós moramos na periferia da cidade, e lá os policiais usavam a mesma desculpa de drogas para entrar nas casas, matando o povo preto. Não precisa nem ser julgado nos tribunais, a polícia tem licença para matar e dizer que foi troca de tiro. Nós sabíamos que não era troca de tiros. Que era extermínio."

Logo outras vozes, que nunca se manifestavam na presença de Salomão, foram se somando ao discurso de Bibiana. Sua imagem alquebrada pelo turbilhão de emoções a que havia sido lançada consternava, ao mesmo tempo que inflamava as falas dos parentes e vizinhos, ou dos que tinham sido seus alunos. Os olhos de Salomão demonstravam receio. Ele observava a reunião com a cautela necessária. Era uma aglomeração considerável, havia muitas famílias, todas mobilizadas pelo incidente. Qualquer gesto seu poderia ser entendido com suspeição. Poderia provocar uma turba, e naquele instante ele estava em desvantagem.

"Querem desonrar Severo, porque desonrando seu nome enfraquecem nossa luta. Querem proteger os poderosos. Querem nos calar, nos retirar daqui a qualquer custo. Querem nos dobrar, mas não vergaremos. Querem que a gente levante, carregando nossas coisas, e deixe a fazenda. Para onde? Não interessa. Queimaram nosso galinheiro, soltaram animais para destruir nossas roças. Quiseram impedir a pesca com a desculpa de que era para proteger os rios. Como se não fosse a gente que cuidasse das coisas. Como se não fôssemos parte de tudo isso. Estivesse tudo isso nas mãos de garimpeiro ou fazendeiro, estaria destruído. Até proibir de enterrar nossos mortos na Viração tentaram. Mas não irão nos dobrar. Não deixaremos Água Negra."

Irromperam aplausos e coro para reafirmar o que Bibiana havia dito. De forma surpreendente, Salomão permaneceu calado, embora impaciente, mexendo os pés de maneira que chamava a atenção. Quem lá estava sabia o quanto as coisas haviam piorado desde a venda da fazenda. Viviam acuados. Impulsionados pela mobilização iniciada por Severo, viam em sua morte um pretexto para se fazerem ouvir. Seria agora ou nunca mais.

Salomão nem sequer esperou as pessoas se dispersarem para se aproximar de Bibiana. Embora, aparentemente, quisesse desfazer o mal-estar pela morte de Severo, sua presença era incômoda. Nem suas palavras conseguiram sinalizar uma trégua. "Sinto muito pela morte de seu marido. Estava fora, mas os empregados me avisaram", iniciou a conversa de forma amena para prosseguir com o recado, "mas a senhora não pode acusar ninguém. O inquérito, pelo que fui informado, foi concluído. A polícia já deu a resposta. Tem gente séria lá", parou em frente a Bibiana, tentando apoiar a mão em seu ombro. Ela, de imediato, deu um passo para trás. "O senhor não precisa dizer o que eu vou falar", caminhou, se afastando de Salomão, quando então se voltou para trás, olhando diretamente nos seus olhos, e disse: "Quem fez isso com Severo irá pagar. A justiça dos homens pode até falhar, mas da de Deus ninguém escapa".

Belonísia encarou o fazendeiro, enquanto os sobrinhos seguiam, tentando alcançar a mãe. Seus olhos rutilavam um brilho vivo, encantado, e fez o homem sentir um arrepio aparente nos pelos dos braços, que se eriçaram. Somente Inácio desacelerou os passos para aguardar a madrinha. Ela contornou a sombra de Salomão projetada no chão e escarrou sobre ela o veneno que guardava na boca.

6

Encontrei Miúda ainda muito nova. Fui me acostumando a me movimentar dentro das camadas de saias que vestia quando foi se tornando mulher. Miúda e o povo daqui não diziam que eram pretos. Pretos não eram bem-vistos, tinham que deixar a terra. Então dizia que era índia. Os outros diziam que eram índios. Índio não deixava a terra. Índio era tolerado, ninguém gostava, mas as leis protegiam, era o que pensavam. Os outros torciam o bico, porque viam que eram pretos. Mas o povo começava a contar que foi pego a dente de cachorro. Geralmente uma mulher era pega a dente de cachorro, então ninguém poderia questionar que não era uma índia legítima ou misturada com um preto. Miúda, atenta, começou a contar que havia sido pega a dente de cachorro como sua mãe. Se contava, pronto, todos acreditavam. Talvez por isso tenha sobrevivido à caminhada.

Miúda era peregrina. Antes de repousar em Água Negra, andou de terra em terra. Andou tanto que quando contava riam, achando que ou era mentira ou a velha caducava. Ela erguia a barra da saia para interromper uma conversa, sacudindo os muitos panos e levantando poeira. Seguia para a beira do rio. Miúda era uma mulher-peixe, pescava, nadava, dormia de madrugada na beira d'água. Imitava o som dos peixes, mas também sabia imitar o canto de pássaros. Seus olhos acordavam alguns dias feito sangues-de-boi e pareciam querer saltar e voar por entre as coisas. O sangue-de-boi brincava com seu reflexo no espelho d'água dos rios e das lagoas. Miúda não tinha tempo, nem gosto, nem vontade de se mirar no rio, que era uma veia aberta do seu corpo no meio da mata. Chorava dia e noite porque haviam levado seus filhos para longe. Seus compadres da cidade viram a fome e a necessidade que se abatiam durante a seca na casa de Miúda. Disseram que levando os meninos iriam aliviar o sofrimento da mulher sozinha. Disseram que os meninos iriam estudar na cidade, iriam aprender uma profissão, poderiam ajudar a mãe depois. A mulher-peixe resistiu. Varou dia e noite na beira do rio para pescar. Acendia fogueira para se aquecer e iluminar a escuridão, enquanto esperava. Mas a mineração trouxe muita areia para o leito e afastou os peixes maiores. Pescava piaba, que se juntava na beira d'água para comer a pele grossa, quase uma casca de árvore, dos dedos dos seus pés. Mas eram peixes tão pequenos que não davam nem gosto ao angu de farinha. Botou roça, mulher sozinha, e colheu muita coisa. Mas na cheia dos rios ou na seca não havia remédio. Com a lavoura perdida ou levada pelos donos da terra, restava enganar a fome. Veio um e levou um menino. Outro levou outro menino. Um terceiro levou dois de uma vez. Miúda ficou sozinha. A noite, na solidão, foi se tornando mais longa, e antes de o sol surgir, saía pela estrada, acompanhada dos sons dos insetos, para chegar à cidade e pedir que os filhos voltassem. Seus compadres diziam que era melhor para os meninos estudarem na escola da cidade, que era melhor viverem por ali, tinha comida, não faltava nada. E Miúda era a mulher-peixe que voltava desolada para casa. Se aninhava na beira do rio, sem temer cobra ou caititu. Pescava as piabas, e quando chovia nas cabeceiras levava peixe grande para a mesa. As mãos da mulher-peixe eram encantadas, enfeitiçavam os peixes. Desciam lentas na água, sem provocar agitação. Quem via Miúda pescar percebia sua esperteza. Os peixes se rendiam em suas mãos, sem resistir.

Santa Rita Pescadeira vagava desacompanhada, vendo a história do povo que também vagava de um lugar para outro procurando morada. Desde muito. Viu a guerra do garimpo e depois a guerra pela terra. Viu muita gente morrendo de maldade. Santa Rita Pescadeira montou o corpo de Miúda para dar um sentido às suas forças, que se esvaíam sem os filhos. As saias de Miúda giravam na casa do curador. Os braços de Miúda se agitavam como a correnteza do rio da alma. Ela lançava uma rede para apanhar as desgraças da vida dos presentes e levar para o fundo das águas. Nessas horas, éramos uma só. Sentia o conforto de estar abrigada num corpo de mulher forte. Também era mulher-peixe. Era uma mulher-peixe dentro de outra mulher-peixe. Seus pés se movimentavam como nadadeiras e a raposa uivava na noite em que dançava. O povo a achincalhava, sem se lembrar da encantada. Sem recordar que fui o acalanto das noites de quem vagava fugindo da ruindade. Mas dançava, lançava a rede e os braços corriam soltos no ar, como o rio bravo das cheias. Minhas forças alcançavam os que necessitavam. O pai do pai do seu pai acendeu uma vela para que curasse a febre do filho do seu senhor, numa noite de lua minguante. A mãe da mãe de sua mãe cantou uma cantiga para Santa Rita Pescadeira, em dias de fuga e desespero. Me alegro e me entristeço nessa dança antiga.

Já não danço porque não recordam Santa Rita Pescadeira, porque o curador desta terra morreu, levaram suas forças e o tempo ruiu sua casa. Pairo como o ar e desço como a chuva na terra. Desço lavando o sangue que derramaram sem piedade. O sangue do passado corre feito um rio. Corre nos sonhos, primeiro. Depois chega galopando, como se andasse a cavalo.

7

Levaram um pastor de igreja, dias depois, para celebrar um culto. A intenção era reunir alguns poucos moradores que, eventualmente, frequentavam igrejas no dia de feira na cidade e já tinham seu rol de orações e pecados. Era costume de quase todos participar das cerimônias ou viajar para as romarias, mas era a primeira vez que se celebrava algo que não o jarê dentro da fazenda. Depois da morte de Zeca Chapéu Grande, quem pôde foi para outra casa de jarê, procurar um novo curador para retirar a mão do velho e colocar a nova sobre a cabeça. Nos últimos anos, depois do fim das celebrações de jarê na fazenda, duas famílias haviam se convertido ao evangelismo, mas continuavam a conviver com as demais sem conflitos aparentes, ainda que renegassem, em privado, as práticas antigas.

Antes do culto, Estela seguiu com o pastor de casa em casa, para convidá-los para a celebração. Se deslocaram no veículo da família. Ela usava um vestido branco com flores e sua pele parecia avermelhada, não pelo excesso de sol, mas como se tivesse comido algo que a deixou com placas de irritação no pescoço e braços. O pastor era um homem conhecido, chegavam notícias de que seria candidato a vereador, e realizava visitas às fazendas e aos povoados da região com a intenção de pedir votos para a eleição de outubro.

"Eles agora querem posar de bons cristãos. Aliás, sempre fingiram que eram bons", disse Bibiana, ao saber do culto por dona Tonha.

"Engraçado essa notícia de pastor hoje por aqui", interveio Salustiana. "Acordei pensando em Bom Jesus. Nas histórias que contavam e que já contei para vocês muitas vezes", disse, apontando para Bibiana, enquanto Belonísia aguava o quintal, "mas acho que não contei para você, Inácio, nem sei se sua mãe contou."

"O quê, minha mãe?"

"A história lá do Bom Jesus, em Lagoa Funda", disse, abrindo uma vagem de feijão, enquanto o neto suspendia o reparo de uma malha de peixe pendurada entre a porta e uma estaca de cerca, no terreiro de casa. "Minha avó contava que os negros de Lagoa Funda chegaram num tempo que ninguém sabia dizer. Cada um tinha sua tapera, tinham suas roças, plantavam na vazante do rio São Francisco. Os filhos iam nascendo e iam fazendo suas casinhas e botando suas roças onde os pais já tinham. Durante muito tempo, não houve nada nem ninguém por aquelas bandas. Eram só o povo e Deus. Depois chegou a Igreja e disse que as terras da cidade lhe pertenciam. Não demorou muito e chegou até Lagoa Funda e tudo o que estava em volta da cidade. Disse que nossa terra pertencia à igreja também."

"O povo teve que sair de lá?", Inácio parou por um tempo o trançado da malha para ouvir o resto da história.

"Não. A igreja marcou com ferro as árvores com um B e um J de Bom Jesus. Marcou tudo o que podia. Disse que as terras pertenciam à Igreja e nós éramos escravos do Bom Jesus. Bom, o povo estranhou, porque não se falava em escravidão em Lagoa Funda. Minha avó disse que sabiam de escravos em outros lugares, mas não ali. Nunca houve escravo naquela terra. Todos se consideravam livres, e hoje eu penso nas coisas que o finado Severo, seu pai, dizia: se os negros vieram para o Brasil para ser escravos, Lagoa Funda deve ter começado com o povo que fugiu de alguma fazenda ou ganhou liberdade de algum fazendeiro. Mas ali ninguém quis falar sobre isso. Todo mundo nascia livre, sem dono. Apagaram essa lembrança do cativeiro."

"Talvez fosse difícil falar, minha mãe. Sofreram coisas ruins que não quiseram dizer", disse Bibiana, enquanto arrumava a sacola que levaria para a cidade.

"Pode ser. Depois que marcaram tudo com o nome do Bom Jesus — eu vi muito pé de tudo, de jatobá a oitizeiro, com a marca de ferro do Bom Jesus — e disseram que eram escravos do Bom Jesus, o povo ainda viveu como antes por muitos anos. Mas depois os fazendeiros chegaram mostrando documento, e foram cercando as terras, o povo resistindo, gente morreu, e terminaram por ficar espremidos num cantinho. Minha mãe e meu pai foram para a Fazenda Caxangá, onde conheci seu avô, nessa época em que cercaram as terras", limpou o suor que descia do rosto com um pano, "se vivêssemos naquele mundão de terra todo, que os mais velhos diziam que tínhamos antes de os fazendeiros cercarem, talvez nem eu nem vocês estivéssemos em Água Negra. Nem seus avós por parte de pai também, Inácio."

Salustiana e Belonísia permaneceram em casa depois que Bibiana e as filhas saíram para a cidade. Inácio havia descido para a vazante, não acompanhou a mãe. Quando Estela e o convidado chegaram à porta da casa de Salustiana, primeiro convidaram para uma oração "para os que se foram" no culto que seria realizado, o que de pronto ela recusou. "Obrigada, mas estou ocupada." O pastor, um homem que falava alto como se estivesse sempre pregando para uma multidão, começou a falar sobre as imagens de santos depois de ver o pequeno altar da casa. Belonísia bateu os pés, impaciente, com o rosto transtornado pela presença dos dois. Estava com metade do corpo atrás da porta, alerta para fechá-la à primeira ofensa. O homem falava enquanto Estela sorria sem graça, prevendo o fracasso de sua intervenção. Até que ela tomou a palavra. Falou que ali se praticou jarê por muito tempo. Que dona Salu tocava tambor, mas que agora todos precisavam ouvir a palavra de Deus.

Belonísia fez um gesto para empurrar a porta, mas a mãe a segurou antes que ela fosse fechada. Embora estivessem falando de religião, Salu estava amargurada pela disputa pela terra que havia tirado a vida de Severo. Pelas ameaças e proibições que tinham a intenção de fazê-los deixar a fazenda. Aquela visita era parte da tormenta que sofriam havia tempos, para constrangê-los, até não sobrar mais nada. Se pôs com autoridade diante dos dois para dizer o que a estava sufocando fazia muito tempo.

"Olha, dona", interrompeu Salu antes que a mulher continuasse sua pregação, "eu não tenho muita letra nem estudo, mas quero que a senhora entenda uma coisa. Eu não sou a única a morar nesta terra. Muitos desses moradores que vocês querem mandar embora chegaram muito antes de vocês. Vocês não eram nem nascidos. Muitos nasceram aqui. Tenho filhos e netos, todos nasceram em Água Negra. Também não posso dizer o que cada um pensa dela, tim-tim por tim-tim, porque não estou nos pensamentos de ninguém. Mas falo por mim: eu nasci em Bom Jesus, mas também nasci de alguma forma nesta terra. Cheguei aqui moça e jovem. Aqui vivi, criei meus filhos, labutei com meu marido, vi meus vizinhos e compadres serem enterrados, lá no cemitério que vocês fecharam. Fui parida, mas também pari esta terra. Sabe o que é parir? A senhora teve filhos. Mas sabe o que é parir? Alimentar e tirar uma vida de dentro de você? Uma vida que irá continuar mesmo quando você já não estiver mais nesta terra de Deus? Não sei se a senhora sabe, mas eu peguei em minhas mãos a maioria desses meninos, homens e mulheres que a senhora vê por aí. Sou mãe de pegação deles. Assim como apanhei cada um com minhas mãos, eu pari esta terra. Deixa ver se a senhora entendeu: esta terra mora em mim", bateu com força em seu peito, "brotou em mim e enraizou." "Aqui", bateu novamente no peito, "é a morada da terra. Mora aqui em meu peito porque dela se fez minha vida, com meu povo todinho. No meu peito mora Água Negra, não no documento da fazenda da senhora e do seu marido. Vocês podem até me arrancar dela como uma erva ruim, mas nunca irão arrancar a terra de mim."

Estela ficou mais pálida do que se apresentava geralmente e tentou interromper Salu, sem sucesso.

"E tem mais", completou, "posso não ser curadora, mas ainda sei mexer com feitiço. Posso muito bem dar de comer e beber aos meus guias e pedir pra darem um jeito em muita coisa errada por aqui", disse, dando as costas e fechando a porta.

8

A faca ressurgiu, rutilante, entre as coisas que Belonísia levava em sua sacola de palha. Por um instante, Bibiana não acreditou se tratar da mesma peça que havia desaparecido da casa antiga, provavelmente pelas mãos de Donana. Caminhou até a frente da casa da mãe, as filhas chamavam do lado de fora para que visse o batizado de bonecas que Ana estava preparando. Se aproximou, muda, e retornou para a cadeira velha onde pendia a lâmina. Estendeu os dedos e sentiu que estava quente ao seu toque, quase candente, quando confirmou do que se tratava. Sentiu vergonha por estar espiando a sacola da irmã, mas não conseguiu disfarçar a surpresa ao ver o que julgava soterrado em sua memória. A cicatriz de sua língua se ressentiu da recordação, formigou, e lançou Bibiana de novo ao dia do acidente. A mão da avó, por um instante, desabou sobre sua cabeça, que se tornou pesada com as interrogações que surgiram com a imagem. Puxou o objeto pela ponta até que se revelasse por inteiro: a empunhadura de marfim bem-acabada; pomos e guarda de um metal mais embaçado; lâmina brilhante, sem envelhecer. E um fio de corte que parecia vibrar, prestes a rasgar o pequeno campo de atmosfera em seu entorno, como se dividisse com um talhar um pequeno lenço de seda.

Belonísia entrou no cômodo e parou, como se retornasse trinta anos no tempo e visse, de novo, Bibiana retirar o objeto do tecido encardido de sangue. Havia muito não tinha mais o tecido. Mas o silêncio com que viu a irmã devolver seu olhar a deixou suspensa no tempo, como se nada mais pudesse avançar antes que se esclarecesse o que aquela presença significava.

Tão habituada que estava a se locomover com a faca, agora se contrapunha de forma inevitável à perplexidade que os olhos de Bibiana lhe devolviam. O rútilo se tornou mais intenso no objeto, e ao redor das irmãs surgiu uma sombra fria, projetada por uma nuvem que encobriu o sol. Belonísia deu duas pancadas leves no queixo e desceu com o polegar pela face para dizer que sim, era da avó. Cruzou os dedos das duas mãos, deslizando uns sobre os outros para comunicar, sim, é a faca. Repetiu o gesto com as pancadas no queixo e o polegar descendo à face. Não precisava confirmar, Bibiana já havia entendido. Perguntou se Salu sabia. Negação foi a resposta. Para quê? Se preocuparia de forma desnecessária. Ela apenas continuaria a ser tratada como a criança irrequieta que havia se mutilado. E por que a carregava consigo? Para trabalhar, claro, para se proteger — veja o que aconteceu a Severo, seus indicadores deslizaram no ar em direção à irmã — e porque havia perdido a língua. O objeto tinha chegado às suas mãos de novo, havia um sinal naquele assombro. Guardava sentimentos que, por mais que vivesse, não saberia explicar. E onde estava esse tempo todo, perguntou. Você não acreditaria, disse, negando com a cabeça e colocando uma mão sobre a outra com as palmas voltadas para cima.

Ao se mudar para a casa de Tobias, naquela manhã em que saiu com a trouxa de coisas e seguiu para a margem do Santo Antônio no mesmo cavalo, naquela manhã em que sentiu seu ventre vibrar na caminhada do animal até a casa onde moraria, não imaginou que seria surpreendida com uma montanha de entulho que o marido guardava em casa. Àquela visão inicial se seguiu o desânimo, ao pensar o que teria que fazer para tornar a casa habitável, que teria muito trabalho, já que havia trocado a casa dos pais por uma morada árida de tudo.

Não conseguiu arrumar tudo no mesmo dia, após a primeira organização se seguiram muitos dias de trabalho, separando lixo, garrafas vazias e tudo que se amontoava pelo casebre.

Um pote de cerâmica — como as panelas antigas — com pequenos torrões de terra ao redor estava esquecido, como quase tudo, num canto da cozinha. Belonísia resistiu a abri--lo com receio de encontrar um rato, uma aranha ou ossada de gente, como já havia ouvido em relatos do povo da região. Faltava um pedaço da boca do pote. Ela adiou essa abertura até esbarrar nele de forma acidental e terminar por quebrar mais um pedaço grande da boca. Ao levantar o objeto sentiu que algo balançava com o movimento. Deixou o pote no chão e se afastou. Mas o raio do sol da manhã o alcançou e refletiu no que quer que fosse que estivesse guardado. O brilho chegou aos seus olhos. Um diamante. Era a primeira coisa que alguém pensaria, considerando as histórias da Chapada. Todo mundo espera, um dia, encontrar ou ser encontrado pelo brilho da pedra. Retirou o tampo. A ponta de uma faca reluziu de forma mais intensa exposta à luz. Belonísia a retirou do pote para fazer como havia feito com tudo até aquele momento: jogar o que não prestava fora e dar novo destino ao que tinha utilidade.

O cabo de marfim tocou sua mão. Estava morno como o pote exposto ao sol em que se abrigava. Mas a boca formigou como no dia em que encontrou a faca da avó. O brilho intenso, as intrigas, o desejo de descobrir seu gosto e a disputa nas brincadeiras com a irmã a levaram ao desfecho que a silenciou para o mundo. A lembrança de Donana depois do evento surgiu viva em seu pensamento. A velha vagando pelo quintal, chamando a filha de quem não tinha notícias, pedindo que tomassem cuidado com a onça, dona Tonha dizendo quando chegaram do hospital que ela havia saído para a beira do rio levando um embrulho. O embrulho, a faca, o pote de cerâmica que desconhecia. Era a lâmina aquecida por estar no sol, fria quando estava na mala debaixo da cama. Era o fio de corte preservado que rasgava o véu do passado e chegava ao seu presente para fazê-la recordar aquele dia.

Tobias entrou e encontrou seu semblante de espanto e distante no tempo. Belonísia colocou um pano de prato sobre a faca em cima da mesa. Ele havia esquecido a vara de pesca, traria peixe para os dois quando terminasse as tarefas.

"Não devolverei a Tobias", foi o que passou por seus pensamentos, "pertence à minha família." Encontrou um lugar seguro para guardar a faca, entre o armário empenado e a parede, onde apenas sua mão e o objeto cabiam. Depois que ficou viúva, retirou-a do lugar em que a havia escondido. Passou a andar com ela para a roça, para o rio, levou para defender Maria Cabocla, dobrou o homem da vizinha, que se acovardou diante da lâmina e dos seus olhos de fúria. Mas nada disso Bibiana saberia. Ela colocou um ponto-final na história antes que a memória lhe retornasse desordenada. Ouviu da irmã apenas que, olhando para a faca tantos anos depois, ela parecia ter sido retirada naquele mesmo instante da mala velha de Donana. A mala que havia levado consigo e com a qual havia regressado, também. E alertou: "Cuidado com Ana, não a deixe à toa", devolveu a faca a Belonísia, "ela é curiosa como nós éramos".

Saiu em direção ao terreiro, mas, antes de chegar à porta, retornou.

"Belô", disse para a irmã, "o que será que fez minha avó guardar essa faca como um tesouro?" Belonísia fez a linha de sua boca ganhar a forma de um arco. "Sabe, não sei se você lembra, mas uma coisa me intrigou, não naquele tempo, éramos muito meninas, mas anos depois, quando me lembrava disso tudo", disse, enquanto a irmã terminava de guardar a faca na sacola. O dedo indicador arqueado voltou ao corpo de Belonísia. "Por que a faca estava envolta naquele tecido sujo de sangue? Aquela mancha escura era sangue", suspirou. "E por que minha avó guardava essa faca com tanto medo? Ela não temia outras coisas que podiam nos machucar da mesma forma, como um caco de espelho ou qualquer outra coisa."

"Medo?", o polegar e o dedo do meio tocaram o lugar do coração. Belonísia queria entender aonde a irmã queria chegar.

"Minha avó tinha mais medo do que essa faca significava. Temia mais o segredo que ela guardava do que que pudesse nos ferir."

9

Donana roubou a faca do coldre esquecido no alpendre da casa sede da Fazenda Caxangá no começo da tarde. Havia viajantes em visita naquele dia. Aproveitou a breve confusão e o desleixo depois da cavalgada para surrupiar o objeto. Aproveitou que os vaqueiros que acompanhavam os senhores haviam baixado a guarda. Aproveitou seu caminho desviado pela estrada que dava na casa de seus senhores. Ao parar para se abrigar do sol que comia seu juízo, deu com o coldre pendurado no gradil. Retirou seu chapéu grande e o encolheu entre as mãos. Pensou que era uma faca bonita, feito uma relíquia da casa-grande, onde nunca pôde pôr os pés. Tinha um cabo com um material feito mármore, não sabia do que se tratava. Mas a lâmina era brilhosa como as coisas finas que os senhores carregavam. Parecia ser de prata. Devia valer um bom dinheiro. Foi quando se lembrou dos filhos que precisavam de calçados e roupas novas, porque não havia mais como cerzir os trapos esgarçados. "Eles tiram da gente e nós tiramos deles", foi o que passou por seu pensamento. Pediria perdão a Deus e aos seus guias. Enfiou o objeto no seu cesto de palha, em meio aos aipins colhidos naquela manhã, entre cansaço e desalento. No exato momento disse apenas "Deus me perdoe" e deixou a sombra que lhe serenou o corpo, levando consigo talvez um tesouro, sem ser notada.

E no caminho a certeza de que Deus a perdoaria foi crescendo. Afinal, aquela gente lhe devia muita coisa. O trabalho que não era remunerado, o sol que ardia impiedoso sobre sua cabeça na lavoura queimava inclemente, e seu chapéu, não poderia ser ingrata a esse ponto, de fato, era um refúgio, mas ainda assim incapaz de defendê-la da exposição pela longa jornada. Naquele inferno chamado Caxangá, o inferno de escravidão a que se acostumou como se fosse sua terra, não teve autorização para parir seu filho em casa. Zeca nasceu no meio da roça, dentro de um charco, com a ajuda das trabalhadoras da fazenda, debaixo deste mesmo sol que agora fervilhava seu juízo. Era sua por merecimento. Certamente, Deus a perdoaria.

Mas os propósitos iniciais de seu pequeno crime não se concretizaram. Donana se afeiçoou de tal forma ao objeto que o enterrou debaixo da própria cama. Temeu quando correu conversa entre os trabalhadores, procuravam pela faca de um visitante, convidado do senhor da Caxangá. Mas guardou aquele temor para si, sem comentar com ninguém. Qualquer passo em falso poderia significar a vergonha da exposição pública. Esses homens, que ameaçavam mandar seus capatazes entrar de casa em casa à procura da faca, poderiam castigar de forma exemplar quem fosse pego, despejando-o da fazenda sem as mãos. Depois, a notícia era de que o homem a tinha perdido na cavalgada que culminou naquela tarde, bem viva na lembrança de Donana. O povo foi convocado a procurar pelos milharais, pelas roças de aipim, cana e mamona. Mas nada foi encontrado e o tempo tratou de fazê-los esquecer do desaparecimento.

Primeiro Donana enterrou a faca para matutar, enquanto não terminasse a procura, onde poderia vender sua joia de caça. Não poderia ser na cidade, porque todos se conheciam. Iriam perguntar o que aquela mulher sem eira nem beira queria com uma faca rica e bem talhada. E as suspeitas voariam mais rápido que qualquer outra coisa. Foi quando cogitou a possibilidade de vender mais barato a um mascate ou cigano, desde que eles não tivessem relação com a casa-grande. Desde que pudesse fazer alguma coisa pelos filhos com o que ganhasse.

Mas esse dia foi sendo adiado, porque Donana não se animava a desenterrar o objeto, não sentia confiança em nenhum mascate que chegava à sua porta. Por último, pensou que poderia deixar como herança para alguns dos filhos.

Quando ninguém mais falava no desaparecimento da faca, e os trabalhadores não mais procuravam pelas moitas e roças, Donana a desenterrou, longe dos olhos de todos. Limpou a faca, poliu o metal com um tecido velho e a embrulhou ali mesmo. Era um troço bonito. A coisa mais rica em que havia posto as mãos, era assim que sentia ao admirar o objeto do engano. Guardava de novo para si, limpava, polia, devolvia ao buraco debaixo da cama. Para não ter que enterrar e desenterrar a cada vez que quisesse pôr as mãos e os olhos, colocou um tapete de couro de caititu recobrindo o buraco onde a escondia.

A faca não se prestou a nenhuma das destinações a que sua guardadora havia se proposto de início. Nem vendida a mascate, nem deixada de herança para a família. Bem, foi assim que ela pensou, depois de ver uma das netas perder a língua. Deus não a havia perdoado. Pior, havia ferido a carne de sua carne, a neta por quem zelava, rezava contra quebranto e mau-olhado. As netas a quem planejava ensinar os segredos dos encantados, como havia ensinado ao seu filho mais velho. Não para que fossem curadoras, queria antes que fossem livres, até mesmo das obrigações que a seguiram por toda a vida. Queria ensinar os mistérios dos feitiços e dos encantados para os problemas mais diversos. Queria ensinar para que se desenvolvessem sozinhas no mundo, para que ajudassem aos que precisassem, e, mais ainda, para que procurassem pela liberdade que lhes foi negada desde os ancestrais. De fazenda em fazenda, de Caxangá a Água Negra, havia vivido uma vida cativa. Queria vê-las livres, senhoras do próprio destino.

Quando a faca serviu ao derradeiro fim em suas mãos, ao fim que nunca havia considerado, Donana se viu enredada numa trama de vida e morte para o resto de seus dias. Tudo ocorreu quando o filho mais velho já havia deixado a Fazenda Caxangá rumo a outra terra, onde pudesse ter trabalho e morada. Ela se viu de novo sozinha, sem o esteio de Zeca e com os filhos menores, que depois ganhariam o mundo, para criar. Chegou trabalhador novo. Um homem gentil que estendeu sua força para ajudar Donana na roça. Terminava o trabalho que lhe era destinado e ajudava a mulher que tinha o corpo doído de tanta labuta. Donana, na sua solidão, permitiu que se achegasse e se abrigasse em seu casebre, que se juntasse à sua luta e aquecesse sua cama, fazendo-a se sentir viva, apesar de toda a fadiga. Foi assim que o homem ficou ao seu lado, o homem que Donana esqueceu o nome, impronunciável, o homem que nem o filho nem mais ninguém que não habitasse o casebre da Caxangá saberia da existência. Ele que havia chegado de onde haviam se esquecido, da mesma forma que se foi de um jeito que só a mulher que envelhecia saberia.

Quando Donana encontrou a filha Carmelita, moça há poucos anos, debaixo do corpo do seu homem, de calças arriadas, na cama onde se deitava do cansaço sem fim, se envergou no chão como um jumento que não quer seguir o caminho que lhe resta. Retesou todo o corpo como se nunca mais fosse deixar aquela posição. Gritou com grande cólera, pôs os meninos em prontidão, sua fúria era seu próprio desespero. Carmelita andava arredia, chorosa pelos cantos da casa, ela percebia, mas não passava por sua cabeça nada do que havia visto. Quase não olhava para a mãe. Donana pensou que era ciúme de filha que não aceitava o novo companheiro. Mas se passou um ano, dois. Adentrava o terceiro. Os machucados que a filha escondia, como se estivesse boba de atenção, esbarrando em tudo, caindo em todo lugar. Tudo fazia sentido. Seu homem batia, maltratava, violava e ameaçava sua filha debaixo do seu teto, com sua concordância? Carmelita implorou à mãe por perdão. A mãe que não conseguia mais olhar para a própria filha. A filha que agora queria ir embora de casa. Encontraria seu rumo como havia feito o irmão. E o homem não se redimiu: ficou mais forte, mandava em tudo, mandava na casa, tinha a mulher sob seu cabresto.

Foi numa noite em que a lua escureceu, por trás das nuvens que no dia seguinte lavariam a terra com a chuva, que tomou a decisão. As águas que ainda não tinham precipitado, mas que previa no cenário da noite, lavariam a terra de tal forma que não restaria vestígio de nada. Ele saiu para pescar levando uma garrafa de bebida. Era um hábito que o acompanhava desde a chegada. Donana, que seguiu em sua companhia algumas vezes, não pescou mais ao seu lado. Se sentou em casa e seu juízo foi sendo carcomido pelo rancor, pelo que havia visto, pelo que a machucava, pelo que destruía Carmelita. Quando chegou ao local onde ele estava viu que dormia, prostrado na beira do rio. Parecia morto antes mesmo de ser sangrado. Não havia luz, não havia candeeiro nas mãos de Donana. Não queria deixar rastros ou lembranças de seus passos e atos. Ninguém saberia de nada, diria apenas que ele havia partido sem deixar indicação do destino. Antes de pensar na justificativa que daria, sangrou o homem como se sangrasse um porco. Arrastou seu corpo com os bolsos cheios de pedras, que ela mesma enfiou lá, para dentro do rio. Não temeu que viessem lhe perguntar pelo desaparecimento do companheiro nos dias que se seguiriam. Voltou para casa encharcada do esforço. As poucas horas desde que havia deixado sua morada para dar fim ao seu último erro nas terras de Caxangá foram suficientes para que sua filha fosse embora sem indicar o paradeiro. O resto da história foi vagar seus últimos anos vendo o rosto de Carmelita em todas as crianças que havia amado.

Na madrugada que se seguiu, teve apenas uma certeza: Deus jamais a perdoaria. Pior: devolveria o malfeito em dobro.

E o cheiro da chuva, que cairia nas primeiras horas da manhã, já podia ser sentido.

10

Mãe Salu dizia desde sempre que seu cabelo já tinha muitos fios brancos aos dezoito anos. Deixou de alisá-lo a ferro e o guardou sob os lenços que a maioria das mulheres camponesas usava. Você olha para si mesma no espelho que se apoia no chão contra a parede — porque o barro que a reveste não segura muita coisa — enquanto coloca os grampos que tira da boca e rumina sobre o quanto seu cabelo também lhe parece branco. É de família. Talvez tenha ficado mais branco nas últimas semanas. Foi perdendo a cor a cada pensamento que tinha com a intenção de compreender o que havia acontecido. A cada noite de vigília e medo que foi obrigada a atravessar com a ausência do marido. O companheiro que havia lhe dado muito do que continha em si.

    Você atravessa a casa como uma assombração e por vezes não escuta quando lhe falam. Passa a madrugada acordada revirando na cama ao lado da filha Ana, trazida para preencher o vazio que o quarto tinha se tornado. Observa o sono da criança, os movimentos das pálpebras, talvez esteja sonhando, até que a mente a leva de novo para a ausência. Quando desiste de tentar dormir, abre a porta para sentir o sereno e a deixa aberta, ainda que a sombra do que lhe ocorreu persista a cada movimento da noite. Recorda a violência ao olhar para a motocicleta que está no terreiro de casa, ou a cada carro que atravessa a estrada da fazenda, porque pode carregar o perigo. O pensamento, embotado pelo desaparecimento abrupto, resiste em apagar aquelas horas de sua vida. Uma nuvem recobre o sol e a sombra que se projeta na casa é como um vulto atravessando os cômodos. O som de buzina de qualquer motocicleta, que pode atravessar a estrada, comprime como uma mão a sua garganta. Aquele aperto que você seria incapaz de explicar para seus alunos. Ouvia aqueles ruídos como um aviso de que o marido iria retornar. Todos os lugares por onde ele se movimentava estão carregados de uma eletricidade que só você pode sentir. O cheiro das roupas intocadas no armário, o travesseiro que agora é o mesmo em que você se deita, impregnado do perfume de seu corpo. Quando consegue dormir, acorda com a sensação de que despertou de um longo sonho e hesita em estender a mão para o lado da cama onde ele deveria estar. Suas lembranças são sabotadas pelo cheiro, pelo silvo sutil da respiração que julga ouvir, pelo calor que parece emanar ao seu lado. Quando finalmente resolve estender a mão, sem coragem de abrir os olhos, encontra a filha dormindo. Mas sempre que o sono termina de forma abrupta, os olhos se arregalam e se entristecem só ao constatar que você continua privada de sua presença. É quando as lágrimas vêm, incontroláveis.

Sua filha mais nova pergunta quando o pai irá voltar e você responde que não voltará. Sua filha chora e mesmo assim você resiste. Se fosse você que estivesse ausente, seu marido não deixaria as crianças fraquejarem. Ensinaria a prosseguir encontrando forças no trabalho, na luta que pode ser a vida todos os dias. Então você afaga a cabeça da menina, deita-a no colo, promete algo que esteja ao seu alcance, um sorvete ou um saco de pipoca quando for à cidade. Mas não pode dizer que ele irá voltar, seria cruel com qualquer um, e mesmo uma menina de pouca idade não poderia se agarrar a uma promessa que não será cumprida.

Ao amanhecer você se desloca para o quintal. Acende o fogão a lenha e pensa na caneca esmaltada que permanecerá no mesmo lugar do armário porque você não consegue retirá-la, até os filhos não ousam tocá-la. Também não sabe o que fazer com as repetições de pensamentos: e se não tivesse esquecido o documento? E se tivessem seguido para a cidade, o carro com os criminosos os teria alcançado na estrada? Se não tivesse retornado há dez anos para Água Negra? Se não tivessem se levantado contra o que consideravam injustiça com todos? Os muitos "ses" surgem a todo momento e a enredam em lianas invisíveis das quais não se livra facilmente.

Você retornou para a escola, mas algo se rompeu definitivamente em seu interior. As crianças parecem descontroladas diante da sua apatia. Nem de longe lembra a professora que ensinava sobre a história do povo negro, que ensinava matemática, ciências e fazia as crianças se orgulharem de serem quilombolas. Que contava e recontava a história de Água Negra e de antes, muito antes, dos garimpos, das lavouras de cana, dos castigos, dos sequestros de suas aldeias natais, da travessia pelo oceano de um continente para outro. As crianças ficavam atentas, não sabiam que havia uma história tão antiga atrás daquelas vidas esquecidas. Uma história triste, mas bonita. E passavam a entender por que ainda sofriam com preconceito no posto de saúde, no mercado ou nos cartórios da cidade. Onde lhes apontavam, dizendo: "olha o povo do mato" ou "negrinhos da roça". Compreendiam por que tudo aquilo não havia terminado. Você incutiu naquelas vidas um respeito grande por suas próprias histórias. Mas agora nem você conseguia mais se iluminar com a esperança de que a mudança fosse possível, muito menos acreditava que algo do que aprenderam pudesse fazer diferença para serenar a revolta que lhe incendiava.

Nas últimas semanas passou a sair de madrugada. Carregava consigo uma enxada. Não contou a ninguém para onde ia, nem o que faria. Talvez perambulasse por trilhas e rio procurando aplacar a dor que não diminuía e parecia lhe corroer por inteiro. Retornava antes de o sol nascer, não conseguia nem constatar se os filhos estavam em casa e dormiam. Sentava numa cadeira, o cabelo recoberto de grama e terra, as mãos nodosas e grossas como as do pai, como as do povo que trabalhava na roça. Adormecia, e naquele breve instante parecia estar em paz com seu entorno. Acordava com alguma das meninas ou com Inácio perguntando por que estava coberta de terra. Queriam saber por que estava suja, tinha barro no rosto, no pescoço, nas mãos e na roupa. "Fui mexer no quintal", era a resposta. Mas no quintal, nenhuma mudança, nenhum plantio novo, algumas plantas inclusive morriam porque não estavam sendo aguadas, nem remexidas, nem fortificadas.

As suas mãos doíam. Latejavam pelo resto do dia. Mergulhava-as numa panela com água e gelo, as deixava submersas. A pele se esgarçava em suas palmas vermelhas, calosas. Suas mãos sangravam. Você as escondia, nada dizia. Como as chagas do Senhor dos Passos crucificado. Como as mãos do seu povo. Como as mãos dos antepassados. Mãos que os ajudaram a sobreviver, que forjaram o alimento e encantos ao manejar folhas e movimentá-las pelo corpo necessitado. Mãos que forjaram a defesa e a justiça quando possível. A mão que o curador deixou na cabeça de seus filhos.

Com a força de suas mãos dilaceradas você apenas abria um caminho.

II

Durante sua vida, desde o silêncio, você sentiu falta de poder cantar. Ainda muito pequena, nas noites de jarê, sentava na sala de casa, no colo de sua avó ou de sua mãe, e cantava o ponto de santa Bárbara e do Velho Nagô. Ainda muito cedo seu canto se desfez. E você não conseguiu fazê-lo ecoar nem mesmo dentro de si. Quando pôde compreender o que lhe aconteceu, se perguntou: Por que sempre queremos as coisas que parecem estar mais distantes de nós?

Você andava atenta aos sons mais sutis. Conseguia saber quando o xanã estava fazendo seu ninho, ou quando a raposa estava se aproximando para comer os ovos do galinheiro. Escutava o chocalho da cascavel a uma distância considerável. Ouvia o canto monótono do rabo-mole-da-serra ou as unhas grandes do tatu cavando sua toca, mesmo quando ninguém conseguia. Você parava o que estivesse fazendo para ouvir o canto do tapaculo e o sentia ressoar, vibrando em seu próprio corpo. Foi assim que você aplacou o silêncio na solidão do terreiro quando sua irmã foi embora, ou na casa da beira do Santo Antônio, depois da morte de Tobias. Ou quando não pôde mais estar ao lado do seu pai e mestre. A mata a fez forte e sensível, ainda menina, para reconhecer o movimento do mundo. Uma vez escutou que "o vento não sopra, é o próprio sopro".

Pouco antes de você se calar para sempre, sua mãe chegou da roça e encontrou um prato de cuscuz pronto. Espantou-se, ao mesmo tempo que perguntava quem o havia trazido.

Ninguém. "Quem fez esse cuscuz?" "Eu que fiz." "Mas você poderia se queimar." Isso enterneceu sua mãe e seu pai cansados do trabalho, que agradeceram pela oferta. A terra era seu tesouro, parte do seu corpo, algo muito íntimo. Quando ia para a feira, quando caminhava até a cidade com o corpo acobreado de polpa de buriti sobre o negror da pele, não via a hora de tomar seu caminho de volta para a fazenda. Não sabia como a irmã pôde morar naquela desordem de carros, casas e gente. Para ter qualquer coisa precisava de dinheiro, qualquer coisa. Na terra tinha o que colher ao alcance das mãos. Se a seca ou a cheia levasse, comia-se o que sobrava. Comia a farinha de mandioca que faziam ou colhia as sementes de jatobá para preparar o beiju. Na cidade não havia terra para revirar, para sentir a ventura, a umidade avisando que a chuva estava por chegar.

Você, nesses dias em especial, recordava a sua breve vida com Tobias. O desconforto que sentiu naquela cama. O alívio ao saber que ele havia morrido. O túmulo que jazia em ruína, cercado de mato, onde você não teve desejo de pôr as mãos uma única vez. Não por rancor, nem por descaso, mas por entender que aquele foi um erro que deveria ser suprimido de suas lembranças em definitivo, mesmo que a memória frustrasse seu querer.

A melhor coisa que Tobias lhe fez foi devolver, de maneira involuntária, o punhal de sua avó. Talvez aquele tenha sido o único propósito de seu erro. Você descobriu, mesmo passados muitos anos, que guardava igual fascinação pelo brilho da lâmina. Quando pôde tê-la nas mãos outra vez, se viu em seu reflexo, com o mesmo brilho nos olhos, a menina e a velha, a inocente e a culpada. O fio de corte dividiu sua vida a partir daquele ponto, nos tempos que se foram. E cada vez que o lustrava e observava a sua imagem refletida naquele espelho, sabia que sua vida poderia ser dividida de novo. Como o umbuzeiro frondoso ou seco, no escasso período das águas ou em todo o resto do tempo. Como no dia em que, carregada de ódio, riscou a lâmina na pele do pescoço de Aparecido. A vida quase se dividiu. Quis proteger Maria Cabocla, a mulher que a tocou com a ponta dos dedos, que trançou seu cabelo e a fez deitar na cama para descansar como se fosse uma guerreira amada.

 Sofrer, esse sentimento difícil de exprimir e rejeitado por todos, mas que a unia de forma irremediável a todo seu povo. O sofrimento era o sangue oculto a correr nas veias de Água Negra. E como você sofreu trepando em palmeira de buriti e dendê, estropiando os pés nos espinhos. Sofreu com seus braços, robustos como os de um soldado, revirando a terra para semear e colher, mesmo sabendo que nem sempre colheria e que, quando colhesse, poderia ser levado pelos donos da fazenda. Arrastando seu andar manco, vigiando a casa e a plantação dos animais e dos infortúnios. Cuidando do pai que se preparava para partir. A mágoa que não permitia perdoar a irmã por inteiro, como nas brincadeiras de infância. Os pesadelos recorrentes quando se sentia acuada e perseguida, onde o punhal de Donana era a lâmina que mais uma vez dividia o corpo, o mundo, a terra e nela fazia correr um rio de sangue.

 Você recorda seu pai arrastando o arado antigo de ferro retorcido, pesado, rasgando a terra em linhas tortas. Aqueles sulcos onde lançava a semente do milho. Aquele arado sobre o qual ninguém falava, um objeto da paisagem, que chegou muito antes dos pioneiros, que ninguém sabia de onde tinha vindo, manejado pelas mãos dos trabalhadores mais antigos, dos que vieram de muito longe e sobre os quais não havia nenhuma história. Dos que abriram a mata muito antes e em suas mãos conduziram o arado para preparar o campo para a semeadura. Com suas mãos que talvez tivessem os mesmos nós, as mesmas feridas que o povo da fazenda escondia. Mãos que abriam a cova com a enxada, arrancando grandes pedaços de solo e ervas, para nela florescer a mandioca ou para enterrar um corpo. Mãos separando as folhas das rezas e dos remédios. A boca, a vela, os sons dos encantados agitando o ar, os peixes nadando contra a correnteza.

É quando você pressente e aceita que suas mãos, as mesmas que lavram a terra de onde se levanta a vida, poderiam ser o amparo ou o fracasso de toda uma luta. Se escavava por dentro com a ausência do primo na vida dos sobrinhos, dos pais, da irmã, na sua própria vida. Ele, como seu pai, que havia lhe dado tanto conhecimento sobre a história esquecida, sobre os direitos negados. Corroía-se pelo que lhe fizeram, pelo que poderiam fazer, pelo que queriam retirar de todos.

Correu os caminhos de Água Negra. Na mata, nos rios, nos marimbus, em cada palmo de terra, tentou reconhecer e recordar cada árvore. Sua memória se tornou um mapa das trilhas e dos caminhos que conformavam seu lugar. Precisava conhecer cada declive, cada cova aberta e fechada, cada movimento da terra, de partida e chegada, cada animal de casa ou da mata. Saía de manhã, se perdia na exploração de todos os cantos que alcançava. Voltava suja, exausta, com a roupa cada vez mais puída. Ninguém perguntava por onde havia andado, não adiantava, sabiam que não iria responder.

E os sons, os sons dos animais, das folhas ao vento, do rio correndo, os sons ecoavam perenes em seu interior. Fosse nas tarefas do dia ou no sono leve da noite.

Então sentiu que desde sempre o som do mundo havia sido a sua voz.

12

Estela saiu desvairada pelo caminho que deixava a casa dos marimbus, como se corresse de um incêndio. Seus filhos choravam e foram amparados por Santa e a filha, que andavam pela mesma estrada carregando trouxas de roupa e peixes. O grito da mulher havia sido tão desesperador que mobilizou boa parte dos moradores das cercanias. Estava vestida com uma camisola branca feita de um tecido delicado e quase transparente. Era possível ver os mamilos de seus seios jovens, rijos, por trás do tecido, movimentando-se agitados ao sabor dos nervos abalados. Ninguém conseguia entender o que ela dizia, e o choro das crianças havia se tornado mais nítido porque chamavam pela mãe. Chamavam para que retornasse ao seu lugar, que os amparasse. Os homens replicaram para as mulheres e a notícia correu de casa em casa e pela estrada, com a velocidade das más notícias. Salomão estava morto.

Salu se deslocou da curta distância de sua casa até a casa de Bibiana para relatar o que havia lhe chegado. A filha, que estava corrigindo os cadernos, continuou de cabeça baixa, mas depois retirou os óculos e pediu à mãe que se sentasse. "A senhora está nervosa? Descanse um pouco, minha mãe", serviu uma xícara de café e levou para a sala. "Ele tinha muitos inimigos, minha mãe", disse, retornando aos cadernos e baixando a cabeça novamente, "mais cedo ou mais tarde isso iria acontecer."

A mãe bebeu um gole do café, "tinha tanto lugar para acontecer, porque logo nesta fazenda, se ele tinha outras fazendas e vivia aqui e acolá?". "Essas coisas não escolhem lugar, não, minha mãe, acontecem onde têm que acontecer." Bibiana parecia falar no tom de voz conformado de uma viúva que ainda não havia completado seu primeiro ano de luto. "É bom que ela sinta na pele o que eu ainda sinto", disse, sem olhar para a mãe.

"O que é isso, Bibiana? Foi essa a educação que eu e seu pai lhe demos? Não se deseja mal a ninguém, por pior que possa lhe parecer."

"Deveriam ter queimado a casa com a mulher e as crianças dentro. Assim não haveria herdeiros para tentar retirar a gente daqui..."

Salu levantou de súbito e derrubou a cadeira na agitação. Bibiana ergueu a cabeça para olhar a mãe. Ainda teve tempo para dizer que poderia deixar a cadeira no chão, que ela mesma colocaria no lugar. A mãe, velha, que tanta dificuldade passou durante a vida, se sentiu indignada com a violência do desejo da filha. Desferiu um tapa no seu rosto. Aquela era a segunda vez que batia numa de suas filhas. Recordou da primeira vez, da surra em Belonísia por causa do beijo que Bibiana disse ter visto. Agora ela levava a mão à face que ardia do golpe. Seus olhos de imediato se encheram de lágrimas.

"Não pensei nunca precisar fazer isso em você depois de velha, Bibiana, depois de você ter me dado netos. Mas não criei filhos para andarem pela terra fazendo o mal a ninguém. Não se deseja a morte de ninguém. Já não basta o que se abateu sobre esta casa? Você quer mais castigo sobre a gente?" Salu se dirigiu para a porta, enxugando com as costas das mãos as lágrimas que acabavam de deixar seus olhos. "Estou cansada, Bibiana. Essa não foi a vida que desejei, e temo pelos meus netos. Que mundo vamos deixar para eles?", perguntou, enquanto ultrapassava o batente da porta.

Bibiana ficou de pé, mas não levantou a cadeira caída. Quando a mãe estava suficientemente longe, desabou num choro que só havia se permitido na noite em que o filho disse que cuidaria dela. Suas mãos doíam, feridas, e as deixou se agitarem no ar como se aquele movimento pudesse aliviar seu padecimento. Nem a notícia de que o homem que acreditava ser o mentor do crime contra Severo estava morto a deixou aliviada. A ausência que sentia parecia se dilatar à medida que o tempo passava. Continuava a abrir uma cova profunda em sua dor. A certeza mais difícil de constatar era que nada, nem mesmo a posse da terra, o traria de volta.

Belonísia, que havia saído antes de o sol nascer, retornou ao meio-dia. Trazia aipim, batata-doce e uma abóbora grande. Largou tudo em cima da mesa da cozinha. Domingas, o marido e Zezé estavam na sala, sentados ao lado da mãe. Quando ouviu Salu dizer o que tinha ocorrido com Salomão, ficou parada por um tempo, mostrando-se surpresa com a notícia. Levantou o queixo para o irmão, interrogou com os movimentos dos lábios e das mãos, queria saber cada detalhe. Salomão havia aparecido quase degolado, caído numa vereda no meio da mata, mas não muito distante da margem do rio Santo Antônio. O cavalo que montava foi visto perto da casa de vidro, pastando as plantas que cresciam na beira dos marimbus. Disseram que, quando a mulher saiu e encontrou o cavalo perto de casa, achou estranho. Tião e Isidoro, que haviam saído para pescar, encontraram o corpo nesse lugar, na vereda, ao lado de uma cova grande. O grande mistério, sobre o qual discutiam no momento em que adentrou a casa: a cova. Uns disseram que surgiu do dia para a noite. Outros disseram que ela foi crescendo com o passar do tempo. Mas que não parecia feita por mãos de homem. Como se a terra estivesse cedendo, formando um poço largo e profundo.

Belonísia sentiu falta de Bibiana entre os irmãos e quis saber se ela já sabia. Sim, responderam. Salu estava amargurada pela reação de Bibiana, mas não quis contar sobre seu comportamento.

Sentia-se envergonhada pelo ódio da filha. Belonísia imaginou como deveria ter sido dolorido para a irmã ter que escutar tudo aquilo, enquanto procurava respostas para a morte do marido. Por isso, decidiu não procurá-la naquele instante.

    Quando se afastou para desarrumar a sacola que havia deixado na cozinha, caiu dura e desacordada, como um pássaro abatido em pleno voo. No meio do alvoroço que se formou com seu mal-estar súbito, o cunhado e o irmão a carregaram para o quarto de Salu. A mãe começou a rezar enquanto retirava o lenço que recobria o cabelo de Belonísia. Domingas descalçou a bota, e desabotoou a calça e a camisa de manga comprida sujas de terra. Ao despertar, ela não se lembrava de nada. Não se lembrava da morte de Salomão, nem como havia chegado ao quarto da mãe. Não recordava a exaustão do trabalho. Era como se este dia tivesse sumido de seu calendário. Agitou-se, querendo levantar da cama. Salu pediu que continuasse deitada, precisava descansar. "Deve ter sido o calor", disse a mãe, entregando-lhe um copo de água. "Se alimentou antes de sair, Belô?", insistiu sem obter resposta, tentando descobrir a origem do mal-estar da filha. Belonísia parecia distante e cansada. Bebeu a metade do copo e tornou a deitar com os olhos fixos na palha do teto. Depois caiu num sono profundo e acordou apenas no dia seguinte.

    No mesmo dia, vieram duas viaturas da polícia com investigadores. A fazenda ficou sitiada de homens armados colhendo depoimentos de todos os que haviam encontrado Salomão: dos que residiam pela estrada, embora ele tivesse sido encontrado numa área desabitada, de mata fechada. As chuvas dos últimos meses haviam sido regulares, o que contribuiu para que as folhas crescessem e sombreassem os caminhos. Lugares antes cercados de árvores secas e com boa visibilidade se tornaram mata fechada, onde os poucos habituados poderiam se perder com facilidade. As perguntas não cessavam. Queriam saber sobre possíveis ameaças que a vítima ou terceiros tivessem comentado com os subordinados, sobre desafetos entre os trabalhadores e Salomão, sobre movimentos suspeitos, carros, motocicletas, desconhecidos que tivessem passado nas últimas semanas pela fazenda, que tivessem estudado seus hábitos. Suspeitos que sabiam qual a melhor hora para executar o crime. Os moradores de Água Negra começaram a se sentir desconfortáveis. Duvidavam que dentre eles alguém pudesse ter cometido aquela barbárie.

13

Um grão de milho deslizou da mão de Belonísia para o solo arado. Com os próprios pés recobriu a semente, afofando com a necessária delicadeza para que o movimento do mundo se encarregasse do resto. É um campo maior que o do último plantio. Seus pés estavam de novo sobre a várzea do rio Utinga, moldando a terra escura e úmida nutrida pela cheia. As águas caíram generosas nas últimas semanas, recobriram todos os cantos e convidavam os moradores para cultivar suas roças com o que pudessem plantar. Havia peixes nas poças d'água ao longo das áreas que antes estavam secas. Outro grão de milho deixou sua mão para deitar a terra, formando uma trilha subterrânea de sementes douradas.

Há muitos anos, sentiu seu corpo vibrar como a terra úmida daquele campo. Vivendo entre as mulheres jovens da fazenda, era como se sua sina de ser mãe estivesse também sendo traçada. Mas, como a chuva, esse desejo foi abandonando seu corpo sem explicação aparente. E, depois dessa experiência, a cada vez que se entregava à semeadura conseguia sentir a natureza vibrando, como no passado. Quando estava sozinha e sabia que não a observariam com estranheza pelo seu ato, deitava no chão, como viu seu pai fazer inúmeras vezes. Tentava escutar os sons mais íntimos, dos lugares mais recônditos do interior da terra, para livrar o plantio da praga, para reparar as dificuldades e ajudar na colheita.

Fazia algum tempo que os moradores decidiram levantar suas casas com materiais duráveis. Aconteceu antes da morte de Salomão. Era um desejo antigo, sufocado pelos interditos. Queriam ter casas de alvenaria. Queriam moradas que não se desfizessem com o tempo e que demarcassem de forma duradoura a relação deles com Água Negra. Os filhos que trabalhavam fora passaram a enviar um pouco de dinheiro para as construções. Os mais velhos, que puderam se aposentar, começaram a comprar material à prestação na cidade. Chegavam na calada da noite com carregamentos em carrinhos de mão e carroças, para não chamar a atenção. O primeiro a assentar um tijolo foi o velho Saturnino, com a ajuda dos filhos e netos. Alguém passou pela frente da casa que estava sendo erguida e disse que faria o mesmo. Os gerentes passaram a reclamar, por ordem de Salomão, mas não adiantou. Aos poucos, a paisagem da fazenda foi se modificando como nunca antes havia ocorrido. Salu apenas disse para Zezé e Belonísia que queria levantar sua casa. Mas, se não tivesse dito, isso seria fácil de decifrar nas suas palavras soltas e nos bons gestos. Estava velha, queria ter sossego e não precisar se preocupar com o desgaste do barro. As chuvas eram esparsas, mas por vezes chegavam violentas, deixando avarias. Nunca teve nenhum bem, e não abria mão de ter sua casa, era um sonho antigo que acalentou com o marido. Queria uma com paredes caiadas e telhado de cerâmica. Nos finais de semana, Zezé, Inácio e Belonísia foram erguendo a casa da família. Bibiana e Salu ajudavam, preparando o almoço. Havia um ar de recomeço naqueles dias, como recomeçavam seus trabalhos na roça depois da estiagem ou da cheia.

 Talvez por entender que aquele movimento de desobediência ganhava contornos irrefreáveis, Salomão procurou a Justiça, pedindo reintegração de posse de todas as áreas ocupadas da fazenda. A notícia foi recebida com comoção pelos moradores, que nem imaginavam o que fariam se os tratores derrubassem suas casas e tivessem que se retirar da fazenda. Genivaldo foi o primeiro a falar mais alto, para que todos ouvissem, que ele não iria para a cidade "alisar passeio". "Nasci nesta roça e só sei trabalhar com a mão na terra. Daqui não saio." Sua decisão passou a ser encorajada. Reunidos com Bibiana, decidiram que se tivesse a ordem de um juiz — eles acreditavam que era possível pela influência que Salomão tinha entre os ilustres cidadãos da região —, deitariam no chão diante de suas casas para impedir os tratores de demolir. Que nenhuma família desampararia a mais próxima, independente das diferenças que guardavam no dia a dia. Juntos resistiriam até o fim.

Se prepararam para a guerra, como os coronéis fizeram no passado pelo controle dos garimpos. A diferença é que agora o conflito era pelo direito de morar. Mas a decisão da Justiça parecia demorar a sair, e no meio da espera o homem apareceu morto. A suspeita de imediato recaiu sobre os moradores. Muitos foram conduzidos à delegacia. Até mesmo Bibiana foi levada, junto com o filho. Lá se recordou da morte do marido, que ainda não havia completado um ano. Questionaram sobre o papel dela na desordem que relatavam na fazenda. Disse que era professora, casada por muitos anos com um militante. Disse que era quilombola. Escutou que ninguém nunca havia falado sobre quilombo naquela região. "Mas a nossa história de sofrimento e luta diz que nós somos quilombolas", respondeu, tranquila, diante do escrivão e do delegado.

Durante muito tempo, o temor de que iria surgir dentre eles um assassino perturbou suas vidas. Ao mesmo tempo, chegavam notícias de trabalhadores de outras fazendas de Salomão, relatando discórdias com empregados e vizinhos. Por onde ele havia passado deixou um rastro de descontentamento e desejo de revide. Isso só dificultou mais as investigações. O inquérito, depois de muitas oitivas e diligências, findou inconcluso.

Estela havia se mudado para a capital, mas continuava a administrar, de longe, as fazendas. Quem a conhecia dizia que havia enlouquecido. Via conspiração e tramas de vingança em todo canto. Vivia sem sair de casa e impunha uma ordem de pavor aos filhos, com medo de que fossem alvos da mesma retaliação que vitimou o pai.

Meses depois, a notícia dos assassinatos trouxe funcionários de órgãos públicos, que ouviram moradores num processo de reintegração de posse. Aquela chegada foi celebrada com alívio. Tudo permanecia incerto, não havia prazos para a solução do problema, mas aquela movimentação indicava que a existência de Água Negra já era um fato. Não eram mais invisíveis, nem mesmo poderiam ser ignorados.

Em meio a todas as mudanças que chegavam, Inácio se preparou para deixar a casa da mãe. Iria estudar na cidade, se prepararia para os exames da universidade, queria ser professor. Queria participar de movimentos como o pai havia feito. Bibiana foi incentivadora da mudança, e em nenhum momento deixou transparecer o peso que a ausência do filho teria em seus dias. Tentava irradiar confiança. Diferente de Belonísia, que se quedou melancólica. A irmã amava os sobrinhos como filhos. Conviveu entre eles desde o retorno de Bibiana. O primeiro filho de Domingas estava a caminho, mas isso não a fazia cogitar se afastar de nenhum deles. Não queria ter que se separar de mais ninguém.

Imaginou que no dia da partida de Inácio teria que consolar Bibiana. Salu, as irmãs e as sobrinhas fizeram fila para abraçá-lo. Flora e Maria escreveram cartas, dizendo que sentiriam saudade e que, se o irmão encontrasse trabalho, trouxesse presentes. Ana deu um desenho da família completa com o pai, Salu e os tios. Inácio abraçou cada uma, de forma mais detida a mãe, mas teve que enxugar as lágrimas de tia Belonísia. Pediu que a madrinha não chorasse. Retornaria a cada final de ano. Guardaria tudo que ela havia lhe ensinado. Belonísia lhe deu uma garrafa de mel e um terço com a imagem do Senhor dos Passos para que levasse consigo. Seria seu amuleto.

Mesmo muito depois de o carro ter deixado a fazenda e a família ter se recolhido aos seus afazeres, Belonísia permaneceu à porta, mirando a estrada e tudo o mais que não podia ver de onde estava. Bibiana se levantou da mesa, onde iria iniciar a correção dos cadernos, e se dirigiu até a irmã. Envolveu-a por trás, enlaçando os braços em sua cintura, aninhando seu rosto entre o ombro e a orelha. Belonísia segurou suas mãos. Juntas fecharam os olhos e compartilharam a dádiva daquele instante. Entregaram-se àquele gesto por inteiro e experimentaram algo que poderiam chamar de perdão.

14

Não pude mais conter a vontade de cavalgar pelos campos, de nadar pelos rios e deslizar sobre a terra com pés e corpo. Mirava a casa em ruína do outro lado da estrada, a parede onde esculpiram são Pedro com as chaves do céu, num dia, e noutro não mais existia, derrubada pela chuva que caía fina. Sentia saudade de um corpo se movimentando entre o povo nas noites de festa que já não existiam. Havia profundidade nos olhares, nas preces, nos encantados, índios, negros, brancos, santos católicos, caboclos das matas, chegando um após outro, e preenchendo o vazio dos campos da caatinga: sem deus, sem remédio, sem justiça, sem terra. Se esqueceram da encantada, seu nome talvez não seja mais lembrado, e a encantada vai se esquecendo de quem é, muito se aproxima a sua hora.

Deslizei para o leito de Bibiana como um sopro. Primeiro quis confortar sua dor, que crescia como a capoeira num campo abandonado. Adentrei seu fôlego para ocupar o vazio de seus olhos, para que a minha presença fosse tão intensa como se a envolvesse em abraços. Mas havia esquecido a energia de cavalgar um corpo, e como era bom estar de novo envolvida nos rios de sangue, na chama de um peito que pulsava vivo, nos olhos embotados, nos desejos e na liberdade. Levantei Bibiana da cama, andei de um lado a outro, ergui seus braços a cada volta que dava na sala, venerei com a ponta dos dedos cada fração da pele escura.

Caminhar pela casa no alto da madrugada se tornou pouco diante da vastidão do mundo e do que, juntas, poderíamos fazer.

Cada mulher sabe a força da natureza que abriga na torrente que flui de sua vida. Deixei a casa para fazer o que mais gostava, para molhar meus pés na beira do rio. Levei Bibiana para caminhar no fundo da noite, ouvindo o pio da coruja, orvalhando seu corpo ao raiar do dia. Seus braços fortes estavam prontos para abater a caça. Enterrei a enxada num terreno acidentado para fazer o fojo. Arranquei um torrão de terra. Na escuridão os olhos eram dois faróis iluminando o horizonte. Bibiana havia sido levada para um dos muitos cantos de Água Negra e seu corpo guardava a voragem dos sobreviventes. A cada golpe soprava um mal que havia visto. Uma mulher que matou seu filho para que não fosse escravo. Um homem ofendido e pendurado num galho de jatobá. Cada golpe levantava uma grande quantidade de terra úmida da margem do rio. Outro golpe. Outro. A terra feito areia atravessa o espaço, volta ao rio, soterra um arbusto de melão do mato.

A cada noite atravesso os caminhos, vejo a ruína da casa em que reinavam os encantados. Deslizo, como uma semente encontrando a terra arada, para o corpo de Bibiana. Retomo seu fôlego. Retorno ao mesmo lugar onde vai surgindo um fojo. O lugar mais escuro de nossas noites. A enxada desce sobre a cova, que ganha contornos definidos. A terra pode ser uma armadilha. Vamos caçar um animal feroz que anda à solta, apavorando a gente de Água Negra. A onça que sua avó via, só ela via, e por isso pedia para terem cuidado. A onça era uma lembrança daquele passado tão distante e havia retornado para amedrontar os moradores. Não era a onça que havia protegido seu pai louco no meio da mata. A onça que passamos a caçar havia derramado sangue e estava disposta a rasgar a carne de mais gente, até conseguir o que queria.

São tantas noites cavando a terra para o fojo que as mãos de Bibiana estão laceradas. Quando deixo seu corpo pela manhã, ela cuida das palmas dormentes e castigadas com bolhas e feridas surgidas de nossa guerra.

Então, num dia qualquer, atravessei o terreiro e cheguei a Belonísia. Estava sozinha como Miúda. Selvagem, conhecia a terra como ninguém. Me uni ao seu corpo para vagar pela terra, para correr os marimbus, atravessar cercas, pelos rios, por casas e árvores mortas. Seu nome era coragem. Era da linhagem de Donana, a mulher que pariu no canavial, que ergueu casa e roça com a força de seu corpo. A mulher que sentiu as dores do parto e deitou em silêncio, mordendo os lábios para parir mais um filho. A que enterrou dois maridos, e só não enterrou o último porque o sangrou como se sangra uma caça. Foi cavalgando seu corpo que senti que o passado nunca nos abandona. Belonísia era a fúria que havia cruzado o tempo. Era filha da gente forte que atravessou um oceano, que foi separada de sua terra, que deixou para trás sonhos e forjou no desterro uma vida nova e iluminada. Gente que atravessou tudo, suportando a crueldade que lhes foi imposta.

Foi na manhã fria, antes que o povo seguisse agasalhado para o trabalho, que seu corpo ardeu como uma labareda. Sabia que a onça fazia sua ronda pela estrada. Mas e se alguém a desafiasse e a provocasse a adentrar a mata? Para que caísse no fojo que construímos com nossas mãos e com as forças dos ancestrais? E a sangrasse para encontrar o sossego? Para afastar o medo que sua presença emanava? O som do machado que nunca existiu desceu sobre a madeira. O som de um arado arranhando a carne. Os sons que a boca de Belonísia não era capaz de reproduzir, mas que, naquele instante, soaram forte como um trovão.

Vejo pelo interior de seus olhos.

A onça caiu sobre a borda do fojo, sustentando o corpo com as garras para não ser lançada em definitivo para o buraco. Assustou-se com a armadilha escondida no meio da mata, coberta de taboa seca e palha de buriti. Há quem jure que capatazes usaram as mesmas armadilhas de caça para capturar escravos fugidos no passado. A onça caiu com as presas enterradas no chão. Retirou uma porção de terra da boca. Não, era uma armadilha tola para capturar uma caça. Mas antes que levantasse, se abateu sobre seu pescoço um único golpe carregado de uma emoção violenta, que até então desconhecia.

Sobre a terra há de viver sempre o mais forte.

Torto arado pelo mundo

Algumas das capas das edições
estrangeiras do romance

Alemanha
S. Fischer

Bulgária
Lemur

Catalunha
Edicions del Periscopi

China
Lijiang Publishing

Colômbia – Cone Sul – Equador
Planeta

Croácia
Hena Com

Eslováquia
Portugalský inštitút

Espanha
Pepitas de Calabaza

França
Zulma

Grécia
Aiolos

Holanda
Prometheus

Inglês (mundial)
Verso

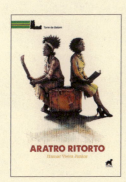
Itália
Tuga

Japão
Suiseisha

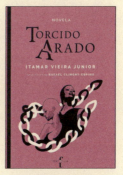
México – Peru
Textofilia

Polônia
Glowbook

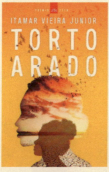
Portugal
Leya

Suécia
Bazar

Um novíssimo clássico brasileiro

Há livros que se impõem pelo estilo; tudo está no fraseado, na escolha vocabular, na disposição do autor para dar corpo verbalmente à sua história. Outros, nos marcam pela matéria apresentada; temas que calam fundo no leitor desde sua publicação, reverberando muitas e muitas gerações mais tarde. E há ainda outras obras, porque lidas a contrapelo, em suas alegadas "esquisitices", que se consagram ao falar a determinado público, que as adota incondicionalmente.

São muitos os caminhos, portanto, para um livro se fixar no horizonte dos leitores. Não resta sombra de dúvida de que, meia década depois de sua publicação original em língua portuguesa e diante da aclamação universal de que tem sido objeto, *Torto arado* se impõe, a cada dia que passa, como um raro exemplar da nossa vida literária: um clássico do nosso tempo. Um livro que parece amalgamar — de maneira exemplar — o gosto pela narrativa bem construída, a um só tempo épica e lírica, o prazer de um texto fluente, que não se furta a pincelar aqui e ali um vocabulário que lhe dá certa cor local e um inconformismo radical diante da violência colonial e da lógica escravocrata que ainda perduram no Brasil, tanto tempo depois da Independência e da abolição da escravatura.

Um percurso exemplar

Itamar já contou essa história em outras ocasiões, mas vale a pena relembrá-la. A matéria de *Torto arado* lhe surgiu ainda no final da adolescência. Já com o título que a consagraria mas evidentemente sem a maturidade narrativa que o autor iria desenvolver ao longo dos anos posteriores, a história de descendentes de escravizados e de sua luta por melhores condições de vida já fazia parte de seus pensamentos. Com o passar dos anos, graças à sua formação acadêmica (graduação em geografia e doutorado em estudos étnicos e africanos) e à vivência de campo proporcionada pelo trabalho no Incra, aquela ideia original ganharia novos e mais aprofundados contornos. E mais importante: nas suas inúmeras jornadas pela Chapada Diamantina, cenário do romance, Itamar pôde conhecer personagens e travar contato com saberes, léxicos e modos de enxergar e descrever o mundo que iriam tomar a sua escrita, energizando-a e trazendo ainda mais autenticidade à narrativa.

Da forma que o conhecemos, *Torto arado* foi inscrito por Itamar para concorrer ao Prêmio Leya, importante distinção para romances de estreia do domínio lusófono. Sem muito ânimo à época para bater nas portas das editoras brasileiras — embora seu livro de contos *A oração do carrasco* tenha sido finalista do Prêmio Jabuti de 2017 —, pesou na decisão a suposta pouca visibilidade de um autor baiano que publicara por uma pequena editora local (mais tarde, Itamar revisaria esse livro, acrescentando outros contos e o rebatizando de *Doramar ou a odisseia: Histórias*).

Em dezembro de 2018, atravessando um período delicado na vida familiar, com o pai hospitalizado, Itamar receberia um telefonema do poeta Manuel Alegre, então à frente da comissão julgadora do prêmio, com uma notícia que considerou um tanto inesperada: *Torto arado* havia sido consagrado por unanimidade pelo corpo de jurados. Como premiação, o autor receberia um polpudo adiantamento dos direitos autorais e teria seu romance publicado em Portugal no início do ano seguinte. Em declaração à imprensa, Alegre diria: "Este livro distingue-se de todos os outros, e a uma grande distância, e foi unânime entre todos os membros do júri, pela qualidade da escrita, pelo equilíbrio da estrutura e pela maneira como é abordado literariamente o tema da opressão social".

Torto arado saiu em Portugal em fevereiro de 2019, e rapidamente a imprensa local tratou de saudá-lo.

Pouco antes da publicação em terras portuguesas, Itamar entrou em contato com a Todavia, apresentando-se e submetendo o livro para avaliação. A leitura do romance galvanizou os editores brasileiros, que rapidamente propuseram a publicação. Então, em agosto de 2019, *Torto arado* saía pela primeira vez no Brasil.

Um país inteiro lê o romance

Torto arado foi publicado, portanto, poucos meses antes da pandemia da covid-19. A fortuna crítica em torno do livro, contudo, só fazia crescer. Nos primeiros meses após a publicação no Brasil, o romance contou com boas apreciações na imprensa e um interesse crescente da parte dos leitores. Para o romance de estreia de um autor que, àquela altura, ainda não era amplamente reconhecido, o desempenho do livro foi altamente satisfatório. Estava circulando, recebendo boas leituras, conquistava novos leitores a cada dia.

Então as fronteiras se fecharam em março de 2020 e o mundo se encerrou entre quatro paredes. Tudo mudou da noite para o dia. Os eventos em torno do livro tiveram que ser cancelados ou transferidos para o universo digital. Os leitores, antes habituados ao contato estreito com autores em festivais, sessões de autógrafos e debates, precisaram se contentar em vê-los nas telas dos computadores ou dos smartphones. E o tradicional boca a boca sobre um livro (capaz de consagrar uma obra ou de relegá-la ao esquecimento) cessou de repente.

Pelo menos em sua forma concreta, física, palpável. Pouco a pouco o universo da leitura e da recepção dos livros transferiu-se para as redes sociais.

E foi nesse novo meio, apartado da vida dita "normal", que alguns livros e filmes iriam se beneficiar dessa versão 2.0 do "boca a boca". Nessa nova realidade, *Torto arado* foi arregimentando mais e mais leitores — de jovens que participavam de clubes de leitura no Zoom a figuras de proeminência como Luiz Inácio Lula da Silva, atrizes do cinema, outros escritores, músicos, cientistas etc. De repente, no início de 2021 — logo depois de o livro ter recebido os prêmios Oceanos e Jabuti no final de 2020 —, *Torto arado* era aquilo que os americanos chamam de *talk of the town*: um tema comum a todas as conversas, o centro dos debates, o produto cultural que era objeto de afeição de um país inteiro. Todo mundo parecia estar lendo o romance. E estava mesmo.

Um livro para o mundo

O sucesso acachapante de *Torto arado* — com centenas de milhares de cópias vendidas no Brasil, tema de debates calorosos em torno da renovação da literatura brasileira e inclusive, graças à ilustração de Aline Bispo na capa, com design de Elisa v. Randow, uma febre entre os entusiastas da tatuagem, que fizeram eternizar as figuras de Bibiana e Belonísia no próprio corpo — chamou a atenção da imprensa internacional e de dezenas de casas editoriais ao redor do mundo.

Itamar ganhou alentados perfis e comentários sobre sua obra em publicações como *The New York Times*, *Público*, *Financial Times*, *The Nation*, entre outras. Em todas essas entrevistas e reportagens, o autor deixou bem claro seu objetivo quando escreveu o romance: contar uma história que tinha dentro de si havia décadas e apresentar, por meio de sua literatura, uma situação brasileira que não o deixa jamais sossegar: os persistentes ecos da lógica colonial (e escravocrata) a assombrar nosso tecido social, deformando-o e relegando populações inteiras à pobreza e à precariedade. Um país ainda muito injusto.

Tão brasileiro em sua matéria, linguagem e visão de mundo (e talvez por isso mesmo, afinal de contas), *Torto arado* ganhou até o momento cerca de trinta edições estrangeiras. Do árabe ao inglês, do cingalês (a língua falada no Sri Lanka) ao coreano, passando pelo francês, croata, alemão, holandês, sueco, japonês, italiano, chinês, ucraniano, búlgaro e espanhol — hoje o livro de Itamar faz parte da paisagem emocional de leitores dos cinco continentes. Nem sempre, é claro, o título é traduzido ipsis litteris nesses outros países (sem problemas: até porque muitos leitores brasileiros nem mesmo desconfiam que Itamar o tirou de um verso do célebre poema *Marília de Dirceu*, de Tomás Antônio Gonzaga). Assim, na Alemanha o livro foi traduzido como *A voz da minha irmã*; na Suécia, você o encontra como *O gume afiado*; no Egito, procure por *A faca negra* na livraria mais próxima.

Embora tão diferentes entre si, todos esses títulos estrangeiros evidenciam a capacidade da literatura de Itamar Vieira Junior de atrair leitores dos mais diversos quadrantes para uma obra absolutamente brasileira — do tema à linguagem, da cadência tranquila e musical da prosa à capacidade de se indignar com a situação de muitos habitantes do país.

Uma cena da origem (epílogo)

Década de 1990, Salvador, Bahia. Um jovem compra uma edição popular de *Capitães de areia* na banca de jornal e se encaminha para uma casa no bairro do Rio Vermelho, zona afluente da capital baiana. O garoto, saindo da adolescência, já vive imerso em literatura. Escreve praticamente às escondidas (porque a literatura parecia um luxo naquele lar de classe média baixa) e devora os livros de autores como José Lins do Rego, Guimarães Rosa, Clarice Lispector e, claro, de seu conterrâneo Jorge Amado. É na casa de Amado, aliás, que ele chega com o livro recém-comprado.

Toca a campainha. À funcionária que o atende ele pergunta, humildemente, se seria possível que "o seu Jorge" autografasse o livro. A moça vai ter com a dona da casa e volta muito mais efusiva, convidando-o a entrar. Então ele se depara com Jorge Amado e Zélia Gattai bem acomodados na sala de estar repleta de obras de arte de Portinari, Volpi e outros artistas que tinham sido amigos do casal (também havia uma profusão de sapos de cerâmica espalhados pelo ambiente, obsessão particular do autor de *Jubiabá*).

Itamar entrega o exemplar a ser autografado e é Zélia que repara o ligeiro (porém significativo) erro na preposição do título: não é *Capitães de areia*, mas sim *Capitães da areia*. A derrapada — uma gralha, como se diz na linguagem das editoras — diverte e entristece um pouco o casal de escritores. Zélia então substitui a edição errada por uma novinha em folha em que o título é grafado corretamente. Jorge autografa o exemplar enquanto joga um pouco de conversa fora com o jovem. Zélia o presenteia com um exemplar do seu *Anarquistas, graças a Deus*. Itamar agradece e vai embora.

E dali, daquele ambiente amistoso e esclarecido, em que um de seus maiores ídolos literários se mostrou tão afável com um novato, Itamar saiu com uma certeza a ser alimentada: seria um escritor, escreveria romances e falaria de um país que, embora já tivesse sido tema de muitos de seus escritores favoritos, ainda não tinha dado voz (e espaço) a muitos de seus habitantes.

© Itamar Vieira Junior e Leya S.A., 2018

Todos os direitos desta edição reservados à Todavia.

Grafia atualizada segundo o Acordo Ortográfico da Língua Portuguesa de 1990, que entrou em vigor no Brasil em 2009.

Esta é uma obra de ficção. Embora inspirada na vida real, qualquer semelhança com nomes, pessoas ou fatos terá sido mera coincidência.

capa
Elisa v. Randow
ilustração de capa
Aline Bispo
revisão
Jane Pessoa
Ana Alvares

Dados Internacionais de Catalogação na Publicação (CIP)

Vieira Junior, Itamar (1979-)
 Torto arado / Itamar Vieira Junior. — 2. ed. — São Paulo : Todavia, 2024.

 ISBN 978-65-5692-719-0

 1. Literatura brasileira. 2. Romance. I. Título.

CDD B869.3

Índice para catálogo sistemático:
1. Literatura brasileira : Romance B869.3

Bruna Heller — Bibliotecária — CRB 10/2348

todavia
Rua Luís Anhaia, 44
05433.020 São Paulo SP
T. 55 11. 3094 0500
www.todavialivros.com.br

Vencedor dos prêmios Leya, Oceanos e Jabuti, **Itamar Vieira Junior** nasceu em Salvador, na Bahia, em 1979. É geógrafo e doutor em estudos étnicos e africanos pela UFBA. *Torto arado*, juntamente com *Salvar o fogo* (2023) e um romance a ser publicado, vai compor uma trilogia sobre a terra, com alguns dos temas e personagens atravessando cada um dos títulos. Itamar também é autor de *Doramar ou a odisseia* (2021) e *Chupim* (Baião, 2024), voltado para as infâncias.

fonte Register*
papel Pólen natural 80 g/m²
impressão Ipsis